ヴァイタル・サイン

南杏子

小学館

ヴァイタル・サイン

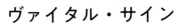

装幀　印南貴行
装画　嶽まいこ

目次

プロローグ

「脈拍一二〇、血圧七八―五〇、体温三七度二分、呼吸数二四、意識混濁《こんだく》。どんな状況を想像しますか？」

皆、口をつぐんでいた。問いかけの内容を理解していないのだろうか。あるいは興味がないのか。もどかしさを感じながら、次の質問を投げる。

「では、この血圧について言えることは？」

一人の手が上がった。

「ショックです」

いつも答えてくれる優秀な子だった。

「そうですね。ショックの定義は何でしょう？　彼氏に振られることではありませんよ」

皆が一斉に笑う。

「血圧が急激に下がることです」

「その通り。医療の場で言うショックとは、大幅に血圧が低下してしまい、その結果、いろいろな臓器の機能が落ちることです。脳の血流が不足して酸欠状態になるため、意識障害を引き起こします」

それぞれがノートにメモする様子が見えた。

「すみません、この患者さんは何歳でしょうか？」

「もっともな質問ですね。脈拍一二〇といっても、若い人と高齢者とでは意味合いが全く異なります。そして、このデータは八十三歳、男性です」

向こう側の空気が揺れるのが分かった。

「先生、その年齢だと命の危険があると思いますが……」

いい反応に励まされる。

「血圧が足りない状態に体が反応して、一気に脈拍数を上げ、呼吸数も増えている状態だと読み解くのはいかがでしょうか」

飲み込みがいい学生もいる。ちょっとうれしくなった。

数字からも、患者の状態を洞察する——それが看護の基本である。

「ここで皆さん、もう一度ヴァイタル・サインの基本を復習しましょう。まずは自分でヴァイタルを測定してください」

血圧計や体温計に手が伸びる。ざっと見渡したところ、手技は悪くなさそうだ。

そのタイミングで、正常値を示す。

【ヴァイタル・サインの基準値】

●体温　三六～三七度
●血圧　収縮期一三〇ｍｍＨｇ未満、拡張期八五ｍｍＨｇ未満
●脈拍　六五～八五回／分
●呼吸　一二～一八回／分
●意識清明《せいめい》

「皆さんの中で基準を外れている方はいませんか？　居眠りしていると意識状態は落ちますよ」

くすくすと笑い声が返ってきた。

「ヴァイタル・サイン、つまり生命兆候に関しては、常に敏感に対応しましょう。無視するのは大変危険です。たとえ健康な人であっても……」

第一章　日勤

――二〇一八年四月二日

「ご退院おめでとうございます」

病院の正面玄関で看護師長がバラの花束を差し出した。

「いやあ、お世話になりましたな」

車椅子に乗った白髪の男性はどこか英雄の風格を漂わせつつ、深紅のブーケを優勝杯のように胸に抱いた。ゆっくりと鼻を近づけて、大きく息を吸う。

患者の妻と息子、真新しい制服姿の孫娘二人も頭を下げた。孫たちは、今月そろって高校と中学に入学するという。

月曜日の午前九時前、青空の下で桜はすでに満開だ。風は暖かく、玄関脇の植え込みにも春の息《い》吹《ぶき》がいっぱいに感じられる。

「ほお」

笑みを浮かべた車椅子の主は体を傾け、植栽から脇へ伸びる一本の茎を手折《たお》った。

「もうあなたったら」

妻が夫のやんちゃな行為をたしなめる。

「まあ、いいじゃないか。これは一番お世話になった看護師さんへ、心ばかりのお礼です」

玄関に並ぶ何人もの看護スタッフを見渡した男性は、師長の前を通り過ぎ、堤素野子《つつみそのこ》にその一輪を差しのべた。鮮やかな黄色い花の、たんぽぽだった。

「鼓草《つづみぐさ》――あなたの名前の花ですよ、堤さん。長いこと、ありがとうございました」

二十一歳で看護師となり、十年がたつ。この病院で長く高齢の患者を看護してきたが、このように元気で退院できるケースはそう多くない。しかも師長ではなく、一職員の素野子にあいさつをしてくれるような患者は初めてだった。

「ご退院、本当におめでとうございます」

素野子は、あふれる思いで黄色い花をもらい受けた。続いて握手を求められる。手を差し出すと、意外なくらい強い握力が返ってきた。患者が元気になった証拠だとうれしくなる。けれど、いつまでも手を離さない患者に戸惑い、頰が熱くなった。

「たんぽぽや　日はいつまでも　大空に」

「え？」

「中村汀女《なかむらていじょ》の俳句です。いつまでも、今のこの幸せな気持ちを感じていたい。それがまさに僕の心境です。本当に、ありがとうございました」

東急田園都市線と大井町線が乗り入れる二子玉川《ふたこたまがわ》駅の西方。そこだけ武蔵野《むさしの》の緑を残す昔ながらの公園と多摩川を眺める位置に病院は建つ。

岸辺から飛び立ったのだろう。何羽もの水鳥が、背後に高層マンションの迫る空を行く。

幸せな患者と家族を乗せた車を、素野子はいつまでも見送った。

高い空を見上げ、植栽の花たちのように太陽を体いっぱいに浴びる。自分が輝かされているのを感じた。

「白衣の天使」なんて言葉は、好きではない。

甘ったるい言葉の響きが、何というか自分の現実に合わない。

医療と看護の現状や、勤務の実態にもそぐわないと思う。

けれど、やりがいは感じる。

「この仕事が好きだ」

あえて言葉にしてみた。今のすがすがしい気持ちがこぼれてどこかに行ってしまわないように。

医療法人社団賢生会《けんせいかい》・二子玉川グレース病院の朝は、こうして過ぎていった。


「堤さん、かなり目立ってましたよ。やばくないすか？　師長の顔、こわばってましたよ」

病院の四階にある東療養病棟のナースステーションに戻る直前、同僚の大原桃香《おおはらももか》が素野子の耳元でささやいた。「さすが専門卒。患者対応がお上手ですね。でも一応、親切心までに」と付け加えつつ。

いつものことだが、桃香の「親切」な一言には、心を逆なでされる。弾んだ気持ちが泡のように消えていった。

二十七歳の桃香は自分より四歳若い。名門の中央医科大学出身、いわゆる大卒ナースだ。かたや素野子は、都立の看護専門学校卒である。

そのことにコンプレックスを感じる必要はないと思っている。だが、上から目線の皮肉な言い回しにはしばしば違和感を覚えた。

桃香は、素野子の胸の内などお構いなしという表情で去っていく。

ナースステーションでは、いつもツンとすました顔で過ごす彼女。ぞんざいな言葉は、同僚たちばかりか患者やその家族にも向けられる。看護師らしからぬ派手な厚化粧をし、髪も顔にかかるようにセットされている。

二子玉川グレース病院は、東京都の第二次救急医療機関に指定され、救急患者の受け入れを行っている。しかし、総ベッド数二百六十の約四〇パーセントに当たる百床余は療養に振り向けられており、高齢の患者が多い病院だ。

成城、自由が丘、田園調布などの高級住宅地に近いという場所柄、来院する患者や家族は裕福な層が多い。病院の外観やロビーは、患者層にあわせてセンス良くまとめられている。

素野子の働く東療養病棟も、フロアには細やかな気配りが行き届いていた。廊下に掲げられた大きな絵画は明るく躍動感にあふれ、コーナーごとに色とりどりの生け花が飾られている。

「みずみずしい生花と、死に行く高齢患者の組み合わせって、なんか皮肉なコントラストですよね」

後期高齢者が集中する療養病棟は、死亡退院の比率が約七割と高い。厳しい現実を桃香はそんなふうに揶揄《やゆ》した。

死と隣り合わせの患者が多い病棟であっても、患者は枯れていく花などではないと素野子は思う。人生の終末期を生き生きと過ごせるよう、精一杯、患者のために尽くしたい。

今朝は患者に救われた。

霊安室からの退院が日常化した日々。今朝のように明るい気持ちで患者を見送ることができるのは特別なケースだ。

たんぽぽをくれた患者は、残された日々を家族に囲まれて過ごしたいと自宅療養の道を選択した。そして、家族もまたそれを望んだ。患者と家族の笑顔を見て、素野子の心は何とも言えない喜びで満たされた。

ナースステーション中央のテーブルに向かい、素野子はカルテや資料に目を通す。

午前中の業務が迫っていた。つかの間の集中だが、患者の状態をしっかりと把握するためには貴重な時間だ。

「堤さん、ちょっといい？」

「はい」

看護師長の草柳《くさやなぎ》美千代《みちよ》から声がかかった。

まさか桃香が口にしたような「目立ちすぎ」などという小言ではないだろう。けれど、声の調子が低いことに不安がよぎる。

ステーション奥の師長席に歩み寄った。でっぷりした体型の美千代は、やや不機嫌な面持ちで書類を眺めていた。

デスクの正面に立ち、そのままの姿勢で美千代の言葉を待つ。

「資格取得のことだけど」

師長の言葉に、鼓動が速くなるのを感じる。先月、認定看護師の資格を取らせてほしいとリクエストした件だ。

認定看護師は、「ある特定の看護分野において、熟練した看護技術と知識を有する者」の証《あかし》だ。日本看護協会が定めた講習を受け、審査に合格した看護師に与えられる資格だった。昇給にも結びつく。ただし、取得には約百万円の受講費用と半年以上におよぶ受講期間中の身分保障が必要だ。もし病院から支援を受けられるのであれば、ぜひ挑戦してみたかった。

「……難しいわね」

師長は口元を引き締め、上目づかいで素野子をにらむように見た。

「講習費を病院が負担する出張扱いでは無理よ」

歌謡界の大御所に似ていると皆が言う表情が、そこで少し和らぐ。

「だけど、自己啓発のための研修扱い、という形なら検討してもらえることになったの。それでも堤さん、がんばる気はある？」

手にした書類をデスクに置き、師長が正面から見つめてくる。

研修扱い――つまり受講費用はすべて自己負担だが、勤務は免除され、給与の一部が支給されるという意味だ。ゆとりはないが、貯金をはたけば何とかなる。

反射的に、素野子は激しくうなずいた。

「はい、お願いします」

給与が全額出なくても、半年くらいなら持ちこたえられる。その後の給与はアップが期待できるから、トータルではいい条件だ。

「認定看護師の制度はスタートしてまだ日が浅いし、本格的な評価はこれからだけど、勉強したいっていう意気込みはとってもいいと思う」

師長の大きな目を飾る長いまつげが盛んに上下した。小さな風に乗せてエールを送られたような気持ちになる。

「ありがとうございます！」

認知症看護認定看護師、あるいは糖尿病看護認定看護師、がん性疼痛《とうつう》看護認定看護師、それとも摂食・嚥下《えんげ》障害看護認定看護師……。

二十一の専門分野のうち、どの専門に照準を合わせて勉強しようか。考え出すと、先ほど以上に脈打つ音が速まるのを感じた。

「あなたの希望をすぐに認める、とはならないわね。理事会の議論と決定を待って、追っかけ詳しい学習計画書と申請書を書いてもらう。そんな感じだからコースの受講開始は、早くて来年かな？」

それでいい。却下されるのでなければ。

先週の金曜日に素野子は三十一歳になった。来春は三十二。まだ遅くはない、と思う。

この年齢で学び直しを図り、専門知識をさらに吸収させてもらえるというのは、願ってもないチャンスだ。体の震えが抑えられないほどうれしかった。

「もちろんです。よろしくお願いします」

すぐに母に知らせたかった。元看護師の母は、職場での成長を誰よりも願っているはずだから。

師長はデスクの上からもう一枚の紙を引き寄せて言った。

「私から堤さんにもう一つ。前にも言った通り、今年度から田口《たぐち》主任の補佐をやってちょうだい。それと、来週から新しい看護助手が入職するから。大原桃香さんに加えて、そっちの教育係もよろしく」

「二人の教育係、ですか」

年度始めに新人教育のタスクが回ってくるのは珍しくはない。けれど、一人が一般的だった。一人と二人の指導では、業務負担が違ってくる。ようやく桃香が慣れてきてくれたと思った矢先だった。認定看護師の研修許可と業務負担のセットは、まるでアメとムチのようだ。

「大原さんは仕事の辞め癖がついているから、扱いが難しいでしょ。でも、あなたが支えてくれて、ひとまずこの一年はもっている。そこを見込んで、なのよ」

桃香に対する指導を評価してくれている。おだてられているだけかもしれないが、自尊心をくすぐられた。

とはいえ、気を緩めるわけにはいかない。慢性的な人手不足の中、目下《めした》の者が辞めると教育係が責任を問われる空気が、この職場にはある。

「分かりました。新しい方は、どのくらいの経験の持ち主でしょうか」

「経験なしの男性。もともとサラリーマンで、ハローワーク経由。資格なし。最初は使い物にならないと思うけど、ゼロから戦力レベルにまで引き上げてやってよ。まあ男だから、それなりに力はあるでしょうけど」

病棟看護師の勤務スケジュールは、師長がチームを組み、シフト表に落とし込む。メンバーの年次や経験によって、仕事の負担も変わってくる。師長は、新人の看護助手を中堅どころの素野子にかませることでバランスを取ろうとしているのだ。それは理解するが、負担が増えるのは確かだ。

「分かりました」

思いがけず沈んだ声になってしまった。

「堤さん、この病棟で教育係に求められることは何かしら？」

師長が謎をかけるような言い方をしてきた。

「若手の知識と技術を確かなものにして、一日も早く病棟の戦力になってもらうこと――でしょうか？」

素野子の答えに草柳師長は大きくうなずき、その直後に首を左右に振った。

「若い子を辞めさせないで、とにかく働き続けてもらうこと――まずはそこ」

看護職の絶対的な不足、三百六十五日続く不規則勤務、民間病院の経営環境、価値を増す若年労働力……。普段はあまり考えたことのない院長講話のテーマが、素野子の頭の中をぐるぐる回る。

「あなた、うちに来てどれくらいだっけ？」

「……十年です」

師長ほどのベテランでもないが、さりとて新人でもなく、「もう」とも「まだ」とも形容し難かった。

「なら、仕事が増えるのも当然ね。たんぽぽの花で浮かれてるヒマはないと覚悟して——」

皮肉の一打を受けて、冷や汗が吹き出す。やはり桃香の指摘した通り、目立ちすぎだったか。どこかからバチンという金属板の音が聞こえたような気がした。

一礼して草柳師長のもとを離れた素野子は、東療養病棟の中央にあるナースステーションを後にした。キャリア・アップの道に差し込んだ細い光だけが、素野子の心を少しだけ軽くしてくれる。

二子玉川グレース病院のルーツは、もともと「ほどこし」だったと聞いたことがある。大正時代、目黒にあった旧藩主の地所に造られた「養育院」が始まりで、浮浪者、今で言う路上生活者や貧しい病人の収容が主目的だった。それが昭和初期に、目黒から現在の地に移転し、病院へと組織替えが図られた。今では二子玉川駅の周辺にある高級ショッピングセンターがにぎわうように、二子玉川グレース病院も富裕層の患者であふれかえっている。

「おはようございます。いいお天気ですね」

廊下の窓に春の空が広がっていた。ソメイヨシノが多摩《たま》堤《づつみ》通りに並び咲いている。

「おはようございます。けさは本当に気持ちがいいですね」

療養病棟は、こうしたスタッフの声かけに反応できない患者も少なくない。認知症の患者が六割強に上るためだ。

それでもスタッフはていねいにあいさつを繰り返し、体温や血圧などヴァイタルの測定を進める間も患者に優しく声をかけ続ける。

患者を人として尊重する――それは、素野子が誇りに思う二子玉川グレース病院のポリシーであった。

病院の最上階に位置する四階の療養病棟は、エレベーターホールで東西に分かれ、それぞれ五十一床を擁する。入院患者は認知症をはじめ糖尿病、慢性心不全、脳血管障害、慢性関節リウマチ、パーキンソン病といった複数の疾患を抱える七十歳代以上が大勢《たいせい》だ。

東病棟と西病棟の患者については、病気や容態に特段の違いはない。広い病棟を便宜上二つに区切り、二つの看護チームで担当しているだけだ。いずれも長期の療養が必要な患者たちで、入院のタイミングとベッドの空き状況次第で東西どちらの病棟に回るかが決まる。

このため、死期が目前に迫った患者や重度の認知症患者など、より手厚い看護が求められる患者が東あるいは西の病棟に集中し、もう一方の病棟には症状が軽くてケアする側の負担の小さい患者の入院が続くようなことが起こりうる。

素野子の二つ年下の恋人、市川翔平《いちかわしょうへい》は、そうした事情をトランプのゲームになぞらえた。

「ギャンブルだよね。持ち札《ハンド》によって業務負担が極端に違ってくるなんて」

トランプで最初に札を配られたとき、手元にどんなカードが来るかどうかは、まったくの運次第。不吉なスペードのカードばかりが届いて手札が真っ黒になる場合もあれば、優雅なクイーンやキングが顔をそろえることだってある。ただ、高位のカードが来ればラッキーなのか、小さい数の方が楽なのか。素野子は翔平の言うゲームのルールがつかみきれない。

「トランプの四種類のスートは春夏秋冬、季節を意味するんだよ。一組が五十二枚で、一年の週の数になっていて、すべてのカードの数字を足し合わせると三百六十四になるんだ。おもしろいでしょ」

素野子はまだピンとこなかったが、翔平が自分を楽しませようと一生懸命に説明してくれているのがうれしくて、目の前で動く翔平の唇を眺めたのを思い出す。

翔平の雑学好きは、多忙のせいかもしれない。別の病院で整形外科医として働き、緊急手術や患者管理で常に呼び出しを受けるハードな生活をしている。唯一の息抜きは隙間時間に雑学を仕入れたり、ゲームやパズルをやることらしい。最近はまっているのは数独だが、付き合って半年たった今も、素野子にはどこがおもしろいのか分からない。

「分かる？　一年なのに三百六十四なんだよ」

素野子はそこでようやく気づいた。

「一、足りないってこと？」

素野子が指摘すると、翔平は満足そうにうなずいた。

「そう。でもトータルは三百六十五になる。最後にジョーカーが加わるからね」

「わあ、怖い。ジョーカーを加えて一年が成立するって、なんか、不吉」

「人間の運命には、最初から鬼札が組み込まれているということかもな」

単なるゲームの話かと思って油断していると、突然、奥深いものが見えてくる。翔平の話の、そんなところも好きだった。

――大丈夫、今のところ東病棟にジョーカーはいないから。

翔平と交わした会話の最後に、そんなことを言った記憶がある。

午前九時半少し前、病棟の中ほどにある機械浴専用の浴室に向かった。

この日、素野子にあてがわれた日勤業務は、入浴介助から本格的にスタートする。体の自由のきかない入院患者を一人ずつ順番に風呂に入れる役割だ。

辞書で「看護師」を引くと、「厚生労働大臣の免許を受け、傷病者などの療養上の世話または診療の補助をすることを業とする者」などと書かれている。

実際のところ、この病棟での看護師の仕事は「診療の補助」よりも「療養上の世話」が圧倒的に多い。入浴介助は、白衣の職場のイメージとは異なり、そのユニフォームを脱いで取り組む重労働だ。

「よし！」

素野子は自分に気合いを入れ、脱衣所から浴室に通じるスライドドアを引き開けた。

ムッとした湿気が押し寄せてくる。入浴介助の補助を担当するパート職員、細内勇子《ほそうちゆうこ》が風呂の湯を張り、室内も暖めておいてくれていた。

「細内さん、よろしくお願いしまーす」

湯けむりの先に向かって声を張り上げる。

Tシャツ姿の勇子は右手で湯をかき混ぜながら「お湯の温度、ばっちりですよ」と左手を高く掲げた。

ここは、自力で立ったり歩いたりするのが難しい患者のための特別な浴室だ。浴槽は一人用だが、室内にストレッチャーを運び入れても介助者が動けるよう二十畳ほどの広い造りになっている。ストレッチャーの昇降機によって、患者は横になった状態のまま湯に入ることができる。

「女性患者十人の予定です。ゆっくり確実に、今日も無事故でいきましょう」

「はーい、よろしくお願いしまーす」

勇子は明るい声を返してくれた。「あたし、この仕事でこんなに腕が太くなっちゃったわヨ」が口癖の四十四歳のベテランで、素野子にとっては頼もしい存在だ。

素野子はいったん脱衣所に引っ込み、さっとTシャツと短パンに着替えた。大きなエプロンを付けてはいても、湯や泡が大量に飛んでくる。自分自身も汗だくになり、入浴介助の作業が終わるころにはいつも全身がびっしょり濡《ぬ》れてしまう。

「患者さん、入りまーす」

浴室の入り口で同僚看護師の声がした。

タオルケットにくるまれた裸の患者が、ストレッチャーに乗ったまま浴室に運び入れられる。関節が硬くなった患者の服を脱がせるのは相当に時間がかかる。このため患者は、あらかじめ病室で衣服を脱がされ、病棟の廊下を、すっぽりとタオルケットに包まれた裸体で通る格好になる。

浴室での作業効率を維持する必要から作られた手順だが、「患者を人として尊重する」というポリシーとせめぎ合う側面もあり、他の患者となるべくすれ違わないコースを移動する配慮がなされている。

脱衣所の扉が開いた。ストレッチャーの上で高齢の女性患者が不安そうに周囲を見回している。四〇三号室の内田佐枝子《うちださえこ》だった。

「内田さん、大丈夫ですよ、ご安心くださいね」

ゆっくりやさしくを心がけつつ、素野子は声をかけた。

裸にさせられる、ストレッチャーで移動させられる、他人の手で体をこすられて温水をかけられる、それから寝たまま入浴台に乗せられ、浴槽に沈められる——患者の側からすれば、怖《こわ》いことだらけだ。

素野子自身、美容院で髪を洗ってもらうときですら緊張する。それを思えば、裸にされた患者がおびえるのも当然だ。

「さあ、きれいになりましょうね」

そうっとタオルケットを剥いだ。ただし羞恥心への配慮から、小さなタオルをかけておく。まずは佐枝子の頭をシャンプーし、シャワーで温めながら体を洗う。せっけんを使わない「湯洗い」が中心だ。洗いすぎると皮膚が乾燥しやすくなるため、手足や首、陰臀部《いんでんぶ》のみ泡の洗浄剤を使う。

続いて体が滑らないように気を配りながら、横になったままの佐枝子をストレッチャーから入浴台に移動させる。

ここが最も危険で、細心の注意が必要になる。骨の変形によって背中が丸い患者が転がり落ちそうになったりするからだ。かといって、骨や皮膚の弱くなっている患者に無理な力はかけられない。

入浴介助の時間は一人当たり十二分。

ていねいに作業しなければならないが、あまりゆっくりもしていられない。事故防止のため、二人以上での介助が原則だ。

佐枝子は脳出血で左半身に重い麻痺《まひ》が残っていた。左手足が屈曲した状態で硬直している。

入浴台に佐枝子が確実に移ったのを確認して、ボタンを押す。細かい穴の開いた入浴台が徐々に下がり、佐枝子の体は浴槽内に沈んでいく。その間も寒くないよう、肩のあたりはシャワーで湯をかけ続ける。そこから三分ほどぬくもる時間を取る。

「ふぁあ、気持ちいい」

佐枝子はとろけるような声を出した。

このときの患者の表情を見ると、仕事の疲れが吹き飛ぶ。いくら重労働でも、そんな瞬間があるから入浴介助は好きだ。

「ありがとうねえ」

感謝の言葉をかけてくれる患者には、ケアにも熱がこもる。

佐枝子の硬直した左手足を少しずつ伸ばしてあげた。痛くないように、けれど拘縮《こうしゅく》がわずかでも改善するように。佐枝子の表情と手足の緊張を確かめながら、微妙に力加減を調整する。

佐枝子が入院してきたときは、ひどい衛生状態だった。家族がおらず、一人では入浴が難しかったのだ。特に首回りは、ボンドを何度も塗り重ねたように薄茶色い垢《あか》が層を成していた。

そういう垢は、一度や二度の入浴では落ちない。しかも、あまり強くこすると八十四歳の皮膚は簡単にむけてしまう。週に二回の入浴日に優しく洗い進め、一か月ほどでようやくきれいな肌になった。

「なんだ内田さん、本当は色白だったんですね」

佐枝子とそんな軽口をたたきながら喜び合ったのを覚えている。

時間となり、入浴台を上げる。タオルで体を拭き上げてから、移動用のストレッチャーに慎重に戻した。

「ああ、気持ちよかったわあ」

素野子はほほ笑みつつ、少し残念にも思う。本当は、もっともっと気持ちよくなってもらいたい。けれど、こうも短い時間では、できることは限られていた。

「お肌が乾燥しないように、保湿しますね」

最後に佐枝子の肌にクリームを塗る。周囲にいい香りが漂った。

「まるでお花畑。本当にここは天国ね」

満足顔になった佐枝子を新しいタオルケットで包み直し、「お疲れさまでした」と声をかける。

「ありがとう。ホント、気持ちよかった」

ストレッチャーの上で佐枝子は何度も礼を言ってくれる。

浴室の外で待機しているスタッフに佐枝子を託し、入れ替わりで次の患者を受け入れた。

「やめろ！　人殺し！」

四〇六号室の蜂須珠代《はちすたまよ》だった。認知症の症状が重く、入浴を極度に嫌がる。浴室に入る前から大声で乱暴な言葉を投げつけてきた。

「いじわる！　虐待よ！」

傍らで勇子が小さなため息をつく。スタッフの重荷となるのは、肉体的なきつさよりも、こうした介護への拒絶反応だ。

患者は認知症のため自分の置かれた状況を把握するのが難しく、不安や恐怖を極度に感じやすい。そのせいで暴言を口にしてしまう。スタッフの誰もがそれを学び、理解はしている。ただ、実際に目の前で怒声を浴び、激しい抵抗を受けると、自分が本当に正しいことをしているのかどうか――と悩んでしまう者も少なくない。

「心が折れそうだわ」

いつだったか。入浴拒否を続けた患者をなんとか風呂に入れた後、勇子がそんなことをポツリと言うのを聞いた。

この日の珠代は、いつも以上に激しく抵抗した。

患者本人がどうしても介助を受け入れない場合、入浴を中止するという判断も当然ありうる。けれど珠代は、このところ五回連続で入浴をキャンセルしており、乳房の下があせもで赤くなっていた。今日は入ってもらいたい。

「お風呂で気持ちよくなりましょうね、蜂須さん。お体、楽にしてください」

素野子は珠代の緊張をほぐそうと、必死で声をかける。珠代の振り回すこぶしの力が少し弱まった。

　ほっとしたのもつかの間、珠代がいきなり右手を大きく払い、勇子の顔をたたいた。眼鏡が吹き飛び、向こうの壁にぶつかる固い音を立てる。

「いった〜い。泣いちゃいますよ〜」

　勇子の口調は冗談めいていたが、表情はこわばっている。

「今回は洗身《せんしん》だけにしましょうか」

　シャンプーは、あまりにも抵抗が激しそうであきらめる。

「了解です。欲張らない方がよさそうだもんね」

　勇子が患者の腕を押さえて、洗身の態勢に入った。その間に素野子は脇や胸の下に泡をつけて素早くこする。続いて全身をシャワーで洗い流し、ようやくほとんどの泡がなくなるところまでたどり着く。

　素野子は仕上げに珠代の腕に湯をかけた。一瞬、珠代を押さえていた勇子の力が緩む。

「やめろ！　人殺し！」

　珠代は再び激しく叫び、自由になった手でホースを振り払った。シャワーヘッドが跳ね上がり、素野子の額を直撃する。

「痛っ」

　思わず声が出た。クロムメッキを施した重いシャワーヘッドを拾い直し、再び珠代に声をかける。

「温泉ですよ〜。蜂須さん、草津温泉って知っていますか？　ほらほら、草津よいとこ〜」

珠代の気をそらしながら、ストレッチャーから入浴台にさっと移す。床面からの高さは約一メートル。患者が暴れて落ちるのを防ぐため、介助者は自分の体を柵にする。たとえ患者にひっかかれようが殴られようが、柵になりきり、じっと耐え続ける。落下事故を起こすことに比べれば何でもない。

だがすぐに珠代は興奮し始めた。

「もう無理ですね」

入浴台を上げ、珠代をタオルで手早く拭き上げる。

「堤さん！　おでこから血が出てる！」

勇子が教えてくれたが、気にしている暇はなかった。珠代をストレッチャーに移す。

ふいに目がしみた。血液か汗が目の中に入ったようだ。腕で顔をぬぐうが目を開けられなくなった。

「ちょっと顔を洗わせてもらいますね」

水道の水で顔を洗う。職員事故の報告書を書く仕事が増えたと少し憂うつに思いながら。それからペーパータオルで押さえつけるように顔を拭く。額の部分は圧迫止血も兼ねて、しっかりと。ペーパーにはそれほど血液が付着せず、ほっとする。

三人目の患者、下村里美《しもむらさとみ》を連れてきたのは桃香だった。

四〇八号室の里美は、末期の糖尿病患者だ。目が見えず、足が指先から壊疽《えそ》しかかっている。体重が六十八キロもあるため介護負担も大きく、入浴介助は三人で担当するようにしている。

桃香も素早くTシャツ姿になった。

「はい、あったかいお湯に入りますよー」

里美が横たわる入浴台を湯に沈めている最中に、桃香が顔を寄せてきた。

「聞こえましたよ、さっきの師長とのハ・ナ・シ。堤さん、キャリア・アップ狙ってるんすね。抜け目ないっつうか、さすがですやん」

なぜ桃香が知っているのか。

「あ……」

草柳師長と話をしていたときに聞こえた、バチンという金属音がよみがえる。あれは、休憩室のロッカーを桃香が閉めた音だったのか。桃香は化粧直しのため、しばしばロッカーを使用する。休憩室はナースステーションのすぐ隣にあり、簡単に区切られているだけなので会話は筒抜けだ。

「いや、まだ決まったわけじゃないし」

「堤さん、正解ですよ。こんな療養病棟《とこ ろ》で、ボケたジジババを相手に雑用ばっかしてもキャリアにならない。年食うばっかで、やってられないし」

あんまりな言い方に絶句した。少なくとも目の前に患者がいるのに口にするセリフではない。耳が遠いから聞こえていないとは思うが、それも分からない。聞こえないふりをしているだけかもしれない。

桃香はその辺りのことを一顧《いっこ》だにしない様子だった。患者の里美は目を固く閉じている。勇子は「またか、やれやれ」という顔で黙々とシャワーを操っていた。

「大卒、上位校出身だと、なおさらその辺を感じちゃうんですよね」

愚痴とも自慢ともつかぬ、桃香のいつもの話が始まる。

中央医科大看護学科の偏差値は六一。当人から何度となく聞かされ、素野子の頭に刷り込まれた数字だ。

看護師の資格を取得するための道は、いくつかある。高校卒業後に看護専門学校や看護短期大学に進み、三年間の専門課程を修めて看護師国家試験を受けるのが最も早いルートで、素野子は専門学校を選んだ。けれど近年では桃香のように、四年制の看護大学や看護学科で学んだあとに国試に臨むケースが激増している。大卒ナースは今、国試受験者の約三〇パーセントを占めている。

桃香は、中央医科大と難易度がほぼ同じ新宿医科大学にも合格したという。実家は多摩地区のどこかの市なので、新宿の方が通学しやすかったはずだが、進学先は港区にある中央医科大を選んだ。理由は学部の名称だった。中央医科大が「医学部看護学科」であるのに対して、新宿医科大は「保健学部看護学科」。医学部という看板の響きに、ブランド力を感じて入学を決めた。これも桃香が得意げに語る話題だった。

「大学であんなに勉強したのに、それが何の役にたっているのかなって。はあ、むなしい」

素野子が専門学校卒だということを桃香は知っている。入浴介助のみを任されているパートの勇子に至っては、資格がないことも。そういう人たちと自分は違うのだと言わんばかりに桃香はため息をつく。

桃香は国家試験に合格したあと、中央医科大学附属病院の総合母子健康医療センターで看護師のキャリアをスタートさせた。ところが目の回る忙しさに数か月でドロップアウトした。その後は、ほどよい働き方で暮らしていけそうな病院を転々として、一年前に二子玉川グレース病院にたどり着いたのだ。

「偏差値六〇超えのナースがやる仕事じゃないですよ、ここって」

ここを選んだ理由も、「おしゃれな街」というイメージにあることは、素野子にも想像がついた。どこまで見栄《みえ》を求めれば気が済むのかと思う。

「下村さん、お顔の色がよくなりましたよ」

入浴を終えた患者に、素野子はことさらに明るい声をかける。早く仕事モードに戻ろうよ、という気持ちを込めて。けれど桃香はふてくされたような表情を改めようとしなかった。専門学校出の素野子に指導を受けている状況も不満なのかと、こちらまで不愉快になりそうだ。

「お疲れさまでしたー」

ネガティブな気持ちを振り払いたくて、素野子は患者にとびきりの笑顔を向ける。桃香は下村里美を乗せたストレッチャーをぐいと押し、無言のまま出ていった。

眉を上げた勇子と目が合った。素野子も苦笑いでうなずき返す。すでに脱衣所では次の患者が待機していた。

午前九時半から始まり、十人の入浴を終えたときには十一時半になろうとしていた。

手と足がすっかりふやけている。鏡を見ると、額の傷そのものは小さかった。だが、傷の周囲に皮下出血ができており、たんこぶのように膨らんでいる。

「痛っ」

少し触れただけで、患部がうずいた。その瞬間、四〇六号室の蜂須珠代の「やめろ！　人殺し！」という叫び声がよみがえる。

この日の入浴者十人のうち、介助に「抵抗」したのは珠代を含め四人を数えた。それでも全体の半分以下で、まだ少ない方だが、へとへとだった。

勇子も脱衣所の床にへたり込み、濡れた眼鏡を拭き直している。

「虐待する側の気持ちが分かる――なあんて言ったら、誤解されますか？」

灰色の壁に背中をぐったり預け、勇子がそうつぶやいた。

「怒鳴りつけたくなっちゃうこともあるんですよねえ。大人しくしろって」

ぎょっとした。勇子の言葉のひどさに、ではない。素野子の胸にも同じ思いがよぎったからだ。

素野子は何も言えずに額の傷に薬を塗る。

「堤さん、ベランダから入居者を投げ落とした男、ついに死刑判決が出てたよね」

勇子の話は、府中市の介護付き有料老人ホームで、入居していた高齢の男女五人を男性職員が相次いで転落死させた事件のことだった。

「府中の老人ホームですね」

事件の発覚から判決まで何度となく世間を騒がせた介護施設は、同じ多摩川の上流に立つ。

「あの犯人、警察の取り調べでゲロったんだって。入居者がなかなか風呂に入ってくれず、困っていた。入浴を介助しようとしても何度も拒まれた。うまくいかずにストレスを感じた――だとさ」

勇子は眼鏡を何度もかけ直しながら言った。フレームがひどく曲がり、いくら手で調整しても、きちんとフィットしない様子だった。

「あたしたちの仕事って、とんでもないんだわ」

絞り出すような声を出す勇子の指先で、眼鏡の鼻当てがポロリと取れた。

「あっ！」

思わず声が出た。勇子は黙って手元を見つめている。

だが次の瞬間、勇子は、暗い顔を一転させた。

「あしたから、うんと安いのをかけてくるわよ」

勇子が「あしたから」と言ったことに、素野子はほっとする。

「今日はちょっと大変でしたね。本当にお疲れさまでした」

勇子は入浴介助だけのパートなので、これで業務終了となる。

けれど素野子は続いて昼食介助に入らなければならない。Tシャツからナース服に着替え、浴室を出た。

日勤の看護は、午前中に業務が集中する。

普段は午前九時から各病室をラウンドして回るのだが、素野子はこの日、退院患者のお見送りに始まり、入浴介助の当番に当たっていたため、少し変則的だった。他の看護師は、患者一人一人の状態を把握しつつ、検温や血圧測定、おむつ交換や洗面、医師の診察介助や採血検査、点滴などを進めている。

さまざまな業務メニューは、病棟の看護師たちが代わる代わる、あるいは共同でこなしてゆく。自分の業務が終了すれば、すぐに他の看護師が行っている業務に合流する。大縄跳びの中に、スムーズに入っていくように。

間もなく十一時半、昼食準備の開始だ。

素野子もエプロンを付けて、ホールへ向かう。ちょうど食事を載せたワゴンが到着する時間だった。これから午前最大のイベント、昼食の配膳と食事介助が病棟内で一斉にスタートする。

定刻の午前十一時半きっかりに、地下厨房《ちゅうぼう》から大型の温冷配膳車がエレベーターで運ばれてきた。この配膳車は、患者一人一人に届ける料理をトレーに載せて収納し、温かい食材は温かく、サラダや果物は冷たいままサーブできる給食システムのスグレモノだ。

ピンク色のエプロンをつけたスタッフが配膳車を押してやってきた。

この瞬間、病棟内の空気が一変する。

医師や看護師の白衣は、患者に特段の福音をもたらさない。ところが、配膳スタッフのエプロン姿は、確実に楽しいことが起きる予感を周囲にまき散らす。しかも二子玉川グレース病院は、世間に向けて「おいしい病院食」を売り物の一つにしていた。

それまでホールでぼんやりとテレビを観《み》ていた患者たちが、配膳車とピンク色のエプロン姿を認め、一斉に目の色を変える。食べ物の力は偉大だ。

今日のおかずは、うなぎの蒲焼《かばや》きに、きのことほうれん草の白和《あ》え、かぼちゃのそぼろあんかけだ。メニューは共通だが、患者の病状によって食材は三段階の硬さに分かれている。

あちこちの患者から、声が上がる。

「早くしろお」

「こっち、まだ来てないよ」

「遅いわね、まだなの」

認知症を患い、順番を待つことが難しい患者も少なくない。

「順番にお配りしていますので、少々お待ちください」

看護師や看護助手、時には手の空いたリハビリテーションのスタッフまでもが声をからして弁明に追われる。しかも、その一方で「看護師さん、トイレへ連れて行ってください」という患者の対応にも当たらなければならない。

ホールでの配膳が終わると、病室のベッド上で食事をする患者の配膳に移る。こちらの患者は多少遅れても文句を言わないから助かる。ホールが見えないせいで食事のサーブが始まったと気づかないのと、むしろ食事をしたがらない患者が多いためだ。

病院食は、料理を配って終わり、ではない。

患者の状態に応じて食事の介助が必要だった。手の力が弱い患者や、震えてうまく食事動作ができない患者には、食べ物をスプーンで口元まで運んであげるのだ。そうすると、やっと口を開け、飲み込んでくれる。

素野子は若い介護スタッフとともに、個室の四一七号室に入った。

患者の名は、上條《かみじょう》美土里《みどり》。東療養病棟では比較的若い六十五歳だ。認知症はない。ただし子宮癌《がん》が全身に転移しており、いつ亡くなってもおかしくないターミナルの状態だった。肺へも転移があるため、呼吸が十分にできず、常に酸素を吸入している。意識はあり、会話もできるが、手に力が入らず、先週から食事介助が必要になった。

部屋に入ったとたん、介護スタッフが顔をしかめる。

美土里の部屋は、いつものように強い香水の香りがしていた。自分の体の臭いや排泄物《はいせつぶつ》の臭いを封じ込めようと考えているらしい。ケアをするたびに美土里は必ず香水を振りかけてほしいと希望した。

「いい香りの中で、きれいに死なせて」

それが彼女の口癖だった。

死を前にすると、思うように清潔を保つのが困難になる。誰もが元気なときと同様にずっと身ぎれいではいられない。美土里は認知機能が保たれていることもあって、羞恥心《しゅうちしん》を強く感じるのだろう。素野子は心が痛んだ。

スタッフの視線を感じたが、気づかないふりをした。余計な会話をして患者を傷つけたくはなかった。

「上條さん、お昼ごはんですよ」

美土里の半身をゆっくりと起こし、ベッドの上にテーブルをセットする。

「こちらに置きますね」

介護スタッフも詮索《せんさく》は無用だと理解してくれたようだ。いつもの日常業務の表情に戻り、昼食のトレーをテーブルに置いて部屋を出て行く。

素野子は美土里のベッド脇に座った。トレーに並んだメニューも皆と同じだった。ただし美土里のために、噛《か》まなくても喉を通るように、うなぎはふっくらした身の部分だけ、白和えの野菜は刻まれ、かぼちゃはペースト状になっている。

「どれから食べましょう」

返事はなかったが、美土里の視線からかぼちゃだろうと目星をつけた。スプーンで濃い黄色のペーストをすくい、美土里の唇に近づける。

美土里は無言で口を開いた。そこにスプーンをそっと運び入れる。口が閉じられ、ペーストはゆっくりゆっくり咀嚼《そしゃく》された。

美土里の口の動きをじっと見つめる。やがて、のど仏が上下し、飲み込めたのが分かった。

「ああ、おいしい」

美土里はそう言ってほほ笑んだ。

「次はうなぎにしましょうか」

美土里がかすかにうなずく。素野子はふわふわのうなぎを取り、再び口に運んだ。

飲み込むのを待つ間、スプーンの上におかゆを載せて待機する。美土里の食事介助は何度も経験していた。濃い味の次には必ずおかゆを欲しがるのだ。

「おかゆさんです」

うなぎを飲み込んだタイミングで、次を差し出した。三口目もスムーズに食べてくれた。

「お野菜です。ビタミンたっぷりですよ」

きのことほうれん草の白和えを口元に運ぶが、美土里は口を閉じたまま首を左右に振った。気がすすまないのか、もうお腹《なか》がいっぱいになったのか。

「じゃあ、デザートはいかがです？」

ブドウのゼリーをすすめてみる。けれど、美土里はやはり口を開かなかった。

「終わり」

そう言って美土里は目を閉じ、一つ深呼吸した。

食事量はわずか三口――少ないが、仕方がない。無理やり口の中に詰め込めば、むせて誤嚥《ごえん》させてしまいかねない。

「じゃあ、あとでおなかが空《す》いたらおやつを出しますね」

軽くうなずくと、美土里は素野子の顔を見上げて言った。

「午後はね、お客が来るの。悪いけど、その方の分のおやつもお願いできないかしら？」

見舞客がほとんどいない美土里にしては、珍しいことだった。

病院食を患者以外に出すのは禁じられている。だが、久しぶりに聞いた美土里の願いを簡単には切り捨てられなかった。美土里はもう、お客のために売店へ食べ物を買いに行きたくてもできない体なのだから。

「……分かりました。でも、師長にはナイショですよ」

そう答えると、美土里はうれしそうな笑みを見せた。

「その人ね、売り出し中の写真家なの。あたし、きれいにしていないと」

素野子は膳を下げ、次の患者の食事介助に向かった。

その後も、他の患者の食事の摂取状態や量を確認して下膳し、介助が必要な患者のマウスケアを行う。これらを午後二時に始まるミーティングの前までに終了させるのが、昼どきのミッションだった。

看護師たちはこの間に、交代で一時間の昼休みに入る。

休憩入りは、正午からの「早昼」チームと、午後一時からの「遅昼」チームにあらかじめ分けられていた。

素野子は今日、午後一時からの遅昼チームだった。けれど、担当患者の食事介助はまだ終わらない。自分がうまく進められなかった作業の残りは、早昼を終えて仕事に戻ってくるスタッフの負担になってしまう。段取りよく進まないときは気が引ける。

四人部屋の四〇七号室に入ったところで、時間を確かめようと思った。素野子は胸元のシルバーに手をやった。

「あれ？」

隣のベッドで患者の食事介助をしていた桃香が声を上げる。

「かわいいですね、その時計」

桃香はすぐに気づいたようだ。妙に目を細めて視線を向けてくる。

「あ、うん――。フォブウォッチだよ」

素野子のナース服のポケットの縁には、短いチェーンつきの時計がぶら下がっていた。別に珍しいものではない。腕時計は手洗いのたびに取り外さないと、ベルトの当たる部分などにウィルスや雑菌が残ってしまう。体位変換やさまざまな介助の際には、腕時計のバックルやリューズが患者の肌を傷つけてしまうリスクもある。フォブウォッチは、この仕事の特質をよく考えた時計だった。

翔平がくれたのは、飾り文字をあしらった銀色のアナログ時計がついている特別なデザインのものだった。

先週金曜日、誕生日の夜が鮮やかによみがえる。

「いつも忙しい素野ちゃんの仕事に、ちょっとでも役に立てばいいな」

翔平はそう言ってプレゼントしてくれた。

ここ数年、誰かから贈り物をもらったことなどなかった。喜びと同時に、じんわりと幸せが訪れる予感に包まれた。そのあたたかな感情は、まだ少しも消えていない。

「もしかして彼氏さんから？」

思わず口元が緩む。

「いいなあ、堤さん」

桃香が、素野子に初めて羨望《せんぼう》の表情を見せた。

幸福感が桃香にも分かるくらい漏れ出ているようだ。そのことに気づいて素野子は恥ずかしくなる。一方で、自分は本当に幸せなのだと実感もする。

これを握りしめると、頑張れる。

睡眠不足にも耐えられるし、認定看護師に挑戦する勇気もわいた。

フォブウォッチは、翔平からの応援歌、いや、愛の象徴だ。

桃香の視線が外れるのを待ち、素野子はもう一度襟元に手を伸ばす。

普通の懐中時計と違って、フォブウォッチは時計本体の「六時」の部分にチェーンが取り付けられている。胸に垂れ下がっているときは文字盤が逆さになるが、持ち上げると正しい向きで時刻を確認することができる。

金属の冷たい感触が火照《ほて》った指に心地よかった。

銀の重みを感じつつ、時刻を確認する。午後零時五十七分——あと三分で休憩時間だ。

急いで下膳を済ませ、マウスケアを開始する。桃香も隣の患者のマウスケアに入った。

「そういえば堤さん、最近きれいになりましたよねえ」

桃香に、のろけ話をせがまれるのは嫌だった。翔平の話をすると、何か大切なものが壊されるような気がする。

「大原さん、あのこと聞いた？」

話題を変えようと、素野子は今朝、ナースステーションで草柳師長がチラリと口にした情報をほのめかした。

「え？　何ですか、何ですか」

桃香はすぐに乗ってきた。

「うちの病院内でもＷｉ‐Ｆｉが使えるようになるんだって。今月中に」

「マジ！　ようやくネットがつながるんだ。やったあ！」

新しいサービスの提供は費用がかかる。少しでも利益の確保を優先したい病院の経営陣は新規の支出に消極的だったのだが、「ニコタマ・グレースにネット環境がないなんて」という患者や家族からのネガティブなクチコミを恐れて、今年度からの導入を決めたという。

「堤さんの学費支給よりは、万人のためのＷｉ‐Ｆｉ導入の方が優先度が高かったってことよ」

草柳師長と認定看護師の資格取得に関する話をしたとき、そんなふうに病院の台所事情を説かれた。

素野子はもう一度フォブウォッチに目をやる。その瞬間、突然の叱声《しっせい》が飛んできた。

「堤さん、大原さん、なにやってんの！　患者様の介護をしながらムダ話はやめなさいっ」

草柳看護師長の補佐役、看護主任の田口雅江《まさえ》だった。

主任は、小柄な体を反り返らすようにして怒鳴り声を上げる。

「大原さん。あんたこの紙、貼ってきて。各病室とホールの目立つとこにね」

そう言って主任は、何枚ものＢ４判のポスターを桃香に突きつけた。二人で話題にしていた件の案内文書だった。

上部に「無線ＬＡＮ（Ｗｉ‐Ｆｉ）接続サービス開始のお知らせ」と大書され、「当院では患者様・ご家族様のご満足度を高め、サービスの充実と利便性の向上を図るため……」と続いている。

昼食の休憩入り直前に主任から雑務を命じられ、桃香は頬を膨らませた。

「大原さん、これから休憩入りでしょ？　ちょうどいいじゃない。誠実に仕事してる看護師なら、こんなこと普通は喜んでやるものだけどね」

誠実——田口主任が得意とする看護哲学だ。

「なによ。准看《じゅんかん》あがりのくせに」

田口主任が二人のもとを立ち去った直後、桃香が吐き捨てた。

「大原さん、それは……」

素野子はざらりとした違和感を覚えつつ、「失礼よ」という言葉をのみこんだ。

世間で言われる「看護師」の資格は、制度の上で二種類に分かれている。

厚生労働大臣が国家資格として免許を発行する「正看護師」と、都道府県知事が認める「准看護師」だ。

正看護師と准看護師は、業務の範囲や許される医療行為に差があるわけではない。しかし、保健師助産師看護師法は准看護師について、「医師、歯科医師又は看護師の指示を受けて」業務を行う——と規定している。つまり准看護師は法律上、正看護師の補助員という立場に位置づけられている。

准看護師の資格は中学卒業後、各都道府県の准看護師養成所や看護学校に進み、二年間の学習後、試験に合格することで取得可能だ。

女子の高校進学率が低かった時代に看護職員を増やす狙いで創設された制度だが、修学期間が短くて済むことから、近年は社会人経験者が資格にチャレンジするケースも多い。

中学卒業後に十七歳で准看護師になった田口主任は、故郷の山梨県で十年の実務経験を積んだ後に通信制課程で学び直し、正看護師の資格を得たと聞く。文字通りの苦労人だ。

「だって、元准看は事実じゃないすか」

素野子のとがめる表情に気づいたのか、桃香はそう繰り返した。

苦い気持ちのまま、残りの業務を片づける。元は准看であろうが何だろうが、田口主任は一生懸命に業務をこなしている。一緒に働く仲間であるのに、自分も同様に学歴差別されているのだろうかと思うと、素野子は居心地が悪く、息苦しささえ覚える。


その日は夜遅く、自由が丘で翔平と会った。

イタリアン・バルでいつもより多めに赤ワインを飲んだ。まったりとした時間に、ふと桃香のことを思い出した。

「桃香っていう後輩がいてね、おしゃべりで困るのよ」

「相手にすることないよ」

翔平があっさりと答える。

「そんな単純には行かないのよ。忙しくてちょっと返事ができなかっただけで、嫌われてると誤解する子もいるんだから。へたしたら、パワハラって言われるし」

「黙って仕事しろ――って、誰かが言ってやらないと。俺が行く?」

素野子は思わず噴き出す。

「うれしいなあ。翔ちゃんに分かってもらえるだけで、ほっとするよ」

投げキッスをすると、翔平がデへへと笑った。

「桃香は大卒ナースを鼻にかけて、主任のことを准看あがりのくせにって言ったりするんだよ。専門学校出の私もバカにされてるんだろうなあ」

「素野ちゃんが美人だから、ひがんでるんだよ」

「まさかあ」

「その桃香って看護師、どんな子か分かんないけどさ。まあ、もともと医療の世界って、ヒエラルキーが強い世界だからな」

「ヒエラ……？」

「ドイツ語で位階制の意味だよ」

「難しいね、ドイツ語。診療録《カルテ》や病状説明《ムンテラ》なら分かるけど」

翔平は素野子の答えに笑みを見せ、嘆くような口調で続けた。

「医師と歯科医師をトップに、放射線技師や臨床検査技師、薬剤師、それに素野ちゃんたち正看護師がいて、その下に准看、看護助手……。しかも、正看の中には大卒ナースだ、短大だ、専門卒だって。まるでヒエラルキーのミルフィーユだ」

「そのヒエラなんとかで、給料も違ってくるんだよ」

翔平の言うところのヒエラルキーは、看護師の給与に直結する。二子玉川グレース病院の場合、正看護師の基本給は大卒で二十一万七千円、短大卒と専門学校卒はともに一万七千円安い二十万円、准看護師はさらに一万八千七百円安い十八万三百円と定められている。

「翔ちゃんはドクターでいいなあ」

翔平は肩をすくめる。

「同じだよ。医局では教授、准教授、講師、助教、研修医っていう具合で、こっちもヒエラルキーのミルフィーユ。しかも『給料はいらないから、勉強のためにオペさせてほしい』なんて言う無給医までいる。俺も拘束時間はめちゃめちゃ長いし、時給に直せばコンビニのバイト以下かもしれない。それでも腕は上げたいから、執刀医か第一助手に選んでもらえるように、雑用でもなんでもやってさ。これでもしのぎを削ってるんだぜ」

愚痴を聞かされたのは初めてだ。

「そうなの……」

「いやごめん、こんな話はやめるよ。今は素野ちゃんと、もっと楽しい話がしたい」

翔平の表情が、さっと笑顔に切り替わる。

「そうだね」

素野子もほほ笑み返した。けれど、本当はもっと聞きたいくらいだった。楽しいことだけじゃなくて、嫌なことも共有できるのは、より親密になれた証拠だと思うから。

ただ、よりによって桃香のことを話題にしてしまうなんて、自分はどうかしている。翔平との大切な時間なのに。

「なんだか甘いミルフィーユをバクバク食べたい！」

酔った勢いのせいで、そんな言葉が飛び出た。

翔平は素野子をしばらく見つめたかと思うと、「素野ちゃんらしい」と大笑いする。

店を出て、自由が丘駅の南口に続く静かな舗道を歩く。桜の咲く四月とは言え、夜気《やき》はまだ肌寒い。信号のある交差点に立つと、奥沢《おくさわ》駅に続く道を示す標識が目に入った。

確か田口主任は、駅前のマンションに住んでいると聞いたことがある。

今日、勤務が終わる直前にあった出来事が浮かんできた。

翔平との大事な時間に、また病院のことを思い出している。素野子は考えを追い払うように頭を振る。けれど、主任の姿は決して消えようとしなかった。

夕方五時の日勤が終了する間際だった。素野子は田口主任に捕まり、仕事を命じられた。ポスター貼りのような単純な雑用とは違い、時間と神経を使う仕事だ。

「堤さん、急だけど今から新しい患者様が入るからね。あんたが担当よ。四一八号室、お名前は猿《さる》川菊一郎《かわきくいちろう》様。いい？　早いとこナースステーション行って！」

新しい患者の情報収集は、簡単には終わらない。名前や年齢、疾患の確認に始まり、病状、既往歴、アレルギーの有無、処方内容、食事の好み、特別な生活習慣などを漏れなく聞き取る必要がある。血圧や体温、脈拍数などのヴァイタル・サインをチェックし、体の表面に異常がないかを確かめる。それらの情報を記録にまとめ上げ、次のシフトの看護師に申し送りをした。

それで今日はデートに遅刻したのだ。翔平は「あるあるだね」と、笑って許してくれた。

「素野ちゃん、この曲聴いて」

帰りの電車は混んでいた。ドア横のポジションに立つ。翔平がイヤホンを片方だけ貸してくれた。

♪さあ　がんばろうぜ！
オマエは今日もどこかで
不器用にこの日々と
きっと戦ってることだろう

翔平の好きなロックバンドの曲だった。自然に口元が緩んでくる。

目が合うと、翔平は親指を立ててうなずく。電車の揺れが強くなっても、素野子は平気だった。翔平がさっきからずっと背中を支えてくれていたから。

翔平とつきあっているのだと素野子は実感する。疲れているのに、安心感で満たされる。うれしくてめまいがしそうだった。

ただ一点、嫌な予感を除いて――。

第二章　日勤

——二〇一八年四月十六日

年度替わりのタイミングを少し過ぎた四月の半ばだった。一人の看護助手が東療養病棟に入職してきた。事前に知らされていた通りだ。

「はじめまして、小山田貴士《おやまだたかし》です」

午前八時三十分。新人の小山田はナースステーションに入ると、いきなり大きな声で自己紹介を始めた。

「ロジスティクス業界でリーマンしてましたが、もっとこう、人に寄り添いたいと思って転職しました。見ての通り、何の取り柄もない男ですが、やる気だけはあります。日乃本大卒、弱冠二十九歳。身長一メートル八十四センチ、独身。あ、それはどうでもいい情報か。ま、どうぞよろしくお願いします」

よくしゃべる新人だった。ずいぶん場慣れしている感じだ。桃香が不快そうな表情で顔を寄せてくる。

「なにあの人？　ナルシー？」

その声は、スタッフの儀礼的な拍手にまぎれた。貴士は眼鏡をずり上げると、ひょろりとした体を折りたたむように頭を下げた。師長が「力はあるでしょ」と言っていたが、それはあやしい。

看護師が白衣姿であるのに対し、看護助手の制服は薄いブラウンだ。白衣のスタッフは十人に対して、ブラウンのスタッフは二人。いずれも男性は一人ずつしかいない。その他、病棟にいる介護職員は水色の制服を着ており、人数は看護師とほぼ同じ、全員が女性だ。

「小山田君はね、ひとまずAチームに入って。堤さんの指示を仰ぐこと」

たっぷり三十センチ近い身長差があろうか。田口主任が、貴士を見上げるようにして命じる。

「はい」

貴士は素直にうなずいた。

「それと君、ロジスなんとかって、何さ？」

「日本経済を支える物流業界——僕は子会社で、引っ越しやってました」

「なんだあ、引っ越し屋さんか」

「はいっ」

田口主任は素野子に向かって「ハキハキした好青年ね。堤さん、よく見てやって」と付け加える。

またハキハキか——。すでに自分は、はっきりした口調で毒を吐く桃香に振り回されていた。貴士をちゃんと指導できるだろうか。素野子の胸の中を不安がかすめる。

「大丈夫……」

素野子は胸元のフォブウォッチに手をやった。自分には、支えてくれる彼がいる。

冷たい銀の感触が、素野子の心を落ち着かせてくれた。

貴士の紹介に始まった朝のミーティングは、いつもの申し送りになだれ込んだ。深夜勤のチームから、入院患者の病状変化や特別なケアに関する情報伝達だ。続いて草柳師長の締めのひと言が始まる。

「皆さん、胸元のハンカチの使い方を知ってますか？　手を濡らした殿方に貸してあげるものじゃありませんよ」

スタッフたちの笑いが起きる。師長はそれを見て、機嫌よく話を続けた。

「いざというとき、口の上に一枚、それを挟んで人工呼吸してください。そうすれば、マウス・トゥー・マウスも躊躇《ちゅうちょ》せずにできるでしょ。いつでも人工呼吸ができるように清潔なものを胸ポケットに入れておきましょう」

ハンカチ活用法の話は、以前のミーティングでも聞かされた。今日は新人が来たから、改めて繰り返したのだろう。

「これなら、謎のウィルスに感染している患者様が相手でもできるでしょ？」

謎のウィルス、という極端な例え話に再び笑いが入る。医療現場の第一線に立つ看護師なら、防護服の代わりにハンカチでも何でも使って患者のために尽くせという草柳師長のメッセージだ。

最後に草柳師長は、一枚の紙を取り出して高らかに読み上げた。

患者について全神経を集中させることができるようにしなさい。あなたの注意力を全部患者に向けるように鍛えなさい。

——ナースのルール３０７

草柳師長の座右の書『ナースのルール３４７』から引いた言葉だった。看護師が医療現場でどのように行動すべきかについて、アメリカの看護師と医師がまとめた心得集だ。この中から師長が一つのフレーズを選び、毎週、ナースステーションの壁に掲示する。

師長はスタッフ一人一人の顔を眺め渡した。長いまつげが上下する。自らが読み上げた「教訓」の意味を、スタッフ全員がかみしめているかどうかを確認する目だった。

「では皆さん、今日も一日よろしくお願いします」

「よろしくお願いしまーす」

全員が唱和する。そのタイミングで朝のミーティングは終了し、それぞれが持ち場に散った。

壁の時計を見上げる。ちょうど午前九時になるところだった。

実は本来の日勤時間帯は、ここから始まる。

午前九時に先立ち、毎日午前八時半から行われる「申し送り」という名のミーティングは、シフト上の勤務時間に含まれていない。

看護師たちにとってそれは、いわば「始業前のサービス残業」である。日本全国どこの病院でも当たり前のように行われている旧弊だ。

いや、事実としては三十分どころの話ではない。

この日の午前七時四十分、素野子が更衣室で白衣に着替えてナースステーションに顔を出したときには、各チームとも半数近い同僚がすでに病棟に来ていた。

始業時刻のおよそ一時間半前に出勤し、制服に着替え、担当患者の情報収集に着手し、定例の朝のミーティングに臨む。誰もが疑問をはさむことなく、当然の責務として受け入れている。

仕事の性格上、勤務がどうしても不規則になる看護師は、家から近い場所に勤務先を選ぶ傾向が強い。

素野子の場合、自宅の大森から病院のある二子玉川までは、大井町で電車を乗り継いで三十分だ。それでも多くの同僚からは、「遠くて大変ね……」と同情されている。

「定時」が午前九時であるこの日の出勤に際して、素野子は午前七時前には家を出た。素野子が自主的に決めたスタンバイの時刻の目安は一時間二十分前。その分の給料はもらわない。それが先輩から教えられた「当たり前」だった。

ただし、例外もいる。桃香だ。今日もギリギリの駆け込みだった。走ってきたせいだろう、ミーティングの間中、手うちわで襟元に風を送っていた。ここは教育係として注意しなければならない。

「あのね、大原さん」

素野子が声をかけたところで、桃香は「ふう」とため息をついた。不平を漏らす前の、いつもの癖だ。

「ハンカチだあ、ナースのルールだあ……んなもん、どーでもいいっての。余計なゴタク聞かされるなら、歩いてくれればよかった」

こんなことを言う桃香にどう指導すればいいのか――。二の句を継げずにいると、高い位置から声がした。

「あのお――」

小山田貴士だった。桃香は言いたいことを口にしてスッキリしたのか、「じゃあ」と去っていく。

「今日から堤さんにご指導いただく小山田ですが……」

タイミングが悪かったが、仕方がない。桃香のことは後回しだ。

「はいはい、堤です。よろしくね」

歓迎の気持ちを込めてほほ笑む。

「あっ、こちらこそです」

貴士は肩をいからせて大判のシステム手帳を取り出し、ボールペンを構えた。指導役となる素野子の言葉を聞き漏らすまいとしている。やる気だけはあると言ったのは本当のようだ。

「わあ、真面目《まじめ》っ」

思わずそう言うと、貴士は「いえ」と少年のように頬を染めた。

「でもね、小山田君。まずは細かいことより、大きな流れに乗ってタイミングよく看護師の仕事を手伝ってもらいたいの。今日一日は私に付いて、作業を見ててくれる？　全体の業務内容を把握してもらうことが大切だから」

貴士は表情を引き締め、「なるほど、分かりました」とうなずく。

「じゃあ北側の四人部屋、四〇一号室から四〇五号室まで四室を回りましょ――あ、各病棟の四号室は欠番だから」

歩き始めたところで、また貴士が大きいシステム手帳にメモを取ろうとした。

素野子は笑いだしそうになる。こんな新人は今まで見たことがない。

東療養病棟の北奥にある四〇一号室の前に立ち、カーテンを開けた。業務効率化などのために四人部屋のドアは開放されたままとなっており、代わりに目隠しのカーテンがある。

「おはようございまーす」

女性患者ばかりの四人部屋だった。

入ってすぐ左手のベッドの患者は、樋口早苗《ひぐちさなえ》、七十九歳。廃用症候群の患者だ。

去年の年末に自宅で転び、大腿骨頸部《だいたいこつけいぶ》骨折を起こして二子玉川グレース病院に運び込まれた。すぐに手術を受けた後、今年一月に一般病棟から療養病棟に移ってきた。

術後にしばらく歩かず、安静にしていたため筋力が低下した。歩行が不安定になり、リハビリテーションが必要な状態だ。けれど軽い認知症を患っており、あまり厳しい訓練には従ってくれない。筋肉を使わないでいたことからますます力が弱り、歩行能力が低下した状態――すなわち廃用症候群と診断された。

早苗はいつものように大きなヘッドフォンをつけ、ベッドに寝そべりながらＤＶＤでモノクロの映画を観ていた。

「早苗さん、お体の具合はいかがですか？」

素野子はベッド脇に回り込み、早苗の顔をのぞきこんだ。

「看護婦さん、来てくれてありがとう。これ、知ってる？」

素野子の背後にあるテレビ画面には、若き日のオードリー・ヘップバーンが双塔の教会と大階段を前にジェラートを食べる姿、あるいは若い新聞記者のスクーターにまたがる姿が映し出されている――はずだ。

「知ってますよ。『ローマの休日』ですね」

映像を目にせず素野子は言い当てた。補佐役の貴士が、チラと驚きの表情を見せる。

「早苗さん、お楽しみのところにお邪魔して悪いけど、ちょっと腕を貸してくださいね」

そう言いながら、素野子は早苗の胸元の布団をそっとはぐ。一連の日常業務《ルーチン》の開始だ。

●体温　三六・三度
●血圧　一三六―七八
●脈拍　六四回／分
●呼吸　一二回／分
●意識清明

体温、血圧、脈拍の順に測定を行い、すべてのデータを小さな手帳に書き留めた。あとで経過表や看護記録に記載するためのメモだ。

続いて紙おむつをチェックした。濡れていない。夜勤者が未明に交換してからは排尿がないということだった。

「あのお、おトイレに……」

早苗が少し遠慮がちに言ってくる。

「早苗さん、教えてくださってありがとうございます」

素野子はあえて大げさに感謝した。今後も尿意を感じたときは伝えてもらえるように。

「まずは起き上がりましょう」

背中に手を添え、早苗をベッドに座らせた。

貴士は真剣な様子で身構えるものの、どう手伝えばいいのか分からない様子だ。

「小山田君は背中を支えて」

貴士が早苗の背に手を当てている間に、素野子は早苗に靴をはかせる。

「しっかり立って、このハンドルに手を乗せてくださいね」

ゆっくりと立つのを手伝い、歩行器の前で姿勢を整える。

「では、こちらへどうぞ」

歩行器を使ってもらいながら、四人部屋の入り口にある共用トイレへ慎重に誘導し、便器の前へたどり着く。しかし、便座に乗り移ろうと歩行器のハンドルから手を離した瞬間、早苗の足元がふらついた。

「危ないっ」

素野子は素早く早苗を支える。ひやりとした。ほんのちょっとした瞬間でも、骨折事故につながってしまいかねない。

「ありがとう――私に娘がいたら、あなたのような感じだったかしら」

患者からは、思いがけず優しい言葉が飛び出す。

だが同時に「母」は、自分の全体重を素野子にかけてくる。だいぶ痩せたとは言え、早苗の毎回のトイレ介助では六十キロ超の重さを預かる覚悟をしなければならない。

「では、ごゆっくり」

トイレの外で早苗の用が済むのを待っている間、素野子は今の出来事を貴士に説明する。

「認知症の患者さんは、筋力が低下してしまったのに、『自分は歩けるんだ』って錯覚している人が多いのよ。樋口早苗さんも同じ。この病棟に来たばかりのころは、病室内のトイレくらい、近いから行けるわよって言って、ふらつくのもお構いなしでね」

貴士がまたメモを取っている。

「トイレを教えてもらえるようになるコツはあるんですか？」

「教えてくれたら、いっぱいほめて感謝することかな。転ぶとまた骨折するおそれもあるし、事故報告書も書かなきゃならないし、かえって面倒なことになるからね」

トイレの中から「終わりました」という声がした。

早苗に手すりをつかんでもらいつつ、体を支えるようにして便座からの立ち上がりを介助する。素早くパンツ型おむつとパジャマのズボンをずり上げる。それから早苗の手を壁の手すりから歩行器に移し、再びゆっくりとトイレから歩いて出てもらう。

一連の介助は、狭い個室でスクワットの姿勢になりながら続けなければならなかった。これだけでも汗が噴き出す。

四人部屋の中にあるトイレからベッドまでほんの数メートルしかないが、確実にベッドにたどり着けるよう、見守る。最後はベッドへ移乗して終了だ。

「ついでにお着換えも済ませましょうね」

早苗をベッドの端に座らせた状態で寝巻きを脱がせ、洋服に着替えさせた。

更衣のすべてをしてやるのではない。機能維持のため、できるところは患者本人にさせなければならない。なのでカーディガンだけは自分で着てもらうよう、手渡しする。

早苗はカーディガンに袖を通すと、再びベッドで横になった。

サイドテーブルの上に手を伸ばす早苗の動きに、貴士が気づいた。貴士はヘッドフォンを取って早苗の耳にあてがう。

「別のをご覧になりますか？　それともテレビにします？」

だが、早苗はそのままでいいと言う。

「……あなたには分からないと思うけど。したいことをするの。一日中ね」

きっぱりとした調子で言い切り、早苗はまたも『ローマの休日』に見入った。

患者のベッドを離れる際、貴士はけげんそうな表情だった。早苗の少しばかり冷淡な反応に、ある意味ショックを受けたのかも知れない。

「堤さん、僕、余計なお節介をしようとしたんでしょうか？」

カーテンを閉じたところで貴士が口にした。

「早苗さんは、あのＤＶＤしか持っていないのよ」

首を左右に振り、素野子は笑って貴士に教える。

「え？」

「最後の一言も、映画の中に出てくるヘップバーンのセリフだから。早苗さんは、永遠なるアン王女なの」

あっけにとられた様子の貴士は、次の瞬間、明るい笑顔になった。

「そうか、プリンセスなんですね。早苗さん、かわいい方ですね」

桃香と違う反応が新鮮だった。貴士は認知症患者の愛らしさを素直に受け止められる人のようだ。素野子はうれしくなって、「そうそう、その通り。かわいいの」とうなずく。

続いて素野子と貴士は、隣のベッドの患者に移った。

四〇一号室で早苗と枕を並べる残りの三人は、いずれも寝たきりの八十代の女性だ。

早苗と同様に、体温、血圧、脈拍の測定を行い、おむつをチェックする。

そのうちの一人は便がゆるくなっていた。医師の処方した下剤が強すぎるのかもしれない。申し送りをし忘れないように、素野子は手元の手帳に「下痢《げり》」とメモする。

素野子が汚れた衣類の交換や体の清浄を行う間、傍らで貴士がじっと息を止めているのが感じ取れた。

「大丈夫?」

素野子は作業をしながら貴士に声をかける。

「すみません。他人の……初めて見たもんで」

貴士が小さな声で答えた。

「そうか、初めてだとショックかもね。その点、私の家は特別だったかも。母が看護師で私の便をいつもチェックしてたのよ。ずっとそういうものだと思っていたから、他人のを見るのも私は抵抗なかったけど」

排泄状態は、体調の変化を知るために欠かせない情報だ。けれど普通の人は、そういう感覚で生活してきていないのも分かっている。素野子は中学生のころの出来事を思い出した。

「遊びに行った友だちの家でね、いつもの習慣でついうっかり大きいのを流さないで、驚かれたことがあった」

貴士が噴き出す。

「分かりました。これからは健康チェックという気持ちで臨みます」

貴士はまたもシステム手帳に書き込む。

「大丈夫、すぐに慣れる。もっと大変なのは吐物の処理。排泄物は日常的な物だけど、吐物はイレギュラーだから」

衣類交換を終え、ベッドメイク――患者がベッドに横になった状態で行うシーツ交換や清掃作業に進む。

貴士はまだ初日であり、「基本的には見ていてください」と宣言した手前もあって、素野子は一人で作業に当たった。

二人のベッドメイクを終え、三人目に入ろうとしたときだった。意を決したような貴士の声が耳に届いた。

「堤さん、手伝わせてください」

ベッドから起き上がれない患者の場合、ベッドメイクは二人で進める方が圧倒的に効率がいい。また、患者自身も無理な力をかけられないから快適だ。

「ホント？　助かる！」

患者の体を傾けた形で貴士に支えてもらいつつ、素早くシーツの半分を剝いで中央に寄せた。そこへ新しいシーツをセッティングして患者の体を逆に傾ける。続いて反対側にある古いシーツを抜き取り、新しいシーツを引きずり出して敷く。

貴士は、素野子の意図を的確に理解し、動いてくれた。今までにないくらい息が合う。初めてなのに、他のスタッフと進めるよりずっと速かった。

「体が動かない患者さんが寝ていても、こんなにスムーズにシーツ交換できるんですね」

貴士の方も感動した様子だった。

「……タンスをちょい傾けて足元に毛布をかませ、フロアを滑らせて移動する要領で、と」

貴士がシステム手帳の上で盛んにペンを走らせながらつぶやく。

「何、それ？」

貴士は、しまったという表情になった。

「あ、いや、引っ越し作業を思い出して……」

「そっか、ここに来る前は引っ越し屋さんだったっけ」

素野子は笑いながらうなずく。

「さあ西岡《にしおか》さん、シーツを新しくしましたよ。ご協力ありがとうございました。また来ますね」

素野子は最後の患者にそう声をかけた。

早苗に始まり同室の患者四人のケアを終えたときには、入室から三十分が経過していた。素野子は額に汗を感じる。

「四〇一号室のみなさん、ありがとうございました」

退室時、貴士は素野子の言い回しをまねた言葉を繰り出した。

へえ、と思う。見直す思いだった。いやそれ以上に、この仕事に向けた貴士の意欲を感じた。

患者とコミュニケーションを取ろうという姿勢は、看護技術の向上につながると素野子は思っている。桃香などは入職から一週間、無言のまま各病室のルーチンを続けた。それを見た田口主任が厳しく説教をしていたのを思い出す。

「あいさつ、やるじゃん。いい感じ！　師長が、あいさつは私たち看護職の基本だって言ってるけど、本当にその通りだからね」

貴士は大きな目を輝かせ、深くうなずいた。

——なるほど、この助手は教えがいがある。貴士の態度に、素野子の気持ちはさらに動かされた。

「小山田君、次は四〇二号室ね。ここではヴァイタルの測定の進め方を説明します。ぜひメモを取って。いいですか……」

ヴァイタルとは生命兆候《ヴァイタル・サイン》のことだ。

体温、血圧、脈拍、呼吸、意識レベルなど、生命維持の基本を成すデータを計測し、患者の「命の息吹」「生きている証」を正確な数値で把握する。看護師にとって、基本中の基本となる仕事だ。定時に病室を回るラウンドでは、必ずチェックするよう定められている。

四〇二号室に入り、素野子は粛々とデータの測定を行い、手帳に数値を記録していく。すると、貴士が不思議そうな顔をした。

「え？　呼吸はいつ測ったんですか？」

意外な質問だった。

「なかなか鋭い質問ね……」

息遣いは、自分の意識次第で自在に変えることができてしまう。だから測定にあたっては、呼吸を数えていることを患者に気づかれないようにするのがコツだった。

「これはね、私の裏ワザなのよ」

患者たちに素野子は、「脈を一分間、測りますよ」と伝えて手首の橈骨動脈《とうこつどうみやく》に手を当てた。

しかし、実際に脈をとっていたのは最初の三十秒だけで、残りの三十秒間は患者の呼吸を数えていた。手帳には、それぞれの数値を二倍にして書き入れているのだ。

貴士は感心した表情になった。

いや、むしろ感心すべきは貴士の観察眼だと思う。初めて病棟に立った日だというのに、しかも看護助手なのに。

「呼吸数ってね、意外に重要なのよ」

貴士の熱心さに押され、尋ねられていないことまで説明する。

一分間で十八回までが正常値とされる呼吸数が、たとえば二十四回に速まれば肺炎を疑う必要がある。高齢者にとって肺炎は非常にリスクが高い。早期に発見しないと手遅れになる場合もある。何しろ肺炎の死者数は年間約十万人にのぼる、などなど。

「次の患者さん、僕が体温を測りましょうか？」

貴士が体温計を手にした。

「えーと、小山田君にも、ゆくゆくはヴァイタル測定の補助もお願いするかもしれないけど、当面は、看護師に任せてください」

素野子はちょっと失敗したな、と思った。

さっき貴士をほめたとき、つい「私たち看護職」などと言ってしまったのがよくなかったのか。

看護師と看護助手には大きな違いがある。看護助手は、医療と介護の現場で主に看護師をサポートする職種で、特段の資格も経歴も求められない。看護師資格がなければ採血や注射などの医療行為はもちろんできない。そして、ヴァイタルの測定も大切な医療行為だ。

貴士にやる気があるのはいい。人手不足で、いずれは任せる場面もあるだろう。けれど、最初はそれぞれのスタッフが担当すべき業務の範囲をきちんと伝えておく必要がある。患者の安全を守るためにも、ルールは大切だ。

素野子はフォブウォッチで時刻を確かめた——九時三十二分。

「ラウンド、急ぎましょう」

「はい」

早足になった素野子に、貴士が従う。

四〇三号室でも同様の作業をこなし、四〇五号室へ回った。

「このペースなら、今日のお昼はゆっくりできそうね。休憩は、早昼と遅昼があってね……」

素野子が昼休憩を取るタイミングについて説明しようとしたときだ。ホールから異様な悲鳴が聞こえてきた。何か大変なことが起きたと直感する。

素野子はすぐに声の方に向かった。

「看護師さん、すみません！　嘔吐《おうと》です！　宮内《みやうち》さんが嘔吐しました！」

ホールで事務職員の大きな声がしている。

素野子は職員が指さす方向へ駆け込んだ。

車椅子の患者、宮内万蔵《まんぞう》の背中を介護助手がさすっている。床面には、大量の吐物が広がっていた。

「トイレへお連れしている最中に吐いたんです」

介護助手の報告を聞いて素野子はうなずき、宮内に声をかけた。

「宮内さん、まだご気分が悪いですか？」

宮内は顔を左右に振り、「いんや。スッキリした」と答えた。

意識状態は問題ない。顔色も良く、呼吸も上がっていない。命に別状はなさそうだ。

九十二歳の宮内は、妻のツヤとともに四一二号の二人部屋に入院している患者だった。高齢のため筋肉の力が落ちて車椅子に頼る生活を送っているが、内臓は丈夫で普段は嘔吐などしない。

ただ昨日、孫たちが大挙して見舞いに来たという看護記録があったのを思い出す。

「確か、来客があったわね」

素野子は、ノロウィルスによる感染性胃腸炎を疑った。

長い間さまざまな名前で呼ばれ、二〇〇二年に正式名称が定まったノロウィルスは、嘔吐や下痢などの急性胃腸炎や食中毒の症状を引き起こす。ウィルスに感染しても、多くの人は数日内に自然に回復する。けれど高齢者や子供、特に病気で体力が落ちている入院患者は重症化し、死に至る場合がある。

ノロウィルスに感染する原因の多くは、経口によるものだ。感染者の便や吐物、あるいは直接・間接的に汚染された食品や物品を介して、ウィルスが人から人へ広がる。便や吐物の飛沫《ひまつ》による感染のほか、ウィルスを含む塵埃《じんあい》による空気感染の報告もある。まさに、目に見えないウィルスの脅威だ。

ノロウィルスによる感染症は、毎年秋から春先にかけて、高齢者施設などでも増える。全国の感染者数は、推計で年間数百万人にも達する。とりわけ二〇〇六―二〇〇七年は、過去最悪の一千万人規模の患者数が報告された。人間は、常にウィルスの脅威にさらされている。

今は年度が改まった春四月。暦の上では、ノロウィルス感染症の流行期は過ぎていた。しかし、用心に越したことはない。知らせを受けて駆けつけて来た草柳師長に、素野子は指示を仰いだ。

「師長、ノロ疑いで対処しますか」

師長は「そうする方が安全ね」と厳しい表情でうなずく。

ただちに全スタッフに対し、感染防御態勢を取る指示が出された。

素野子はポケットからビニールエプロンとマスク、手袋を取り出し、手早く身につける。二子玉川グレース病院の看護スタッフの誰もが、常に携帯している感染防御の三点セットだ。

耳かき一杯ほどの吐物には、十万人のノロ患者を発生させるだけのウィルスが含まれているという。飛沫にも注意が必要だが、それを避けるだけでは不十分だ。乾燥すればほこりとともに舞い上がって吸い込まれ、感染原因となるからだ。とにかく一刻も早く感染物を病棟内から除去する必要があった。それも、できるだけ完全な形で。

素野子はマニュアル通り、吐物の上に何枚もの吸水ペーパーを載せ、カバーしていく。全体が覆われた時点で、上から次亜塩素酸《じあえんそさん》消毒液を振りかけた。消毒液のしみ込んだ紙で吐物を包み込むようにして吸い取り、ビニール袋の中に納める。それをMD《エムディー》ボックスと呼ばれる感染性廃棄物の専用容器に入れる。この作業を何度も繰り返した。

ウィルスに感染するかもしれない――その不安はあったが、誰かがしなければならない役務《えきむ》だ。スタッフの感染リスクを最小限にするためには、患者の最も近くにいた職員が処理をするのが原則だが、医学的知識の少ない介護助手や事務職員にすべてをさせるわけにはいかない。

床には汚染物がなくなり、消毒された状態となった。作業を終えた素野子は、汚染された可能性のあるエプロンを注意深く外し、最後に手袋とマスクも剥ぎ取ってMDボックスに入れた。

その間に患者の宮内は、スタッフの介助を受けて着替えを終えていた。トランクスに便失禁もあったので、素野子の指示通り消毒が行われ、汚れた洋服は洗濯時に区別できるよう赤いビニール袋に入れられている。

ホールに出ていた他の患者は皆、スタッフによってそれぞれの病室に戻されていた。

施設管理の職員に率いられ、清掃員が数人、モップを持って現れた。改めて嘔吐のあった場所を徹底的に消毒液で拭き始める。スタッフ全員の力が結集した見事な連携プレーだった。

ひとまずの応急処置を終えたところで、ナースステーションに医師がのんびりとやって来た。宮内の主治医、吉田久志《よしだひさし》だ。年齢は素野子の二つ上。真面目を絵に描いたような医師ではあるが、いつも自分中心で不機嫌だった。

「堤さん、ヴァイタルはまだ？」

宮内のデータが取れていないことを注意される。

「すみません、汚物処理を優先していました」

舌打ちとともに、「まだかよ」というつぶやきが聞こえる。

こっちは、それどころでなかった。

今すぐヴァイタルが必要なら自分でチェックして——と言いたいのを抑えつつ、再び新しいエプロンとマスク、手袋を身につけ、体温計と血圧計を持って患者のもとへ走る。

看護師が何をしているのか全く目に入らず、自分中心にしか物事を考えられないのが吉田医師だ。翔平だったら、どんな風に指示を出すだろう——。

眼前の内科医と胸の中の整形外科医を比較しても仕方がないと思いつつ、つい考えてしまう。

●体温　三七・五度
●血圧　一三四―八〇
●脈拍　七五回／分
●呼吸　一八回／分　酸素飽和度九五パーセント
●意識清明

宮内は微熱があった。血圧は平常通り。念のために測った酸素飽和度も悪くはない。

「見舞客ありか……微熱もあるし、やっぱノロがあやしいな」

経過表を見ながら、吉田医師はつぶやいた。

主治医が「ノロウィルスによる感染性胃腸炎」と診断したことに素野子は安堵《あんど》する。自分の見立ては間違っていなかった。吐物の処置についても、きちんとノロ対応をした。完璧《かんぺき》だった。

「じゃ、検査に出そう」

吉田がそう言って検査伝票を書き始める。素野子は血の気が引いた。

「検体っ！」

思わず叫んでいた。嘔吐の原因がノロウィルスかどうかを調べるために、便を採取して検査に回す必要があった。危険な吐物を消し去る処置に気を取られ、検体用に便を保存することは頭から消えていた。

「す、すみません。汚物は……全部処理してしまいました」

素野子は唇を噛む。

「なんだよ」

医師は書きかけの検査伝票を丸めて投げ捨てた。乾いた音を立て、丸めた紙が床を転がる。

「何やってんだ、バカ！」

怒声が響き、ナースステーションにいたスタッフ全員が一斉にこちらをうかがう。

「ノロは、報告対象の五類感染症だろが！　保健所へはどうやって報告すんだよ！」

吉田が言うのは、感染症法第十四条第二項の規定だ。

厚生労働省は、ロタウィルス、ノロウィルス、エンテロウィルス、アデノウィルス、細菌性が原因と見られる感染性胃腸炎について、届け出義務を定めている。検体をもとにウィルスを確定し、医療機関ごとに報告書を作成し、週単位で翌週の月曜日には保健所へ届け出なければならない決まりだった。

「すみません……」

反論の余地はなかった。

感染拡大を恐れるあまり、冷静に便を保存する心の余裕がなかった。

「ったく、ぼんやりすんなよ。主任さんもさあ、ちゃんと教育しておいてよ」

「堤さん！　あんた何年看護師やってるの！」

現場の応援に加わった田口主任が、あきれた声を出す。

そのとき、ナースステーションでゴミの回収作業中だった初老の男性が割って入ってきた。

「まあまあまあ、みんなが通る病院ホールがきれいになったのは、いいことじゃないですか」

制帽を脱ぎ、手の中で形を整えてから白髪頭にかぶりなおす。

モップを持って病棟とホールの集中清掃に大奮闘してくれた清掃チームを率いる男性職員だった。胸元で「施設管理課　望月《もちづき》」と書かれたネームプレートが揺れている。

「掃除屋さんは黙ってて。とにかく堤さん、患者から便、搾り取ってきてよ」

吉田医師の物言いはひどかった。けれど望月は意に介さない様子で、落ち着いた声で尋ねてきた。

「その、ウィルスってのは、患者さんの服から採取できるんじゃないでしょうか？　汚れて脱いでもらった病衣は、すべて赤い袋に封入して汚物室の奥で保管していますが」

吉田医師が手を打った。

「それだ！　それでいける！」

吉田は望月の顔など見ようともせず、機嫌よく新たな検査伝票を書き直し始めた。

「じゃあ先生、その検体のもとへご案内します。何をどうすればいいか、あたしらに指示してください」

望月の申し出に、吉田は顔の前で手を大きく振る。

「掃除屋さんたちはもう結構。あとはナースにやらせるから。ヘタに触れば感染する。こっからは、こっちの仕事だよ」

吉田が「おい」といった風にあごをしゃくる。

素野子は再び新しい感染防御エプロンにマスクと手袋を身につけた。臨床検査用のスピッツ試験管を持って汚物室へ向かう。

二重に封印された赤いビニール袋を再び開けるのは、気が重かった。

すでに乾きかけた便や吐物が舞い上がり、それを吸い込んでしまうかもしれない。マスクが防御できるのは飛沫だけで、空中を舞うウィルスなどは簡単に通ってしまう。

赤い袋を開ける直前に空気を大きく吸い込み、息を止めながら結び目をほどく。丸められたシャツやズボンをほぐしつつ、便のついたトランクスを探っていく。だが、なかなか見つからない。そのうちに息が続かなくなった。

いったん立ち上がる。何回か深呼吸をして、再び新鮮な空気を肺にためる。

危険物に触れる恐怖と闘いながら、もう一度、赤い袋の中に手を突っ込む。この作業中に感染してしまうかもしれない。恐怖で体中に脂汗が出てきた。あんなに必死でウィルスの拡散防止に努めたのにと思うと、悔しかった。

——全神経を集中させることができるようにしなさい。

——あなたの注意力を全部患者に向けるように鍛えなさい。

朝のミーティングで草柳師長に聞かされた訓示の言葉、ナースのルールが頭をよぎる。自分はまだ集中が足りなかったのだろうか。

四度目の息継ぎの末、ようやく袋の底で目的のトランクスを手にした。けれど、採取できそうな検体は見当たらない。水様の便はすべて布地にしみこんでしまったようだ。

あきらめるしかないと思ったときだ。しわの間に薄茶色の塊が見つかった。素野子は慎重にスピッツのふたを開け、そばに近づける。この小さな検体を逃してはならない。そう思うと手が震えそうだった。心を落ち着けつつ、緊張でかすむ視界の中、そっと粘液状の物体をこそげ取る。汚物のかけらはうまく容器の中に落ちてくれた。

「入った！」

救われた――と素野子は思った。足ががくがくとする。

しっかりとふたを閉め直し、スピッツをつかんだまま手袋を脱いで、その中にしまい込む。ウィルス拡散防止のためだ。

もう一度、新しい手袋に替え、赤い袋を慎重に閉じた。念のため、袋は三重にする。ナースステーションに戻ると、すでに吉田医師はいない。施設管理課の望月には礼を言いたかったが、彼の姿もなかった。

便検査の結果は、やはりノロウィルス陽性と判明した。

季節はずれのウィルス襲来は、二子玉川グレース病院東療養病棟のモノと時間の流れを大きくゆがめ、複雑にした。

これまでのところ、宮内の便や吐物を介して他の患者や病院のスタッフがウィルスに感染したり、宮内自身が吐物を喉に詰まらせて窒息したりするような事態にならなかったのは幸いだった。火災にたとえれば、ボヤの段階で鎮火できた状態だ。

けれど、ウィルスが病院内で蠢《うごめ》いたこと自体は大変な問題だった。こういうときは、事後処理こそが重要になる。ボヤ騒ぎのあった患者の周辺のあらゆるものを消毒し、「火種」が残っていないかを一定期間にわたってチェックする必要があった。

目に見えない感染症を引き起こすウィルスと人間との闘いは、あらゆる医療現場で日々、果てしなく続いている。感染力、毒性、そして致死率……敵の性質と能力を見極めつつ、感染防止と感染拡大の対策を粛々と行っていくしかない。

「宮内さんは禁食と点滴を」

医師から食事中止の指示が出た。すぐにフードサービス部へ連絡し、宮内万蔵の食事を止める。指示された点滴を行うために、再び感染防御の態勢になった。今日からしばらくは、宮内の部屋に入るたびにエプロンやマスク、手袋を着用し、部屋を出る際にそれらを脱ぎ捨て、消毒液にガーゼを浸し、触れた所をすべて拭き清めるという作業が加わる。

病室を共にしていた宮内の妻は、空いている部屋に移動してもらう。夫からノロをうつされないようにするためだ。さらに、連絡先として登録してある宮内の長男と長女の家にそれぞれ電話を入れ、事の経緯をていねいに説明する。ノロウィルスの致死率がそれほど高くないことだけは救いだった。

消毒のひと手間や、病室の移動、家族への連絡、そういった一つ一つの作業に要する時間は短いかもしれないが、積み重なると大きい。

ドミノ式に看護業務が遅れていった。

患者の昼食は午前十一時半、夕食は午後六時スタートで、食事に合わせた配薬も動かすわけにはいかない。患者のケアをはじめ、入院患者の受け入れや退院患者の手続き、ミーティング、申し送りなども決められた時刻に回さなければならなかった。

結局、担当の看護スタッフは休憩時間を返上することになる。

ノロ騒動のあと、すぐに素野子は残る患者のケアを再開した。急いだつもりだったが、昼食にあてる時間はほとんどなかった。病院の売店で菓子パンを買ってきて口に押し込んだとき、午後二時のミーティングが始まった。

張り詰めた空気の中で始まった会議は、ノロウィルスの完全な封じ込めを目指す看護態勢の確認に費やされた。素野子は草柳師長から、初動対応に関する緊急報告書の提出を求められた。

ミーティングの終了時、デスクの向こう側であくびをしながら席を立った桃香に、田口主任が声をかけるのが聞こえた。

「大原さん、外科病棟から患者さんが移ってくるから、あんた担当して。ほんとは堤さんにお願いしたかったんだけど、ノロ騒ぎで厳しくなっちゃったし、いつもの下肢骨折リハだから」

桃香は返事をしない。業務に大きな遅れが出ている日に新患を当てられ、モチベーションが上がらないのだろう。

「お名前は徳寺松子《とくでらまつこ》様。大腿骨頸部骨折の手術を受けたばかりでリハビリ目的。部屋は個室、四一九号室――。大原さん、いいわね？」

桃香は低い声で「ふあい」と返事をする。その直後、個人用ロッカーの扉を閉める音がいつもより強く響いてきた。

素野子はナースステーションにとどまり、緊急報告書作りに取りかかる。盛り込まなければならない要素は多岐にわたった。

嘔吐患者のそばにいた人や関わった職員など濃厚接触者の特定、そして、その職員がその後、どの病室のどの患者を担当したか、そうしたことをはっきりさせておく必要がある。もしも二人目の患者が発生した場合、どういうルートで感染したかが明らかになるように。

報告書を書きながら、何となく熱っぽいような気がしてしまう。それも、何度もだ。そのたびに体温を測らずにはいられない。ノロが発症するまでの潜伏期間は二十四時間から四十八時間。発症するとしたら翌日以降のはずだが、自分も感染したのではないかと恐れるあまりの過剰反応だった。

午後四時過ぎ、報告書の作成を終えた素野子が院内の薬局から臨時薬を引き取って東療養病棟に戻るときだった。

エレベーターを待っていると、車椅子に乗る高齢の女性患者と一緒になった。伸びっぱなしの白髪が、ひどく乱れている。

車椅子を押しているのは外科病棟の若い看護師だった。

「こちらは四一九号室に移られる徳寺松子様です」

桃香が担当になった患者だ。素野子はほほ笑みかける。

「こんにちは、東療養病棟の堤と申します。お待ちしてました」

松子は硬い表情をしたまま、素野子と目を合わそうともしない。

具合が悪いのだろうか。あるいは病棟を移るのが不安なのか。

「お疲れでしょうか。もう少しでお部屋に到着しますからね」

すると、松子が小さな声で何かを言った。素野子は腰を落として耳を近づける。

「さっさとしなよ！」

鼓膜が破れるかと思うほどの大声だった。

「あたしゃ病院も看護師も、大嫌いなんだよ。はーあ、こんな所に来るんじゃなかった」

松子はそう言ってそっぽを向いた。車椅子の後ろに立つ外科の看護師が、疲れた様子で苦笑いする。

この日は、定時の午後五時になっても作業の終了が見通せない状態だった。素野子や桃香以外の看護師も数人が残業を余儀なくされた。

結局、素野子が自身の業務に区切りをつけることができたのは、午後八時過ぎだった。

ナースステーションでは、草柳師長と田口主任が日勤者の報告をもとに詳細なレポートをまとめ、夜勤者を集めて細かな指示を出していた。病院全体にウィルスが蔓延《まんえん》することも想定しての対策だ。

「じゃあ田口さん、準夜勤と深夜勤のスタッフへの注意喚起をお願いします」

師長と主任は非常に似ている。互いに疲れをものともしないという点で。

「はい、ポイントを文書にまとめました。念のため西病棟と夜間救急へも回しておきます」

四十二歳の草柳師長は、国立大学の看護学部を卒業してナースの道を歩み始め、看護学誌に何本か論文が掲載されたこともある。次の看護部長の呼び声も高い。

かたや田口主任は四十五歳、山梨県の中学卒で、准看専門学校で資格を取ってから現場一筋だ。草柳師長には薬剤師の夫と二人の子どもがいるのに対し、未婚の田口主任は「おひとり様の方がよっぽど気楽だよ」と大きな口を開けて笑う。

同じ看護師の道を進みながら、人生の歩みそのものはまるっきり違う。

一休みしようと、素野子はナースステーションの裏にある休憩室に立ち寄った。

誰もいない空間に、ダイニングテーブルとベンチが二つ。脇には形もデザインも不揃《ふぞろ》いの椅子が何脚か並ぶ。テーブルの中央に菓子の詰まった箱が二つ、スポンジケーキの詰め合わせと、せんべいがあった。退院した患者家族からの品だが、どれをどの患者からもらったのかはもう覚えていない。

素野子は冷蔵庫から取り出したペットボトルの水を一口飲み、壁際のひじ掛け椅子に腰を下ろした。そこに据え付けられた共用パソコンを使うためだ。少し前までは、置いてある雑誌をパラパラめくって気分転換していたが、最近はネットでニュースを見るのが習慣になっていた。

現在のところ東療養病棟で自由にインターネットに接続できるパソコンは、これ一台しかない。当然ながら、高いセキュリティーが求められる病院内の有線ＬＡＮシステムからは分離されている。

ラップトップの画面を開き、エンターキーを押す。サスペンド状態だった画面が一気に明るくなった。

ブラウザーが起動されており、インターネットに接続した状態だった。

そう言えば、椅子の座面にぬくもりが残っている。さっきまで誰かがパソコンを使っていたようだ。

複数のサイトが開かれたままになっている。代官山にある有名飲食店の公式サイト、ヤフー乗換案内の結果、夕方の芸能ニュース、東京と神奈川の週間天気予報などが残っている。

タブの一番奥に、ツイッターの公式サイトがあった。閉じようと思ったが、ふと手が止まる。

毒々しいプロフィール画像が目に入ったからだ。白いナースキャップをかぶった看護師とおぼしきイラストで、目は憎しみに満ち、紫色の逆三角形をしていた。目尻からは真っ赤な血が流れている。

「何、これ。気味が悪い……」

一様にだらだらと長いツイートには、「バカヤロウ！」とか「ヤブ医者！」とか「早く死ね！！」などと、ネガティブな文字群が目立つ。

動画や画像はない。

アイコンの脇に添えられたアカウント名は、「天使ダカラ」となっていた。

ツイートをじっくりと読もうとしたところで、突然、名前を呼ばれた。

「堤さん！」

師長の声だった。素野子は慌てて画面を閉じ、休憩室を出る。

「はい……」

師長は自席で口を固く結んでいた。

素野子はデスクの前に立ち、不安な心持ちで上司の言葉を待った。ノロの検体について叱られるのだろうかと身構える。

「――あなたの直観を信用しなさい」

師長のぽってりした頰が突然動き、みるみる明るい笑みとなった。

「ね、ナースのルール331よ。堤さんの初動対応、とてもよかったわ。病棟の患者たちを守るため、ウィルス拡散防止のため、勇敢に闘ってくれた。医者はとにかく検査しないと分からないと言うけど、私たちは違う。日々、患者の様子をきちんと観察していたからこそ、ノロに違いないと判断できたのよ」

引き出しから例の本を取り出し、師長は素野子の目の前でひらひらさせた。

あの対応でよかったのだ――。素野子は自分の判断と行動が認められ、素直にうれしかった。

「あ、ありがとうございます」

疲れ果てた体を折り曲げながら、素野子は精一杯の感謝を口にする。

師長は再び笑顔でうなずくと、「じゃあ、お先にね」と言ってナースステーションを出て行った。

その姿を見送って、素野子は再び休憩室へ戻る。

本当は一刻も早く帰りたかった。だが、さっきのツイートが気になっていたのだ。

パソコンの画面を開こうとしたとき、貴士が休憩室に入ってきた。

「堤さん、今日はありがとうございました」

ラップトップの上で、手が止まる。

「ノロ騒ぎで、あんまり相手できなくてごめんね」

不意を突かれたせいか、思わず謝っていた。

「いえ。ウィルスと感染症の怖さ、勉強になりました」

初日にノロを経験するなど、滅多《めった》に起きることではない。

「さすが、真面目君！　もう時間だし、帰っていいよ」

もしかすると貴士は、先輩より先に帰ってはいけないと思っているのではないかと思った。

「あの、堤さんはまだお仕事ですか？」

貴士が帰ろうとしない様子に、ツイートを見るのをあきらめる。

「もう上がるよ。ちょっと気になる患者さんをのぞいてからね」

その言葉に、嘘《うそ》はない。

日勤を終える前に、容態を確認しておきたい患者がいた。今月初めに入院したばかりの患者、猿川菊一郎だ。新しい患者の状態をよく把握しておけば、何か小さな変化が起きたときに見逃さずに済む。

「僕もついていっていいでしょうか？」

「そんなに最初から頑張らなくてもいいよ」

素野子はさり気なく退勤を促すが、貴士は譲らなかった。

「少しでも早く仕事を覚えたいんです」

素野子はそろそろ解放されたかったが、そこまで言われてしまえば仕方がない。

「分かった。いい勉強の機会になるとは思う」

猿川は、東療養病棟でただ一人のパーキンソン病患者だった。今日の病棟見学で貴士が相対していない症例だ。

「ありがとうございます」

貴士は生き生きとした顔つきになった。

「四一八号室の猿川菊一郎さん、八十二歳。重度のパーキンソン病よ。ヤールの5……って、分かる？」

「いえ、知りません」

貴士は首をかしげた。

パーキンソン病は、脳の奥深い中脳と呼ばれる部分にある黒質《こくしつ》細胞が変質してしまう病気だ。黒質細胞には、筋肉を動かす指令をコントロールするドーパミンという神経伝達物質を作り出す役割があるが、細胞の変質によってドーパミンを十分に作れなくなる。そのため筋肉への指令がうまく伝わらなくなり、手足の震えが出たり、動きが悪くなったりする。

その症状の重さは「ホーン・ヤールの重症度分類」によって、最軽度のヤール1から最重度のヤール5に区分される。体の片側に震えなどが生じる程度がヤール1、歩行時のバランスが保てなくなるとヤール3、一人で歩けなくなる状態がヤール5になる。

「ひと言で言えば進行度の目安よ。ヤール5のこの患者さんは、いつも介助が必要な状態という意味」

四一八号室の前で、桃香と鉢合わせになった。定時に上がるのが常の彼女にしては珍しい。目はうつろで、疲労の色が濃かった。

「……堤さん、どして？　まだ帰らないの？」

桃香はにこりともせず尋ねてきた。外科病棟から移ってきた徳寺松子の対応に、今まで掛かりきりだったのだろう。何かトラブルでもあったのだろうか。見るからに疲れ切った様子だ。

「うん、猿川さんが気になって。それに小山田君にもパーキンソン病の特徴、振戦《しんせん》や筋強剛《きんきょうごう》を見てもらっておこうと思って」

桃香は、素野子の前で極端に首をかしげるいつものポーズをとった。

「はあ〜、暇なんすかあ？」

相当、機嫌が悪そうだ。

「ナースでもないのに、バカじゃないの？　まず、おむつ交換ができてなんぼでしょ。パーキンソン病のお勉強なんて、補助員には意味ないって！」

貴士に対してひどく失礼な言葉だ。新人の看護助手が、ナースの自分よりも患者の病状に詳しくなるのはプライドが許さないとでもいうのだろうか。

貴士は横顔を引きつらせていた。さすがに黙っていられなかった。貴士を桃香のストレス発散の対象にしてはならない。ここは明確に言って聞かせるべきだ。

「大原さん、意味はあるでしょ。ケアを行う職員同士で患者の正確な情報を共有して、どこが悪いの？　体のバランスが悪いと知れば、介護方法もおのずと違ってくるものでしょ」

桃香は眉を吊《つ》り上げた。

「とにかく、看護助手にパーキンの勉強なんて、必要ないない」

今夜の桃香は、話が全く通じない。

「疲れてるのか何なのか知らないけど、くだらないこと言わないでよ」

素野子自身も疲れているため、興奮が抑えきれず言葉が強くなる。

「意味のない仕事見てると、正直ムカつくんだよ。こっちはさ、誰かさんの尻拭いで、面倒な新患を担当させられたってのに！」

桃香もひどい悪態を返してきた。

そのとき、四一八号室のドアが三人の目の前で開いた。

スーツを着込んだ五十代の女性が顔を出した。

「うるさい！」

猿川の娘、真紀子《まきこ》だ。

「あんたたち、病室の前で非常識よっ」

真紀子は霞《かすみ》が関《せき》のお役所に勤務しているという。勤め帰りに父親の見舞いに来院し、室内にいたのだろう。

「さっきから、いったい何なの！」

深紅のルージュを引いた唇が大きくゆがむ。

「お、お騒がせして申し訳ありません。新人教育で少々……。あの、猿川さんのお体をチェックさせていただきに参りました」

素野子は一礼すると、部屋の中に入った。貴士と、それに桃香も後に続く。

東療養病棟に三部屋ある個室の一つだった。六畳ほどの病室は、ベッドが一台と簡単な応接セット、それにテレビと冷蔵庫が置かれている。

ベッドの背もたれを少し上げ、猿川は半分ほど体を起こした姿勢で横になっていた。

両手の先が小さく震えている。そのさまは、まるで指先で丸薬を丸めているような動きに見える。典型的なパーキンソン病の症状だった。

素野子はベッドのそばで立て膝になった。患者の顔と同じ高さになるために。

「猿川さん、こんばんは。ご気分はいかがでしょう」

猿川はわずかに唇を動かした。体の動きが悪くなるだけでなく、表情も乏しくなり、声も小さいのがこの病気の特徴だ。

普段からパーキンソン病患者の声を聞き慣れている素野子は、猿川が「悪くないよ」と言ったのが分かった。だが、貴士は首をかしげており、聞き取れなかったようだ。

「ご病気のため、はっきりお話しになることが難しいので、そばに寄って聞き取る努力をしてください」

貴士はすぐに猿川の顔に耳を寄せた。

「お食事はおいしかったですか？　むせずに飲み込めましたか？」

素野子が尋ねると、猿川はこもったような声で「まあまあだな。うまかないけど、むせるほどじゃなかったよ」と答える。貴士がくすりと笑った。

場の雰囲気が緩み、ほっとする。

真紀子は、ソファーの上で無造作に脚を組んで座っていた。父親のいるベッドではなく窓の方を向き、分厚い書類のページをめくっている。こちらのやり取りに関心を寄せるそぶりは見せない。

「少しお体をチェックさせてくださいね。握手していただけますか」

素野子は猿川の手を取る。猿川の手の震えが消えた。何もしていないときに震えるのがパーキンソン病の特徴だ。続いて肘の曲げ伸ばしをする。伸ばすときにガクガクと歯車を回すような抵抗を感じた。

貴士は素野子の診察手技を食い入るように観察していた。

「毎日、同じチェックをするんですか？」

貴士が尋ねる。

「そうよ。曲げたときの抵抗感が強くなれば、体の動きが悪くなってきた証拠だと思って注意してください。しゃべり方はどうか、飲み込む力が悪くなっていないか、というのも観察項目です。変化があったら、お薬の量を調整する必要があるかもしれないから、すべて看護記録に残して医師に報告します」

貴士はシステム手帳にペンを走らせた。桃香は、おもしろくなさそうな顔でベッドの傍らに立ち尽くしている。

「猿川さん、毎日お渡ししているお薬はちゃんと飲めていますか？」

「飲めてる」

「パーキンソン病の薬を突然中止すると、熱が出たり、体調が極度に悪化したりすることがあります。もしも飲み込みづらいようなときは、粉にするなど飲めるようにお手伝いしますから、必ず教えてくださいね」

しきりにメモをとっている貴士に向かい、桃香は「熱が出るっていうのはね、服薬中止による悪性症候群のこと。だけどこれは、助手じゃなくて看護師の守備範囲だから」と冷たい調子で言う。桃香は何としても新人にヒエラルキーを意識させたいらしい。

「ありがとうございます」

貴士は気にしていない顔で、新しい知識を得たことを喜んでいる様子だった。

ならば、貴士のためにも基本的な知識の復習だ。

「その悪性症候群で、高熱以外に注意すべき症状は何、大原さん？」

「え……と」

桃香が答えに詰まった。

「嚥下困難や失声《しっせい》、意識障害でしょ」

桃香がバツの悪そうな顔をした。意地悪だっただろうか。だが、同僚を侮辱する桃香には、このくらいしないといけない。

貴士が小さく手を上げた。

「ちょっと質問していいですか？」

すぐに「どうぞ」と促す。

「そんなに大切な薬なら、どうして目の前で患者さんが飲むのを確認しないんでしょうか」

またしても鋭い指摘だった。必ず飲む必要のある特別な薬、たとえば抗結核薬や向精神薬などでは、直接服薬確認療法《DOTS》といって、実際に薬を服用するのを職員がチェックすることが徹底されている。

「猿川さんは、ご自身のペースで飲むご希望があるからよ」

配薬の仕方一つとっても、さまざまな対応が求められる。錠剤やカプセルをシート状の包装のまま手渡しすればいい患者から、薬をじかに口の中に入れてあげなければならない患者まで。

猿川の場合は服薬を他人に見られていると、むせてしまいそうになる。そのため看護師が薬を袋から出して、テーブルに置いておく手順に統一された。

「床に落としていないか気にしてね」

患者によっては、薬をこっそりゴミ箱に捨ててしまうことがある。だから看護師はゴミ箱の中も時々のぞき込む。もし薬剤が落ちていた場合は報告してもらうよう施設管理の担当者にも頼んである。

「うるさいって！」

真紀子が、書類の束を応接セットのテーブルにたたきつけた。

「べちゃくちゃ、べちゃくちゃ――あんたら何なの？　父をガッコウの教材か実験台にするつもりなの？」

ソファーから立ち上がった真紀子は、暗い顔でにらみつけてくる。

「申し訳ありません。猿川さんの看護の質を高めるための教育が必要で……」

この時間、本来なら家族が病室にとどまるのは認められていない。個室であるという理由から、黙認しているにすぎなかった。

ベッドの猿川が、ひ、ひひと細い声で笑った。

「人様の病室に来る前に、全員がちゃんと勉強しておいてよ！」

一見、もっともな理屈ではあった。けれど医療事故を防止するには、現場でリアルに患者を観察し、一人一人の状態を確認して覚えていくことも少なくない。日常業務の最中には説明しきれないことをこうした時間に伝えるのは、何よりも患者のためでもある。

ただ、患者の家族を不快にさせるつもりはなかった。素野子は、再び「申し訳ありません」と頭を下げ、退室する意を真紀子に告げた。

「オイ、待てよ」

猿川が素野子の白衣をつかんだ。パーキンソン病患者とは思えないほどの素早さだった。

「教えてくれよ。いつまでこんな生活が続くんだか……」

少し体を遠ざけてみるが、猿川の手は離れない。

「猿川さん、一緒にがんばりましょう。ご退院の見通しについては、あとで先生に聞いておきますね」

素野子は猿川に笑みを向け、布団を掛け直した。

すると猿川は素野子をぐいと自分の方へ引き寄せた。

「なら、あんた俺と一緒に寝てくれ。ここで裸になって、ちんぽ舐《な》めてくれよ」

ぼそぼそとした声だが、誰もが聞き取れる大きさだった。

さっと空気がこわばる。

看護師に対するセクハラ発言は、「冗談」として受け流すのがオーソドックスな対処法だ。

しかし、このときは声を発するタイミングを逸してしまった。桃香や貴士も絶句したままだ。

「お父様、やめてくださいよ」

ソファーに座り直した真紀子が、書類から目を上げて口にする。

「――この人たち、本気にしちゃいますよ」

真紀子は冷たい笑い声を立てた。


家に帰った素野子は、いつまでも眠れなかった。今日一日の長い勤務を振り返り、神経が高ぶっていた。

ノロウィルスの陽性患者が出たからだろうか？

ウィルスへの対応そのものは、むしろ看護技術を発揮できる機会で充実感があった。師長にも頑張りを認めてもらえた。

ただ、あの現場で吉田医師が見せた、他者をさげすむような振る舞いには、腹が立って仕方がない。

いや――あれは検体の採取を忘れた自分に落ち度があったせいだ。勉強になったと思うことにしよう。

それにしても、吉田医師と同じような意識は桃香からも感じる。今日は少しお灸《きゅう》をすえたものの、明日以降も同じことの繰り返しになるのだろう。

素野子は胸の中で数を数えた。それは、一日の間に東療養病棟で起きた出来事に一つ一つチェックマークを入れて封をする作業だった。

心にのしかかる新しい問題は、やはり四一八号室、猿川菊一郎の家族との関係だ。

猿川自身は病気で苦しんでいる。セクハラまがいの言動があっても、多少は大目に見てあげられる。

しかし、娘の真紀子には理解しきれないものがある。どうしてあんなに看護師を見下す態度を取るのだろう。

ふと、休憩室で目にしたツイッターのことを思い出す。

アカウント名は忘れていた。

素野子はスマホでツイッターを開き、「医療」「家族」「クレーム」などといった言葉を入力して、いくつものツイートをチェックしていく。

覚えのある毒々しいアイコンが現れ、手が止まる。

〈まるで私が突き飛ばしたみたいに言わないで！　私が転ばせたわけじゃない。あんたの母親が深夜に勝手に歩いて、勝手に転んだんでしょ！　付きっきりでもない限り、防止できないじゃん。嫌なら二十四時間、あんたが見張ってればいいでしょ！〉


休憩室で見たのと同じツイートだった。

アカウント名は「天使ダカラ」。そうだ、この名前だ。

このところ、看護職とおぼしきアカウントが増えている気がする。皆、不満を吐き出す場所を求めているのだ。天使ダカラという人もナースの一人なのだろう。

改めて画面に目をやる。なんと、フォロー0、フォロワー0だった。

「ヤバ……」

思わず声に出る。

ツイートを過去にさかのぼってみた。


〈ヤブ医者め！　バカヤロウって言う方がバカヤロウなんだよ！〉

〈食事がまずいからって、人に投げつけていいの？〉

〈着替えさせてもらってるくせに、耳元で怒鳴るな！　難聴になったら傷害罪で訴えてやる〉

〈つきあいが悪いと言われても、夜勤を簡単には変えられない事情があるんですよ。そうですか。

なら、もう同窓会に呼んでくれなくて結構ですよ！〉

「ひと事じゃない……」

ため息が漏れる。天使ダカラさんにとっても、ツイートがストレスのはけ口になっているようだ。

〈あんたのシモの世話をしているのは、風俗嬢じゃありません。胸や尻を触らないでください。ここはセクキャバじゃないんだよっ！〉

〈夜中に「眠れない」ってコールできるぜいたくがうらやましい。ああ、眠い眠い眠い〉

〈師長の視線が冷たくて怖かった。辞める人間は、裏切り者なんだろうか。耐えられなくなってしまう人がいることを知って、私は心から救われる〉

読み進めるうちに素野子は、このツイートに対して最初に抱いた「気味が悪い」という印象が薄らいでいることに驚いた。

いやむしろ、素野子は心が安らぐようにすら感じる。気持ちを代弁してもらったと感じるせいだろうか。

つらいのは自分だけではない——そんな風にも思える。

思わず天使ダカラさんに返事を書きたくなった。けれど、フォロー0、フォロワー0の心理的な壁は高く、「フォロー」のボタンすら押せなかった。天使ダカラさんは、自分だけに向けて泣き叫んでいるのだ。白衣の天使だから、我慢しようとして、かえって苦しんで――。

それにしても、フォロー0、フォロワー0のアカウントが、なぜ休憩室のPC画面で開かれていたのか。疑問を感じたものの、疲労困ぱいの素野子の頭はそれ以上の思考をとめた。

第三章　日勤―深夜勤

――二〇一八年五月四日

素野子がＪＲ大森駅にたどり着いたときには、午後九時をまわっていた。

東口に降り立つと、昔ながらのアーケード街が目の前に広がる。どこからか香ばしい匂いが漂ってくる。

体に馴染《なじ》んだ日常に包まれ、素野子の気持ちは一気にやわらいだ。立ち並ぶ飲食店から、「お帰りなさい」と声をかけられているかのような感覚にとらわれる。

今日も二子玉川グレース病院での勤務は長かった。

大森銀座商店街――やはり自分は、流行を追い求める街よりも、慣れ親しんだこの街が落ち着く。

母の待つ実家へと急いだ。

商店街の中ほど、行きつけの惣菜《そうざい》店はもう店を閉めている。

「お母さん、何か食べてててくれるといいんだけど……」

素野子はひとりごち、別の通りにあるミニスーパーに立ち寄った。

京浜《けいひん》東北線の車内で母にＬＩＮＥのメッセージを送ったが、返答はない。よくあることだ。今の母は夜に電話が鳴るのを極端に嫌がるので、何度も確認するのはやめておく。

ムダになるならなったでと、少し多めにポテトサラダとトマト、それに母の好物の鶏《とり》の唐揚げを買った。そこで素野子は、急に空腹を感じる。今日の昼は時間がなくて、休憩室にあったせんべいしか食べていなかった。

母の家はこの先、商店街を抜けた住宅地の一角にある。

素野子自身はさらに歩いて五分ほど、しながわ水族館のイルカの看板が窓から見えるアパートで一人暮らしをしていた。就職を機に、十年前からの独り立ちだった。

それでも実家にはよく顔を出した。特に最近は、買い物が大変になった母のため、なるべく素野子が食料を調達して立ち寄るようにしていた。そういう日は、素野子も母と食事を共にする。

一人っ子の素野子は、母の愛情に守られて育った。子どものころは母の過剰な心配をうとましく思ったこともあった。だが、いつの間にか立場が逆になっている。

母には自分しかいない。

大森 鷲《おおとり》神社の手前で、素野子は歩みを緩める。毎年十一月の「酉《とり》の市」には人の波が通りを埋め尽くすが、ゴールデンウィークのさなかにあって、地元客が通う大衆酒場のほかは静まり返っている。

向こう側にある昔ながらの一軒。舗道に広がる「テラス席」という名の簡易テーブルで、プロ野球チームのユニフォームを着た男女のグループが生ビールやサワー片手に大声で話をしていた。傍らでは日に焼けた作業服姿の若い男性三人が、たばこをふかしながらコップ酒をあおっている。

少し離れた壁際に、勤め人風の中年男性が座っていた。目の前のグラスは琥珀《こはく》色の液体と氷で満たされている。ウイスキーの水割りか。マドラーを人差し指と中指でがっしり挟みつつグラスを握り、口をつけている。

素野子は思わず立ち止まった。

酒を飲む仕草が、記憶に残る父に似ていた。

父は医師だった。それも、翔平と同じ整形外科を専門としていた。

連日のように病院に泊まり込むほど多忙で、たまに早い時間に帰ってくると、黙って酒を飲んだ。そんなときの父は、近寄り難いほど不機嫌に見えた。実際、目が合うと、スイと目を逸《そ》らされたものだ。

私がいい子にしていないから、お父さんはいつも機嫌が悪い。私がテレビばかり見ているから。私がお手伝いをしなかったから――。

そのころの素野子は、父の不機嫌の原因が自分にあるように感じていた。患者さんから感謝の手紙を何通ももらう父を見て、すごい人なのだと思っていた。そんな父を怒らせる自分が悪いと思い込んでいた。

今なら、手術がうまくいかなかったのか、夫婦の間がぎくしゃくしているからか、新しい恋人と痴話げんかでもしたのか――などと考えることもできるのに。

素野子は父の古い写真を一枚だけ持っている。母の目を盗んで密《ひそ》かに日記にはさんでおいたものだ。フレームの中央で四十歳くらいに見える父は、あごひげを伸ばし、大らかに笑っていて、いかにもモテそうだ。

確かに整形外科医としては、仕事ができてカッコよかったのかもしれない。

けれど妻を泣かせ、娘を捨てて、若い看護師と暮らす道を選ぶような男だった。わが身の幸せは追求するけれど、家族の幸せを誠実に考える力のない人間に過ぎなかった。

もう関係ない。どうでもいい人だ。思い出すだけ時間の無駄だ――。素野子は何度も自分自身に言い聞かせてきた。

なのに、まだ父について考えを巡らせてしまうときがある。懐かしんでいるのではない。いつの日か父に、「お前たちを捨てたのは間違いだった」と言わせたい。父を思うたびに、そんな負の感情で胸がざわつく。

小学五年の二学期が始まったばかりのことだ。深夜に目が覚めた素野子が冷蔵庫の麦茶を取りに台所へ行くと、暗い照明の下、着替えもせずにテーブルにつく父の姿があった。いつものように気難しい顔で酒を飲んでいるのだろう。怒らせないよう、そっと父の背後を通り抜けようとした。

そのとき、パチンと音がした。グラスの中の氷が弾《はじ》けたのだ。

「わっ！」

音に驚いた。

「素野子！」

父が大きな声を出した。叱られる——素野子は身を固くした。

「素野子……」

もう一度名前を呼ばれた。そして、立ちすくんでいたところを抱き寄せられた。

父は無言で酒臭い息を吐き出した。腕の力が強く、簡単に逃れることはできなかった。父の肩越しにアイスペールと背の高いグラスが見えた。突き出たマドラーの先端にある銀色の玉が灯《あか》りを反射して、とてもきれいだった。父に触れたのは、あれが最後だ。

素野子が整形外科医と結婚して、きちんと幸せになる姿を見れば、父は自分が間違っていたと思い知るだろうか。

そう考えた瞬間、素野子の体の奥に冷たいものが走った。

自分の中にある計算高さのようなものに初めて気づいた。翔平を好きになったのは整形外科医だったからなのか、過去への復讐《ふくしゅう》心のせいなのか。

——そんなはずはない。

スカートのポケットに入れたフォブウォッチの存在を手で確かめる。たったそれだけで、こんなにも温かい気持ちになる。この気持ちの裏には何もない。

大衆酒場の酔客たちの前を通り過ぎた。素野子の胸に、再び昔の日々が迫ってくる。

まだ父がいたころ、親子三人で暮らしていたのは大森の賃貸マンションだった。潮臭い勝島《かつしま》運河の近くにあるというのに、「ヴィラ」というしゃれた名がついていた。

そのヴィラに父が帰ってこなくなり、結局、素野子が小学五年の年末に離婚が成立した。母と子供の自分が見捨てられたように残された。

そのせいだろうか。いまだにヴィラと聞くと、暗く寂しい気持ちになる。

自転車が、素野子のすぐ脇を追い抜いてゆく。右手に提げたスーパーのレジ袋に触れ、音を立てた。追い越した後からチリリンとベルの音がする。後部のチャイルドシートには女児が乗っていた。ペダルをこぐ男性が片手を上げ、父と娘は素野子から遠くへ離れていく。

駅から十五分ほど歩いたところで実家に着いた。あのころのヴィラではない、離婚後に母が買った一戸建てだ。

父が出て行って母子家庭となったものの、看護師として働く母には食べるには困らない収入があった。

「二人で楽しく暮らそうね。素野子はなんの心配もいらないよ」

母は精神的に強いだけでなく、一家の大黒柱として素野子の支えでもあった。

「ただいま」

玄関を開ける。「こんばんは」とは言わない。ほんの二日ぶりの里帰りだ。

いつものように洗面所に直行し、薬用せっけんを使って手を洗った。

左右の手と十本の指と前腕を洗う。これでもかというほどこすり、病院で付着したかもしれない菌やウィルスを取り除くのだ。水滴を切り、タオルをつかむ。家を買ったばかりのころにそろえた花柄のタオルだが、ひどくくすんでいた。

リビングに入ると、誰もいないのに照明はついたままだった。食事をとった形跡は卓上にない。

母の寝室をのぞいた。ベッドに横になってはいるが、灯りがともっている。

「お母さん、ごはん買ってきたよ。具合どう？」

今日の午前中、母は日赤病院の外来へ行って抗癌《こうがん》剤の点滴を受けてきたはずだ。

「……素野子なの？　すっかり眠ってた。今何時かな」

母の声は、まだ寝ぼけているようだった。

「起こしてごめん。九時になったところ」

「朝の？」

「夜だよ」

今日に限らず、母の睡眠時間はすっかり乱れていた。

「お母さん、夕飯は食べた？」

「ううん。あんまり食欲が出なくて」

抗癌剤のせいだろう。

「少しだけでも食べられるといいね」

「何か買ってきてくれたの？」

よいしょと言いながら母は起き上がってきた。思ったよりも軽やかな足取りで。

「うん。期待するほどの物じゃないけど」

買ってきたものをテーブルに出す。レジ袋が乾いた音を立てた。

素野子は、野菜庫の中で見つけたレタスを洗って大皿に敷き、唐揚げを盛り付ける。トマトを切って、ポテトサラダとともにテーブルに並べ、炊飯ジャーから白飯をよそう。みそ汁だけは納豆と冷凍インゲンを具材に手早く作り、追いかけるようにして卓へ載せる。

「ありがとう、おいしそう」

母は「いただきます」と両手を合わせた。だが、サラダとみそ汁の椀《わん》を空にしただけで、唐揚げには手をつけようとしない。やはり抗癌剤の点滴が影響しているのだろう。

母はまだ六十三歳だ。けれど年齢よりも随分老けて見える。

昨年の二月、検診で右の胸に乳癌が見つかった日のことを今でもよく思い出す。

精密検査の結果はステージⅠ、乳房周囲の筋組織への浸潤もなく、転移もなしで、初期のものだった。

すぐに手術予定を入れてもらえたのは、患者本人がその病院の看護師だったからだろう。母は三十年以上にわたって日赤病院に勤務していた。科は違うが、同じ病院の消化器外科医が融通をきかせてくれたという。

「恥ずかしくなかった？」

素野子はそう尋ねた。勤務先で治療を受けるということに対してだ。

手術では麻酔をかけられて完全に無防備な状態になる。同僚の医師や看護師に胸を見られるだけでなく、尿の管を入れられ、おむつ交換までされるのだ。自分なら耐えられない。

「そんなこと言ってる場合じゃない、癌はスピードが勝負だからね。仕事も忙しかったし、まあまあ信頼できる先生だったから、チャチャッと取ってもらいたかったのよ」

母はとにかく働くことを優先した。仕事を休んで遠くの病院へ行き、長く待たされる時間が惜しいと言った。

「見える範囲の腫瘍はすべて取り除きました――」

手術を終えたあと、執刀医は素野子にそう告げた。次の闘いが必要なことを意識させる言葉だった。

その後、抗癌剤治療が始まった。手術で切除した組織の悪性度が高く、取りきれなかったかもしれない癌細胞を薬でたたくためだ。そして治療を受けながら、母は仕事を続けた。

「私が働いているんだし、ゆっくりすれば」

素野子が何度そう言っても、母は聞き入れなかった。

「人間、働けなくなったら終わりだよ。働ける限りは仕事を続ける」

母はそれまでと同じ厳しい勤務シフトの変更を申し出ることもなく、完全復帰への準備を進めた。けれど、思った通りにはいかなかった。抗癌剤の副作用は想像以上だった。

抗癌剤の種類は多く、特性もそれぞれに異なる。そのため、薬剤の組み合わせや投与間隔、薬を溶かしたり希釈したりする溶液の組成や量、投与速度、投与の順番などは、患者ごとに細かく決められ、それを時系列で示した計画書が作られる。こうした抗癌剤の投与計画書をレジメンと呼ぶ。英語で「養生法」「処方計画」を意味する言葉だ。

例えば一日目に二種類の抗癌剤を点滴し、加えてもう一種類の抗癌剤をその日から二週間内服し、その後は二週間の休薬期間を作り、四週間でワンクールとする――といった具合だ。

見えない癌をたたく目的で綿密に策定されたレジメンだが、母の体には重くのしかかった。

癌患者の全身状態については、アメリカの腫瘍学の団体が決めたパフォーマンス《P》・ステイタス《S》と呼ばれる指標がある。問題のないPS0から寝たきりのPS4の五段階に区分されている。

手術後にPS0だった母は、抗癌剤治療を進める間に、PS1の「肉体的に激しい活動は制限されるが、歩行可能で、軽作業や座っての作業は行うことができる」という状態にまで後退してしまった。

もう一つの問題は、手術の後遺症だった。乳房切除の影響で筋肉が縮み、母は右腕が上がりにくくなった。ふいに力が抜けて物を落とすようになり、点眼や採血といった看護師に求められる細かい作業が難しくなった。

「これ以上、同僚に迷惑をかけたくない」

働くことでかえって仲間の足を引っ張ると悟ったとき、母の決断は早かった。長年勤務した日赤病院をすっぱりと辞めたのだ。

けれど働くのをあきらめたわけではなかった。病院勤務のかわりに、母はすぐに新しい仕事を見つけてきた。近所にある高齢者施設の介護職だった。

しかし、それもうまくいかなかった。

先々月、二クール目の抗癌剤治療を受けた翌日だ。足元がふらついた母は、体重の重い入所者の体を支え切れず、尻もちをついてしまった。

母は大したことはないと言ったが、腰椎《ようつい》の圧迫骨折を起こしていた。その日から一か月ほどは、歩くことさえ難しくなってしまった。介護の仕事も辞めざるを得なかった。

「でもよかった――」

母は苦痛に顔をゆがめながらも、気丈に言った。

「入所者の方は、けがしなかったのよ。私がうまい具合にクッションになったからね」

血液検査の結果を見ると、母はひどい貧血を起こしていた。抗癌剤の影響だった。白血球の数値も下がっていたため、休薬期間を長めに取って体力の回復を待つことになった。今は別のレジメンによる抗癌剤治療を受けている。

母の茶碗《ちゃわん》を見た。ほとんど減っていない。

「食べないと、体力がもたないよ」

言ってはいけないと思いながらも、このままでは母の命が消え入りそうで、つい口に出してしまう。

「そんなこと分かってるんだけどね」

母の声がいら立ちを含んでいた。

一番、食べたいと思っているのは母なのに、そんなことは知っているのに。母を失う恐怖に素野子が耐えきれないのだ。そして、母が一番嫌うことを言ってしまう。

自己嫌悪感を引きずりながら、別の話題を探した。

「今回のレジメンは何クール目だっけ」

「四クール目」

「副作用はどう？」

「前のよりは、少し軽い感じ」

癌細胞をたたく物質は、正常細胞にも悪い影響を与え、どうしても副作用が出てしまう。

母は、抗癌剤の点滴を受けた日とその翌日は、食欲不振や不眠、手のしびれといった副作用に悩まされた。波はあるものの、倦怠感《けんたい》が強い日も少なくない。

「あと何クール？」

「それは分からない。血液検査の結果や、ＰＳ次第だって。外来で治療を継続できるのはＰＳ１までだから、受診の日は大きな声であいさつしているよ」

母はニヤリと笑った。入院せずに抗癌剤治療を続けたいため、元気なふりをして受診している母を思うとふびんだった。

「カラ元気なんか出したって、お母さん……」

おそらく母にはもう一つの思いもあるのだろう。かつての同僚たちの前で、弱々しい姿を見せたくないという、ある種の意地のようなものだ。

癌が見つかって一年と二か月がたった。

特に二か月前の圧迫骨折以来、あれほど健康で丈夫だった母は、自宅で大半の時間を過ごす人となっている。

日赤病院で毎月十回にもおよぶ深夜勤を平然とこなしてきたベテランの看護師だったのに。家事も大好きだったのに。今年に入ってからは炊事や洗濯すらできない日がほとんどだ。

抗癌剤をやめれば、体力は戻るのだろうか。だが、それは癌細胞が再び現れ、転移する危険性を高めることにつながる。

再発リスクを下げるために、どこまで副作用に耐え忍べばいいのか。

ゆっくりと、ほんの少量しか食事を口にしない母を見ていると、本当に今の治療でいいのかどうか分からなくなる。

行進曲のように頼もしかった母は、こちらが子守唄を歌って保護してあげなければならない存在になった。

「素野子の仕事はどうなの？　若い人の教育係は疲れるだろう」

自分の病気と闘うことで精一杯の母に、職場の愚痴を聞かせるわけにはいかなかった。これ以上、母の気持ちに負担をかけたくない。

「大丈夫だよ。世の中、いろんな人がいるね」

「いろんな人？」

「うん、いろんな人」

どんな人なのか、改めて口にするのも嫌だった。プライドの高い桃香のふてくされた顔や、セクハラ発言をする猿川の手、高飛車な娘の口元が頭をよぎる。猿川父娘《おやこ》は四月の入院以来、態度が全く変わらない。桃香も同じだ。

さらに今日また一人、難しい患者につかまった。

日勤のシフトの終了が近づく午後四時過ぎだった。徐々に忙しさが増すタイミングだというのに、桃香の愚痴がだらだらと続いていた。

「……んで、大腿骨頸部骨折のリハビリで入ってきた四一九号室の徳寺さん、超ぼさぼさの白髪で、見た目はヨーカイ。口は悪いし話は長くてしつこいし、相手してたらこっちの仕事が全然進まなくてホント大変なんすよ。いったん部屋に入ったが最後、延々と出られない底なし沼に落ちた気分で……」

そのとき、桃香の口を封じるように四〇七号室からナースコールが入った。慢性肝炎で先月末に入院してきた林田利一《はやしだりいち》だ。

もともと手のかかる患者だった。

年齢は五十八歳と、東療養病棟の患者の中では「若手」の部類に入る。六年前に起こした交通事故の後遺症によって顔面と下肢に麻痺が残っていた。そのせいか、何かというと看護師にケアを求めてくる。

「ったく、林田さんのコール何度目？　うんざり」

桃香は小声でそうつぶやくと、林田の病室とは違う方向にさっと行方《ゆくえ》をくらました。貴士は他患のケア中で、素野子が対応に向かった。

「林田さん、どうされました？」

一分一秒が惜しい時間帯だった。けれど素野子は、努めて平静を心がけた。

四人部屋の奥のベッドでマンガを読んでいた林田は、とぼけた声で言った。

「うんち、ほじってよ」

摘便《てきべん》のリクエストだった。

「三日近くオトサタなくてさあ、腹が張って苦しいんだよ」

便秘は下剤などで対処し、それでも排便されない場合に摘便を行うのが一般的だ。

「林田さん、まずは下剤にしてみませんか」

物理的な刺激は、腸を痛めるリスクもある。

「そんなの効かないよ。いつもみたいにすぐやってよ」

「いつもみたいに」という言い回しに素野子は一瞬押し黙る。均一な看護サービスをしなければ、クレームにつながりかねなかった。

「――分かりました。準備しますからね」

素野子がそう応じたとき、林田は不満そうな声を出した。

「僕は田口さんにやってほしいんだ。田口さん呼んでよ」

なんと、素野子は「ご指名外」だった。

「すみません林田さん。今日、田口は準夜勤でまだ勤務についていないんです」

「いないの？　つっかえねえな〜。しょうがない、あんたでいいか」

以前、桃香が林田の対応をしたあとで「暴言――言葉の暴力とは、よく言ったもんすね。サンドバッグ状態でヘロヘロっすよ」と言っていた。正直、素野子も林田の物言いには辟易《へきえき》している。

「分かりました。準備します」

声のトーンが低かった。つい無愛想な調子になってしまったのを素野子は自覚する。

林田は田園調布で不動産会社を経営しているという。相当な金額に上る資金を運用し、株式やFX、仮想通貨でもうかったと自慢げに話す。

「金もうけの自慢なんて、ばっかみたい。『先月は株で三百万円もうかったぞ』と言われても、分けてくれるわけじゃなし。こっちはうれしくも何ともないのが分かんないのかな」

桃香の愚痴を思い返しながら、防水シート、ゴム手袋、潤滑ゼリー、それに紙タオルと膿盆《のうぼん》を用意して戻る。口元にはマスクを装着した。

「林田さん、まずはシートを敷きますよ」

素野子はそう声をかけつつ、林田の臀部の下に防水シートを敷いた。吸湿性があるシートだが、あらかじめ紙タオルを何枚か手元に出しておいて、不測の事態に備える。

ベッドの上の林田を横向きにさせ、パンツを下げた。尻を素野子の側に突き出すように誘導する。ゴム手袋を二重にはめ、右手の人差し指に潤滑ゼリーをつけた。できるだけ滑りをよくするために、たっぷりと塗る。

「では、入れますよ」

肛門《こうもん》の付近で林田に手指の感覚を認識してもらい、ゆっくりと直腸へ挿入する。

「はい、ゆっくり深呼吸してください」

細心の注意が必要な瞬間だ。挿入時に強い力が加わり過ぎないよう、右手指の人差し指の関節をやわらかく、ほんの軽く曲げる心持ちで進めていく。

「痛いよ。もっとやさしくやって」

手技に問題はないはずだ。だが、さすがに患者に痛みを訴えられると気持ちが焦る。

「力を抜いてくださいね」

奥の方で、何とか硬便に触れることができた。

指先に当たった便塊を、少しずつほぐしてかき出す。大事なことは、時間をかけて徐々に崩すことだ。

「おい！　痛いって言ってんだろ！」

林田の尻が大きく動いた。急な動きについていけなかった素野子の人差し指は、そのまま林田の直腸壁を突いてしまう。

「痛《い》てえええええ！」

絶叫が部屋中に響き渡った。

「どうしました！」

廊下から血相を変えて飛び込んできたのは、田口主任だった。

準夜勤のシフトが始まる前だというのに、すでに病棟内をラウンドしていた様子だ。

「堤さん、あんた何やってんの！」

「強い力を加えたつもりはなかったんですが……」

素野子は、先っぽに便のついた人差し指を立てたまま、床にへたりこんだ。

「代わるよ」

田口主任は、すでに手袋をつけていた。

「んじゃ、林田さん、リラックスしてよお〜。気持ちを楽にしてねえ〜」

田口主任は、林田の肛門の表面を何度も何度もさすり始めた。

なでる向きは、腹の側から背中の側へ。行ったり来たりを繰り返す。その指の動きに素野子は目を見張った。

指だけでなく体全体を使った田口主任の動きは、軽やかで、まるで髪をなでつけているようなていた。

「なめらかさ」があった。指の挿入までにじっくりと時間をかけ、受け入れ側に十分な準備を促していた。

「弱すぎるとダメ。手の甲をなでたときに、くすぐったさを感じない程度の強さだよ」

背後にいる素野子のため、田口主任はコツを教えてくれながら作業を続けた。

挿入前の手技に比べれば、挿入から便の摘出までは、あっという間だった。

決して急いでいる様子でないのは見た目にも分かったが、実にスムーズに展開していく。最後には、どっさりと収穫があった。

「やあ、腹が楽になった。田口さん、ありがとうございました」

リクエスト大王の林田が、こんなに素直に看護師に礼を述べるのを素野子は初めて見た。

林田のご指名を受けた田口主任の摘便は、確かに神業だった。

摘便が日常業務の一つとなってからは、素野子も自分なりのやり方に自信を持っていた。だが今、改めてベテランの技術を間近に見る機会を得て、彼我《ひが》の差が極めて大きいことを素野子は認識した。

「田口主任、助かりました。ご面倒をおかけして申し訳ありませんでした――」

摘便の片付けを一人で終え、ナースステーションに戻ったところで素野子は頭を下げた。

「堤さんも、まだまだだね。でも発展途上ってのは、いいことだよ」

主任は穏やかに笑っている。その笑顔は、いつも以上に頼もしく見えた。

「あたしもね、摘便がすっごく苦手だったのよ」

「え？」

「だけど、うまくいくと、患者さんからすごく感謝される。こんなに喜んでくれるなら、誰よりもうまくなってやろうと思って勉強したの」

田口主任が自分の思いを語るのは珍しい。いつも自信満々な主任にもそんなころがあったのかと意外に感じた。

「堤さん、あんた摘便の診療報酬点数、知ってる？」

医科診療報酬点数――患者に対する個々の診療行為やサービスにつけられた点数のことだ。厚生労働大臣が定め、一点当たり十円として計算される。

「すみません、不勉強で……」

「一〇〇点――つまり、千円の価値があるケアなのよ。シロウトにはできないよ」

なるほどと感心する。その一方で、株の投資で月三百万円も楽々と稼ぐ患者にとって、自分たちが体を張って行う千円のケアにどれだけの価値を感じてくれているのだろう、とも思う。

「堤さん、準夜勤の申し送りが始まるよ。あんた、準備大丈夫？」

そう主任に促された。素野子は「すぐに記載します」と答え、記録用紙を引き寄せる。

「さっきの林田さんね、ちょうど二か月前に奥さんと別れたんだって。わがままな患者だけど、あんたもうまく面倒みてやってよ」

田口主任にぽんと肩をたたかれた。

自分はうまくやれていないのだろうか——。


心に浮かんだ小さな疑問を吹き飛ばすかのように、高鳴るホイッスルの音が台所に響き渡った。長年にわたって母の愛用する笛吹きケトルだ。

我に返った素野子は、「考えても切りがない」とつぶやいてガス台の前に立つ。

「お茶、いつものでいい？」

母がうなずくのを確かめ、急須に茶葉を入れた。摘便のことは、あえて口にしない。

「そうだ、お母さん。季節はずれのノロウィルス、気をつけてよ。免疫力が低下してるんだから。外来では今もインフルエンザの患者さんが来るって言うし」

母のとろんとした目が少し鋭くなった。感染症に関する話題が出たからだろう。けれど、それもほんのわずかな時間だった。


病院で働いていた母との記憶は、静けさに覆われている。

幼いころ、放課後に校庭で遊んだ帰りに母の職場へよく立ち寄った。夕方、病院の更衣室の前に並ぶ長椅子で母と待ち合わせして一緒に家に帰るためだ。

しかし、母は定時になってもなかなか現れない日が多かった。

足音が響くしんとした廊下、消毒薬の匂い、目の前を取り囲むつるりとした白い壁――。素野子は、ひっそりとした空間に満ちるそれらを怖いと感じたことはなかった。清潔な匂いは、いつしか母の香りとなり、寂しいときには思い切り息を吸い込んだものだ。

椅子の上で足をぶらぶらさせながら母を待っていると、若い看護師たちが寄ってくることもあった。ちょうど日勤のシフトを終えた者や準夜勤に入る看護師が出入りする時間だった。

「あらあ、主任さんちの子？」

「意外にかわいいじゃん」

はじける笑顔を見せる看護師もいれば、無言で疲れきった表情の看護師もいた。アニメの声優のような声をした看護師が、「もっとかわいくしたげるね」と、素野子の髪をいろんな色のゴムで結んでくれたりもした。

あるとき、母の前で知らない女性が泣いているのを目撃した。近くに白衣姿の人たちがいない廊下の片隅だった。

「次に入院するときも、お世話になりたいです」

その女性は看護師でなく、患者のようだった。

「私、堤さんのおかげで生きていけます」

母は彼女の手を両手で握った。目深にかぶった毛糸の帽子が揺れていた。

「元気でね。頑張ろう」

母に手を包まれた女性は、頬を濡らしながらも笑顔になり、母をじっと見つめていた。

素野子はそんな母を、絵本で見たマリア様のようだと思った。

あのときの光景は、後に何度も思い出し、そのたびに誇らしかった。そして、いつか自分も母のように、人の救いになる仕事をしようと心に決めた。

素野子は高校を卒業後、看護専門学校に進学した。三年後に晴れて国家試験に合格して正看護師になり、実家近くのアパートで独り暮らしを始めた。母は主任から師長に昇格した。二人してそれなりに順調な生活だった。昨年、母の癌が見つかるまでは。


「ラップしておくね」

母の器は、まだ半分以上の食べ物が残っていた。もう食べないだろうとは思ったが、念のため冷蔵庫にしまい、テーブルの上を片づける。

「じゃあね、お母さん。私、帰るから」

立ち上がると、抗癌剤の副作用で母の髪がさらに薄くなっているのが見えた。

「ありがとう。素野子も体に気をつけてね」

「うん。おやすみ。またね」

本当に体に気をつけなければならないのは母の方なのに。玄関先で手を振る母の笑顔が痛々しかった。

アパートに戻ったのは午後十時少し前だった。シャワーを浴び、バスタオルを体に巻きつけたただけでベッドにダイブする。寝間着に着替えるのすら面倒だった。

横になったままスマホを手にし、ツイッターのアカウント名を検索する。最近は、すぐに天使ダカラさんのツイートに行きつけた。

〈今年のニッポン、在宅介護は似たようなニュースてんこもり。1月25日、青森県・介護中の妻の首を切った75歳夫を殺人未遂で逮捕。2月4日、群馬県・寝たきりの妻をタオルで絞め殺した81歳夫を殺人で逮捕。3月18日、福島県・車椅子の母を絞殺した52歳息子を殺人で逮捕〉

今日は、在宅介護に関する「ニュース」について書かれていた。

〈3月28日、埼玉県・寝たきり夫の首を絞め殺した74歳妻を殺人で逮捕。4月13日、岡山県・介護中の妻の頭を金づちで殴った77歳夫を殺人未遂で逮捕……。身内の介護殺人が後を絶たない。ナゼか？　夫を、妻を、親を、手にかける理由があるからだ。ましてや赤の他人が追い詰められたら〉

最後の終わり方が気になった。ツイッターは一度に百四十字しか書けない。たまたま字数制限で書かなかったのか、書いてはいけないことを考えたのか。

ケアを求める存在に危害を及ぼしてしまうような人間——そんな人たちは、自分とは深い溝で隔たれ、根本的に違う世界に生きる人間である。

素野子はそう思っている。

けれど天使ダカラさんの言葉が妙に心に引っかかる。彼女は、介護者の誰もが犯罪者になり得る、と言いたいのか。

そんなことはありえない。

こんな犯罪に手を染める人は特殊な人たちだ。そうに決まっている。

いや、そうだろうか。特殊だと考えようとすればするほど、天使ダカラさんの言葉を否定しきれない自分もどこかにいると感じてしまう。

だからツイートにひかれるのか——？

実際、ナースステーション裏の休憩室で、同僚の誰かがこのツイートを開いていたから、自分もゾクリとした。

天使ダカラさんの存在を知ったのだ。皆、同じような思いを抱えているのか。

自分たち看護師は看護のプロだ。だから、そんな犯罪はありえない。あるはずがない、と慌てて否定する。

スマホを閉じようとして着信履歴に気づいた。ちょうど母と食事していた時間だった。

萩原椎子《はぎわらしいこ》——高校時代の同級生だった。年に一、二回は集まるグループ七人のうちの一人だ。

「遅くなってごめん。どうしたの？」

「あのさ、素野子に相談したいことがあって……」

暗い声が返ってきた。

「どっかの土日で会えない？」

椎子は一方的に提案してきた。

素野子にとって、土日が「休日」となることは非常に珍しい。それがかなうのなら、何より翔平と会う時間を優先したかった。しかも同じグループとは言え、椎子とはさほど仲がよいというわけでもない。何の用だろうという好奇心よりも、面倒だという気持ちが先に立つ。

「平日ならいいけど。なんだかいつも睡眠不足で、週末は空けときたいんだ」

「だったら、ランチの時間帯に品川のオフィスに来てよ。知ってるよね、あたしの勤務先が入っている高層ビル。ナースって、夜勤のあとは翌日がまるまる休みだから、ウィークデーは連休なんでしょ？　こっちはさ、企画会議とかプレゼンとか、いっつも忙しくって……」

なんて都合のいい想像だろう。椎子は「お嬢様のイメージ」で通る女子大に進み、早くに結婚した。今は外資系の化粧品会社で、契約社員ながらそれなりに忙しく働いているという。

「勘弁して。夜勤明けはボロボロだから、オフィス街なんかに出たら倒れるかも」

とにかく仕事がきつい。しっかり休んでおかないと次の日、体が動かない――そこまで説明したところで、椎子から不満そうな声が返ってきた。

「分かったよ」

いや、簡単に理解されるとは思えない。

体が動けないと、自分は師長や主任から叱責《しっせき》される。何より患者に迷惑がかかる。毎日の仕事のハードルは高い。知らぬ間に周囲からめいっぱい業務を詰め込まれていても文句が言えない。

そうした事情を、いつもは素野子も友人たちに明かそうとしてこなかった。たとえ話したとしても、なかなか理解されなかった。

「看護師残酷物語、なんだよ」

いつものように、そんな言葉で状況を茶化して話を終わらせる。医療従事者でない人たちと会話をする際の常だ。

しかし、この日の電話の相手は会話を終わらせてくれなかった。

「ふーん。でも、看護師ならそんなの当然じゃないの？　あたしの会社にだって、いやな上司はいるし、お客様相談室にはクレーマーが毎日、電話をかけてくるよ」

椎子の声は思いきりとがっていた。

こっちも椎子の仕事を知っているわけではない。だが、やはり大きな違いがあると思う。別にどちらの仕事が大変かとマウンティングするつもりではないけれど。

「自分が元気じゃないと、患者さんのワガママを許せなくなっちゃいそうで、怖いんだよね」

素野子は、心の中に潜んでいた言葉を探りながら説明する。摘便の林田に、猿川と娘の真紀子らの顔が浮かぶ。

「どんなワガママよ？」

「例えば今日は、昼食の量が少ないから外で牛丼買ってこいって言われた。それは禁止されています——って答えた途端、トレーが飛んできたよ。昨日はエッチな雑誌を買ってこいって。お尻をなでられたり、チンポなめろ程度の暴言はしょっちゅうだよ。患者さんは体が弱ってるから気持ちもすさむんだろうとか、自分が元気なときは思えるけど、疲れているとそんな余裕もなくなって怒鳴り返したくなっちゃう」

それでも患者は患者。必要なら肛門に指を入れて、うんちをほじくり出すのだって笑顔でやるんだから――とまでは言えなかった。

「だから、せめて土日はしっかり休みたい」

しかし、椎子は別のことを言い出した。

「ワガママな患者がいるのは分かるけど、お互いさまってことない？　人間関係なんだから」

「どういう意味？」

むっとした気持ちを隠せなかった。

「そういう行動を取らせる側にも問題があるってこと。ほら、男ってナース服にそそられるらしいじゃない」

椎子の声は冗談とは思えないほど冷ややかだった。素野子が絶句していると、椎子はさらに声のトーンを落とした。

「あのさ、うちのダンナが、浮気してんのよ」

「は？」

「相手はナース。あっちが誘ったと思うんだよね」

だから看護師の自分に電話をしてきたのか。知ったことか、と思った。看護師が誘ったと決めつけているのも腹立たしい。ただ、その理由を知りたかった。

「何科の看護師?」

「外科、かな。ダンナが自転車で転んで骨折した時に、担当だった地味な女。会ったことあるけど、バカ夫が鼻の下伸ばしてたもん」

「なるほど、地味な女か」

看護師は、担当する科の雰囲気がその人にも表れるものだ。

素野子の周囲にいる内科の看護師はおっとりしているが、外科の看護師は化粧っ気もなくキビキビ働く人が多い。世話好きなのは緩和ケア科、小児科は全体に優しいというイメージだ。もちろん例外もあるが。

「何が、なるほどよ。あたしが派手だから、ダンナは白衣のスッピン女になびいたとでも言いたいの?」

案外、自分のことをよく分かっていると見直す思いだった。

「どうかな……」

そうだとも言えず、あいまいに答える。

「あのナース、あたしに愛想よくしながら下半身で夫を誘ってたのよ。萩原様〜なんて。看護師って尻が軽いよねえ。誘いに乗るダンナも悪いんだけどさあ——」

その通り、浮気をするような男と結婚した椎子の判断ミスだ。翔平は違う。不誠実な男を選んだ椎子が悪い。

「男を見る目がなかったんじゃ……」

素野子が最後まで言い切る前に、椎子が笑い出した。

「あんたって純粋ねえ。しょせん男なんて同じ。でも、バレたときに正直に白状しないのが許せないのよね。潔くないっていうか、反省がない証拠でしょ。次はバレずにうまくやろうっていう魂胆が許せないのよ。あのナースから慰謝料ふんだくるだけじゃ、おさまらない。どうやったらこらしめられるのかしら」

「さあ……」

「教えてくれたっていいじゃない。まさか、同じ看護師だからってかばってる？」

壁の時計を見た。秒針が音もなく進んでいく。素野子の貴重な時間が失われていく。二秒、七秒、十六秒、四十秒……。さっきの椎子の言葉が浮かんだ。

「浮気される方も悪いんじゃないの？　お互いさまなんでしょ、人間関係って」

「はあ？　私が悪いの？」

それはこっちのセリフだ、と言いたかった。どこかのナースをこらしめる方法が知りたくて電話してきたのか。名案が浮かばないと、不倫男をかばってることになるのか。

素野子はもう一度、「そうじゃなくて。椎子に男を見る目がなかったんじゃないの」と繰り返した。椎子は甲高い声で「ダサいこと言わないで」と、バカにするように笑った。

「ダサくても、リセットした方が気持ちが穏やかになれるんじゃないの？　不誠実なダンナなんて、そのスッピンナースにあげればいいじゃない」

素野子は思い切って言った。自分ならそうする。母も、離婚後は感情が安定した。

椎子は、「看護師なんて信じられない」「きっとあんたも同じことされるから」などと叫ぶように言うと、突然電話を切った。

結局、伝わらなかったようだ。せっかく使った時間が無駄になったのが残念だった。それにしても気の毒な子だ。慰謝料を手にしたところで、幸せになれるわけでもないだろうに。その後、ずっと相手の不実を疑いながら暮らしても幸せになれるはずがない。

スマホのケースにぶら下がる、クマのストラップを握りしめた。高尾山にオープンしたばかりだという日帰り温泉に行ったとき、翔平が買ってくれたものだ。

自分のそばに誠実な人がいるということを柔らかなクマの手触りで感じる。翔平に出会えた自分は、本当に運がいい。

だから、何があってもがんばれるのだ。

壁の時計は、午後十時半になろうとしていた。

二子玉川グレース病院の看護職は三交代制。今日の素野子は「日勤―深夜勤」という過酷なシフトに当たっていた。日勤は午後五時に終わる。その後いったん帰宅して、午前一時からの深夜勤が始まるまで休憩する。そういう予定だった。

だが素野子はこの日、午後八時二十分までサービス残業をしていた。母の家から自分の部屋にたどり着いたのは午後十時前で、あっという間に三十分が過ぎた。通勤や業務開始前に申し送りがあるため、夜十一時半には家を出なくてはならない。あと一時間しか残されていなかった。

ほんの三十分だけでも仮眠しようと目を閉じる。けれど椎子の電話で気持ちが高ぶったせいで、目がさえてしまった。

ベッドに座り直す。髪は生乾きになっていたが、もう一度バスタオルで拭う。「しょせん男なんて同じ」「あんたも同じことされる」という言葉が増幅してくる。そんなはずはない。翔平に限って――。

我慢できず翔平に電話をしていた。

「……どうした？」

不機嫌な翔平の声にたじろぐ。

「あ、もう寝てた？　夜中にごめんね。ちょっとだけ声が聞きたくなって」

「ふーん。何かあったんでしょ？」

見抜かれている。

「手短に言うね。友だちのダンナが不倫したんだって。それで、男なんてみんな同じだって言うもんだから……」

相手の女が看護師だとは言えなかった。

「そりゃ不愉快だ。あ、僕がそういうことしないか不安になった？」

「ごめん、ほんの少しだけど」

少し間があり、翔平が力強く言った。

「僕は僕だよ」

短い言葉だが、翔平の思いが胸に迫ってくる。信じろ、と言ってくれている。

「うん、そうだね」

うれしくて泣きそうになる。

「変なこと言って、ごめん」

「今すぐおいでよ」

翔平が冗談めかして言った。うれしいけれど、意地悪だ。

「これから夜勤だもん……知ってるくせに」

毎月の勤務シフト表は渡してある。

「だよね。お互い忙しいから、無理はしないでおこうってこと」

「ごめんね。私も会いたいよ。会いたい、会いたい」

翔平がくすくすと笑い出す。

「素直なところがいいね。まあ、今夜のところはそれで許そう。素野ちゃんは働き者で偉いよ」

「看護師なら普通だよ」

「老人相手って、終わりがなくて大変だろ？」

終わりがない——ずっと介護が必要な状況を指しているのか。

「私ね、お年寄りって好きなんだ。のんびりの波長が合うっていうか」

翔平は「へえ」と笑った。

「素野ちゃんらしい」

「でもね、たまに嫌な家族がいてね」

「いるよな、親に入れ込む息子や娘って」

「そうそう、そんな感じ。一人、パーキンソン病の患者の娘がいるんだけど、ホントに嫌な人でさあ。患者さん自身はまあ、かわいいおじいちゃんなんだよ。でも、その中年娘がネチネチしつこくて……」

「そっか。つらいよな」

「うん。でも、面倒な人にも頭を下げてる。そういう人に気持ちよく過ごしてもらうのも、患者さんのためになる――と思って耐えてる。それがプロの看護師だし」

天使ダカラさんのツイートを見ながら考えたことが混じってくる。

「エライ！　おーし、うさばらしに今度また温泉に行こうか」

「やった！　翔ちゃん、大好き」

翔平はうれしそうに笑った。

「よしよし。じゃあ、仕事頑張って。俺も、チャチャッてオペして時間作るから」

「うん。ありがとう」

うなずきながら電話を切る。

アパートの部屋が急に静かになった。わずかに聞こえるのは細長い空気が送り込まれる規則的な音だけ。水槽の中のポンプの音だ。

吹き上げる霧のような気泡の向こうを、一匹の金魚が泳いでいく。

「半《はん》ちゃん……」

去年の九月、翔平と行った縁日ですくった金魚だ。

あれは、真夏のような太陽が降り注ぐ日だった。体中から汗が吹き出し、めまいがするほど暑かったのを覚えている。

半ちゃんは、素野子が手にした丸い「ポイ」の上に、吸い込まれるように飛び込んできた。ボウルに移し、再びポイを水に沈めると、すぐに白い紙は破れた。唯一の獲物をよく見ると、片目がつぶれているのが分かった。

「お姉ちゃん、そんなのイヤだろ？　別のと換えてやるよ」と、店のおじさんは交換を申し出てくれた。だが素野子はその子をもらった。なんとなく自分に救いを求めてきた特別な金魚だという気がした。

片目は個性だ。金魚には、半ちゃんと名づけた。

半ちゃんは、ティッシュボックス二個分くらいの小さな水槽の中で、行ったり来たりを繰り返す。素野子が水槽に顔を近づけると、驚いたようにUターンする。だが見えない方の眼がこちらを向いているときは、近づいたり手を振っても驚かず、ゆうゆうと泳いでいる。

その姿はひどく無防備で、かつ超然として見えた。

いつものように餌をやりながら、素野子はつぶやく。

「半ちゃん、さびしいよ」

本当は翔平に会いに行きたい。いつも一緒にいたい。けれど、休みが合わない二人が顔を合わせるのは、現実には至難の業だった。

「私だって本当は翔ちゃんに会いに行きたいんだよ」

半ちゃんの前では本音が言えた。言葉が分かるとはもちろん思っていない。だが、翔平の優しさが乗り移っているように感じる。そして、素野子の弱音に付き合ってくれるのは、半ちゃんだけだ。そうやって心を開く時間を持つだけで、穏やかな気持ちになれる。

――午後十一時十五分、素野子は着替えを始めた。出勤まであと十五分だ。

身づくろいを終え、簡単な化粧を済ませた。眠り込んでしまわないように椅子の上で正座し、五分だけと決めて目を閉じる。

こうすると、心に安らぎを与えながら背筋はぴんと伸び、体が徐々に出勤モードになってくる。

いくつもの顔が泡のように浮かんできた。その顔ぶれは、病棟の気になる人々だ。

四一二号室の宮内さん。先月のノロウィルス騒ぎでは大変な思いをした。今夜は何事もなく十分に睡眠が取れるだろうか。妻のツヤさんは夕方、喉がいがらっぽい様子だった。熱が出ていなければいいけれど。

四一七号室の美士里さん。日中、息切れが出ていたのと、元気がなかったのが気になった。次の食事介助のときには、この間見舞いに来た写真家さんのことを聞いてみたい……。

素野子は急に空腹を感じた。睡眠不足になると、無性に甘い物が食べたくなる。体には悪いと思っても、耐えきれなかった。机の引き出しから買い置きのアルファベットチョコレートをつかみ、立て続けに三個、口に入れる。

「半ちゃん、行ってきます――」

水槽に向かってそう告げ、玄関のドアを開ける。そのとたん、外のあまりの暗さにひるみそうになった。

戻りたくなる気持ちを押さえて鍵をかける。今宵、素野子が自分の部屋で過ごせた時間は、たったの一時間半だ。

あと三十分で日付が変わり、「こどもの日」になろうとしていた。

第四章　準夜勤

――二〇一八年六月十五日

ナース服に着替えて階段を上る。

これから準夜勤だ、と軽く頬をたたく。東療養病棟の廊下から眺め下ろす多摩川の景色は、梅雨空の下、しっとりとした色合いにけぶっていた。

素野子の今月のシフトは、月初めの一日《ついたち》が日勤、二日が深夜勤、三日が準夜勤、四日は休み、五日は日勤、六日は深夜勤、七日は休みとなっていた。基本的に一日八時間勤務、週休二日で、一見したところ、それほど負担がないように思える。

ところが実際に働いてみると、時間が不規則で常に寝不足に悩まされてきた。

このサイクルの一日目に午前九時から日勤をするのはいいが、二日目は深夜一時から深夜勤に入らなければならない。一日目の勤務終了と二日目の勤務開始までの間は八時間しか空いていないから、うまく眠れなければ、ほとんど徹夜のようなパターンになる。

朝の九時までの勤務を終え、その日いっぱいは業務はなし。翌日は午後五時からの準夜勤だ。睡眠不足はこの三十二時間の間に取り返す。今日は昼過ぎまで眠ったおかげで、寝不足感はない。間もなく午後四時になる。日勤を終える看護師と交代して、素野子が準夜勤のシフトに入る一時間前のタイミングだった。

「お疲れさまでーす」

素野子はナースステーションで同僚たちにあいさつする。

三十分前のスタンバイをうたう暗黙のルールより、さらに三十分早い出勤だ。患者の情報収集をするため、いつも一時間二十分前までに着くようにしていた。

休憩室をのぞくと、隅に女の子が座っている。膝の上にピンク色のランドセルを載せて、かしこまっていた。

「草柳師長のお嬢ちゃんだって」

入職同期の看護師、久保《くぼ》玲奈《れいな》からそう耳打ちされる。彼女もいまだ独身。この十年間、ずっと同じ病棟に勤める同期は、素野子と玲奈の二人だけになっていた。

「そっか。娘さん、まだ小学生かあ」

草柳師長には高校生の息子が一人と、その下に年の離れた娘がいるとは素野子も聞いていた。

「意外とかわいいっすね」

話に割り込んできた桃香が口にしたのは、昔、素野子が母の職場を訪ねたときに言われたのと同じ言葉だった。

少女は、おだんごヘアをしていた。

今日はバレエ教室の発表会に向けて、母娘《おやこ》で衣装合わせに行く予定なのだという。

「もう一時間以上も待ってるの。師長、今日は早上がりの予定なのに……」

結婚したら専業主婦になる——と周囲に吹聴《ふいちょう》している玲奈が、気の毒そうに眉を寄せる。

素野子は女の子に笑いかけた。

「こんにちは。お名前は？」

「……瑠璃《るり》」

消え入りそうな声が返ってきた。

「そう、可愛《かわい》いお名前ね。瑠璃ちゃんは何年生なの？」

「二年です……」

大人に囲まれた緊張が伝わってくる。昔の自分を思い出す。小学二年生というと、父がヴィラに帰らなくなったころだ。

「このクッキー、食べていいよ」

「……ありがとうございます」

「バレエ、やってるんだって？」

「はい……」

次々と職員が声をかけてゆく。そのたびに少女の表情はますます硬くなった。

「私も習ってたんだよー」

桃香が両手を上げて、バレエ式にお辞儀をして見せた。少女はほんの少しほほ笑む。

「瑠璃ちゃんはバレエ、好きなの？」

素野子が尋ねると、少女は、こくりとうなずいた。

突然、少女が立ち上がった。びっくりするほど愛らしい笑顔になって。振り返ると草柳師長の姿があった。

「あらあら、みんなにお相手してもらっていたのね」

休憩室にいる数人の看護師の顔を見回しつつ、草柳師長は一人一人に小さく頭を下げる。

「瑠璃、待たせてごめんね。じゃあ行こうか」

師長は少女に手を差し出した。とても穏やかでやさしい目になっている。その顔が、あのころの素野子の母に重なって見えた。


午後五時、準夜勤に入ったときから四一七号室の上條美土里は危篤状態だった。

日勤看護師の申し送りで、美土里は前夜から呼吸状態が悪化したこと、モルヒネのコントロールが良好で苦しんでいる様子は見られないこと、徐々に血圧が下がりつつあること、などが伝えられた。

一言で言えば、患者の最期が迫っているということだ。

自分の目で状態をチェックしなければ。素野子は真っ先に美土里の病室を訪れた。

つい先日までは普通に会話ができた美土里だったが、今夜はきつく目を閉じ、肩で息をしている。

「上條さん、堤です。おつらくないですか？」

素野子の問いかけに、美土里は手を左右に振る。

●体温　三七・七度
●血圧　九八―五〇
●脈拍　一四〇回／分
●呼吸　二五回／分　酸素飽和度測定不能
●意識不良、呼名反応あり、閉眼

血圧は下がり、脈も呼吸も乱れている。危険な状態だ。

美土里は以前から「誰にも迷惑をかけたくない。どこにも連絡しないで。そっと消え去りたい」と言っていた。けれど、いまわの際《きわ》になって気が変わるかもしれない。そうしたケースを素野子は何例も経験してきた。

「どなたか、来てもらいたい方はいませんか？」

美土里は、再び小さく手を振った。

最後まで美土里の気持ちが変わらなかったことについては、むしろほっとした。「家族」として登録された親族宅は、昨日から何度電話を入れても留守電に切り替わるばかりで、折り返しの連絡がないという。

五時少し過ぎに、美土里の呼吸が急に途切れるようになった。

ついにそのときが来たのだ。

素野子が見守る中、速かった脈がすとんと下がり、あっという間に心電図モニターの波形がフラットになった。ヴァイタル・サインが消えた――。

急いで医師に連絡を入れる。当直に入ったばかりの海老原浩司《えびはらこうじ》が電話に出た。

「海老原先生、四階東病棟の堤です。癌ターミナルの上條美土里さんが心停止されました」

海老原は医師だからと偉ぶるところがなく、仕事がしやすい。

「家族は？」

「いらっしゃいません」

「あっそ」

偉ぶらないのはいいが、少々そっけない。看護師との会話や仕事の指示も、必要最小限だった。

海老原はゆっくり歩きながら現れた。

「先生、おっそーい」

廊下ですれ違った桃香がため口をきく。

「もう亡くなってるのに、急いで駆けつける意味ないでしょ」

海老原は桃香を軽くいなし、美土里の病室に入ってきた。

ベッドサイドで、素野子は海老原に聴診器とペンライトを渡す。

海老原は聴診器を美土里の胸に当て、心音と呼吸音がないことを確かめた。続いてペンライトで瞳孔《どうこう》を照らし、瞳《ひとみ》が反応しないのを確認する。

「午後五時十四分、お亡くなりになりました」

その場に家族も友人もいなかったが、海老原はいつものように臨終を宣告した。

享年六十五歳。最期を看取《みと》る友人も親戚もいない静かな旅立ちだった。

海老原はナースステーションで美土里のカルテと死亡診断書を書き終えると、すぐに病棟から姿を消した。カルテには、「午後五時十四分、心停止、呼吸停止、対光反射消失にて死亡を確認した」と記入され、死亡診断書の死因欄には、シンプルに「子宮癌」と書かれていた。

患者の体のケアについていえば、医師の仕事は患者の死で終わる。しかし看護師の仕事は、患者の死後ケアや家族の対応と、患者が亡くなってからもしばらく続く。

福井県に住む美土里の弟、上條明憲《あきのり》から病院に電話があったのは、臨終の直後だった。

「……だから同じ東急電鉄ですけど、多摩川駅ではなく、二子玉川駅です。田園都市線と大井町線が乗り入れてます。ええ、そうです。ではお気をつけて。ご到着をお待ちしてます」

桃香がナースステーション中に響く大声で病院へのアクセスを説明するのが聞こえる。

「ふいー。なまりが強い」

桃香は電話を終えると、ため息をついた。

桃香によると、美土里の弟がこちらに到着するのは午後十時ごろ、死後処置は病院ですべて進めていいと言った、とのことだった。

「清拭《せいしき》や化粧も、弟さんの到着前に進めていいってこと？　ご対面は霊安室でいいんだね？」

田口主任が桃香に再確認する。桃香は面倒くさそうな表情を浮かべた。

「そういうことだと思います。部屋の移動は了解済みですし、すべてやってくれって言われましたから」

主任は「ならいいけど」とつぶやく。

「ところであんた、駅からの道順を説明してなかったよ」

「わざわざ橋を渡って川崎へ行っちゃうなんて、ありえませんよ」

桃香は両手を上に向けて肩をすくめた。

遺族とのやり取りを踏まえ、病棟では患者の死後の手順が動き出す。

「きれいに死なせてね」

それが美土里の願いだった。自らの死についての希望を語ったときの震えた声が耳に残る。あのとき、こちらをまっすぐに見つめていた美土里の瞳が、脳裏にありありとよみがえる。

素野子は、ご遺体を整える作業――エンゼルケアに入った。

エンゼルケアとは、死後に行うご遺体の処置、保清《ほせい》、メイクなどすべての死後ケアのことで、逝去時ケアとも呼ばれる。

美土里は死の直前に熱が出ていたから、ご遺体の腐敗が早く進む可能性が高い。

「すぐにかかりましょう。準備をしてください」

素野子はペアを組む貴士に、エンゼルケアに必要な品々を四一七号室に運び入れるよう指示した。

記憶力のいい彼は、物品のありかをすでに把握していた。入職から約二か月。貴士は、素野子の指示の下で看護補助や介護のカバー範囲を少しずつ広げている。

準備が整うと、まずはベッドに横たわる美土里に向かい、二人で深々と一礼をした。これからお体をきれいにさせていただきます、というあいさつだ。

具体的には、最初に美土里の体をきれいに拭き清めるところから開始する。

肛門括約筋《かつやくきん》は弛緩《しかん》していた。便はほぼ出きっているようだ。

だが、体の他の部分を清拭しているうちに、おむつに茶色い液体がじわじわとしみ出てきた。

「きれいに死なせてね――」

あのときの美土里の声が改めてよみがえる。

排泄物の臭いは、美土里が最も恥ずかしく思うものだろう。

「綿を詰めましょう。青梅綿《おうめわた》を取って」

「綿に種類があるんですね。これ、ですか？」

「そう。この綿は水をはじく性質があるの。次は、脱脂綿」

二子玉川グレース病院は、ケアに用いる綿を二種類用意している。撥水《はっすい》性のある青梅綿と、吸水性のある脱脂綿だ。

「はい」

「また青梅綿を……」

素野子は、二種類の綿を交互に膣《ちつ》と肛門に詰めていった。

青梅綿は、東京北西部、青梅市の特産であったことからこの名が付けられたという。本来、綿入れの着物や羽織に入れる上質の綿だ。二子玉川グレース病院ではこれをエンゼルケアにも採用していた。

二種類の綿を交互に重ねることで、体液は漏れることなく体の中できちんと留《とど》まってくれる。それは患者さんの尊厳を守るための優しさだと素野子は思う。

綿詰めを終えた後、さらに新しいおむつでカバーする。これで万が一の場合でも茶色いシミが白装束に付くこともないし、臭いも最小限に抑えられる。

素野子の説明を聞きながら、貴士はいつものシステム手帳にペンを走らせる。革製の表紙は年季が入って見えた。

「白装束を取ってください」

「はい。Sサイズでいいでしょうか」

素野子は首を振り、「Mよ」と答える。

すでに一か月前から美土里の死装束のサイズはMであると見積もっていた。縁起でもないことではあるが、看護師として長くこの仕事をしていると、知らず知らずのうちに、次の手順を心の中で準備してしまう。生きている間の患者のケアだけでなく、亡くなった後のケアについても、だ。

癌を患った人は、死に際して急速に痩せてしまうものだ。以前はふっくらしていた美土里も、終末期に体重が落ち、今では本当に小さく見える。貴士がSサイズの着物を選んだのは間違いではなかった。

ただ、美土里は上背がある。身長の高い女性は、足先近くまで着物ですっぽりと包み上げた方が見た目がいい。

美土里の体を右、そして左へと傾けつつ、着物を差し入れてゆく。最終的にご遺体が仰向《あおむ》けになり、下には白装束が広がる状態となった。

美土里の体は脂肪と筋肉が落ち、みぞおちがくぼんでいた。

「タオルを入れましょう」

タオルを三角に折って腹に載せ、さらに二つ折りのタオルをかぶせた。こうすることで、美しい姿になるだけでなく、着崩れしにくくもなる。

素野子は白装束の衿《えり》をていねいに合わせた。

「左前にね。分かる？」

どこかで聞いたが、葬儀に関わることは「逆さごと」、つまり普段と逆のことを行う。確か、北枕も同じ理由だ。

「はい、左手が入るようにしてっと……」

意外にも貴士は、和服の合わせ方に通じていた。

「よく知ってるわね」

「僕、高校で剣道部だったので。道衣と逆ですよね」

「そうそう。もし迷ったら、左前は、左身頃《ひだりみごろ》が手前と覚えておけば大丈夫よ」

「なるほど、だから左前」

開いた手帳を胸元で支えながら、貴士が素早くメモする。

「いい？　男性はゆったりめに合わせるけど、女性はきちっと袷《あわせ》を整えてね」

説明をしながら素野子は、着物の肩と肩山を合わせ、美土里の体をきれいに覆った。

男性は少し足を開かせるが、女性はぴたりと閉じさせる。

「帯を結びますから衿を押さえて。ここはご家族の目に一番つくところだから、移動中に崩れないよう、しっかり固定してあげましょう」

メモする手がふさがってしまった分、貴士は目に焼き付けようとするかのように素野子の手の動きを凝視していた。

「男性は腰、女性は少し上の位置で。最後はこんなふうにすると、縦結びになるの」

「堤さんは着物に詳しいですね。よく着るんですか？」

素野子の頬がふっとゆるむ。

「まさか。和服なんて持ってませんよ」

着物の作法や着付けの手順は、看護学校で学んだことがすべてだった。

「手を合わせますね」

白装束の上で美土里の手を重ねる。親指側の手首と着物の袖山を合わせ、自然な形で腹の上に載せた。

「この位置で手首をしっかり固定してください」

貴士に手を支えてもらいながら、美土里の指と指がしっかり組み合わさるよう、一本ずつ入れ込んでいく。

「親指は右上と決まっているんですか？」

「きれいに組めれば、どちらでもいいですよ」

続いて保冷剤を用意した。美土里の胸と腹の上に並べる。特に肝臓のあたりを的確に冷やせるかどうかで、ご遺体の「持ち」は格段に違ってくる。保冷剤の総重量は二、三キロに達する。重い布団を嫌がった美土里に対して、少し申し訳ない気持ちになる。

「最後に、お化粧に移りましょう。男性には難しいかな」

「さすがにそれは剣道部で習いませんでした」

「あはは。冗談はさておき、モットーは生前より美しく、よ」

貴士が「まさか」と言いたげな目を向ける。けれど、これは本当のことだ。

亡くなる直前は顔色も悪くなっており、患者は家族や知人の記憶と乖離《かいり》した姿になっている場合が多い。「本来の姿は入院中の姿とは異なる」と心しておくべきなのだ。

したがって、そうした点が修正されるように頰を少しふっくらさせ、髪の毛はきちんとセットする。額のしわは手で伸ばす。幸いなことに生命活動を終えた皮膚は、ケアをする側の手の動き通りに移動してくれる。

「安らかな表情に見えるようにね」

素野子は美土里の口角を少し上げ、目尻をわずかに下げた。

命を失った肌は、どんどん乾燥する。保湿にはベビーオイルを使った。明るめの色のリキッドファンデーションを薄く塗り、粉おしろいをはたく。ナチュラルメイクが基本だ。

「たとえ肌に染みがあっても、厚化粧はしません。それもその人らしさ。そう、個性だから」

素野子の言葉に、貴士は深くうなずく。

「頰紅は血色をよく見せる効果があるから、男女ともに使います。普段なら違和感があるかもしれないけれど。場所は、頰の中央にほんのり——というのが、ちょうどよく見えます。一般的にご家族は、ご遺体を上から見下ろす形になりますから。美土里さんにも、こんなふうに」

美土里の頰がほんのりと染まる。

続いて眉を自然に描き、最後に紅筆で口紅を塗った。時間がたつと色が沈むので、薄い色をたっぷりと使う。

「一ミリくらい内側に輪郭を取ると上品よ。年配の方の場合は、あえて唇の山を作らない方が自然ね」

「上條さんが、こんなにも生き生きと……。驚きです」

貴士が感嘆の声を上げる。

素野子も同感だった。まさに、美土里が「ああよく寝たわ」と、今にも起き出してきそうだ。

壁の時計は午後六時になろうとしている。ケアそのものに要した時間は約十五分。少なくともスピードに関しては合格点と言えるだろう。

——お約束通り、きれいにしましたよ。

素野子は心の中で美土里に語りかける。

静寂に包まれた室内で、貴士が突然、うめくような声とともに手で顔を押さえた。

「すみません、ちょっと……」

無理もないと思った。貴士にとって初めての患者の死だ。

「いいですよ、外で休んでください」

貴士が病室を出て行くのと入れ違いに、桃香が慌ただしく入ってきた。

「堤さん、写真スタジオの方が来ているんですが」

桃香の後ろから、若い男性が顔を出した。大きな紙袋を持っている。

「こちらに入院されている上條美土里様から、とにかく大急ぎで仕上げてほしいと注文を受けてお持ちしたのですが……」

男性が箱型のケースから取り出したのは、立派な革表紙のアルバムだった。開けると、上品にほほ笑む美土里がいた。美土里の依頼を受け、病室でポートレートを撮影したのだという。美土里が先日、「写真家の来客がある」と話していたのを思い出す。

「まさか、お亡くなりになったとは。あの、お支払いは済んでいますから。では確かにお届けしましたよ。お取込み中、失礼しました」

スタジオの男性は早口にそれらのことを言うと、そそくさと去っていった。

再び病棟は静かになった。

貴士とともに美土里をストレッチャーに移し、体全体をシーツで覆う。職員通路から階下にある霊安室へ、なるべく音を立てないように移動させてゆく。

霊安室を出る前、素野子は美土里にささやきかけた。

「お写真、受け取りましたよ。ちょうど間に合いましたね」

ナースステーションへ戻り、素野子は最後の看護記録を書き上げた。死亡時刻と死亡宣告した医師の名前、死亡時の状況も。家族に関する情報など、知りうる限りを記録した。それが、美土里の人生の締めくくりだから。

患者の死によって特別な作業が加わり、ただでさえ山積する日常業務は、さらに慌ただしさを増した。美土里の逝去とエンゼルケアで始まったその日の準夜勤が、長い夜になることを素野子は覚悟した。

二子玉川グレース病院の勤務シフトは、昔から多くの病院が採用している勤務パターンだ。

このシフトの欠点は、第一日と第五日で終業と始業の間隔が非常に短く、疲労が回復しないまま次の勤務に入るところだ。

一方で、第六日と第七日では、日中が「連休」の形になるという利点がある。いずれにしても、毎日の入眠時刻がバラバラになるため、睡眠リズムを崩しやすいのは確かだった。

準夜勤と深夜勤は、看護師二人に助手一人の計三人で切り回すのが普通になっていた。ただ、ここで言う「普通」は、トラブルがないことを前提にしている。患者の急変が相次いだり、看護師に病欠者が出たりすれば、すぐさま人員不足でアウトの状態になる綱渡りのローテーションだ。

実働人数も勤務間隔もギリギリであることは誰もが実感していた。

だから子育て中の看護師も、子供が熱を出したからといって勤務を簡単には休まない。同僚への負担を考えてしまうのだ。

実の父親が亡くなったというのに深夜勤の交代を申し出ることができず、泣きながら勤務を続けた看護師もいた。

人員をやりくりした勤務調整の結果、素野子はこのところ毎月八回の深夜勤に入るのが当たり前で、ときには十二回を数えることもあった。

そうした状況は今に始まったことではない。いつの間にか看護師は長時間の勤務に慣れ、看護師の家族は待つことに慣れてしまうのだ。

おだんごヘアの少女も、いつしか休憩室で母親の仕事が終わるのを待つのが日常になるだろう。かつての素野子のように。

そして今の素野子は、体調のすぐれない母を家に待たせている。つくづく、この仕事の過酷さを感じる。

この日の準夜勤も、素野子と桃香、そして貴士の三人がチームを組んだ。

美土里のエンゼルケアが終わったのが午後六時少し前、準夜勤の入りから約一時間後だった。

準夜勤の「入り」に相当する五時から夕食の始まる六時までの時間帯は、重要な看護業務が集中する。

就寝前の点滴準備から仕事をスタートさせ、食前の血糖値測定を行い、薬を処方箋と照らし合わせながら確実に用意する必要がある。ほかにも、胃瘻《いろう》患者のために胃瘻ボトルのセッティング、寝たきりの患者に対しては体位変換とおむつの交換なども先に済ませたい。桃香一人だけではとうてい対応できず、日勤者のうち二人が残業をして素野子たちの「不在」をカバーしてくれている。

すでに温冷配膳車による夕食のサーブと食事介助が始まっていた。

同僚の厚意に甘えるばかりではいられない。日勤のあと、八時間の休憩をはさんで午前一時からの深夜勤入りを控えている者もいるかもしれない。自分たちが一刻も早く通常業務に戻り、日勤スタッフが帰れるようにする必要があった。

「早く食事の介助へ回りましょう」

貴士に声をかけ、素野子はホールへと走る。二人の姿を見た日勤者たちが、ほっとした表情で手を止め、帰り支度を始めた。

「小山田君はホールの大原さんを手伝って」

ホールを桃香と貴士に任せ、素野子は病室に向かった。一つ一つベッドを起こしてテーブルをセットする。自分で食べることが難しい患者にはスプーンで食事介助を行う。

当然だが、介助をすべての患者に同時に行うことは不可能だ。ほんわかと湯気の立ち上る夕食を前に、「おあずけ」を食った状態の患者がどうしても生まれてしまう。

「まだですかあ」

「おーい、遅いよー」

「こっち、来てよお」

ひっきりなしにナースコールが鳴り、スタッフはその対応で病室を駆け回る。それによって、さらに食事介助が滞る。

こうした患者の不平や不満は、朝食や昼食時の比ではない。夕食は、多くの者にとって最大の楽しみだ。看護の立場からすれば、患者に食欲があるのはうれしいが、同時に患者の不満が噴出するという点では大きなストレスでもあった。

おおむね午後六時半に食事が終わると、マウスケアやトイレの介助を行い、七時過ぎに「ベッド静養」に入る。病棟はこのときが一番、静かになる。準夜勤の看護師たちが手つかずの業務をこなすとすれば、このタイミングだ。

すでにエンゼルケアと食事介助でヘトヘトではあった。だが、ここで気を抜いてはいられない。素野子は看護記録を書き、夜の点滴の準備ができているかをチェックした。食後に吐いたり、腹痛を訴えたりする患者が出ないことを祈りつつ。

「ラウンドの時間ね。大原さん、小山田君、よろしくね」

午後八時。素野子は桃香と貴士に声をかけた。ナースステーションの隅でスマホをいじっている桃香が「ほーい」と立ち上がる。スタッフを気持ちよく勤務につかせるのも、主任の補佐役を命じられた自分の役目だ。

素野子と桃香で手分けをしながら各病室を回って患者の状態に変化がないかどうかを観察する。体調不良の前兆などを見逃さないよう、病状の変化に気を配りながら、点滴をし、就寝前の配薬、ヴァイタルの測定などを進める。おむつのチェックもして、少しでも汚れていれば交換する。貴士には必要に応じて二人どちらかの補佐を務めてもらう。

「あの、おトイレに……」

この時間のラウンドは、どの病室に入っても、待ちかねていたように声がかかる。

「はい、一緒に参りましょう」

歩行が不安定な患者を夜間にトイレへ誘導する場合は、昼間以上にふらつきやすいため細心の注意が必要だ。まずはゆっくりとベッドに座らせ、つまずかないように靴を確実にはいてもらう。トイレまでは、患者のペースに合わせて歩行を支える。排泄が終わるのを待ち、下着を上げるのを手伝って、再びベッドに確実に戻るまで付き添う。

数人を介助しただけでも相当の時間を要する。その間も、別の病室から鳴らされるナースコールに応えなければならない。

「水を一口飲ませてほしい」

「お腹が痛くなってきた」

「薬を床に落としてしまいました」

「なんとなく、めまいがするんです」

急いで駆けつけるほどのことでない場合もある。けれどナースコールを聞いただけでは、患者の訴えも症状も、その深刻さも分からない。したがってコールが鳴れば、看護師は必ず患者のもとへ向かい、訴えや病状について把握する。

少ないスタッフで互いに慌ただしい作業をやりくりしつつ、一つ一つのコールを潰していく。それも、夜勤時間帯の大きな仕事だ。

ようやく最後の四一八号室、猿川の部屋にたどり着いた。

いつだったか、娘の真紀子に「うるさい！　あんたたち、病室の前で非常識よっ」と、ものすごい形相《ぎょうそう》で怒られたことを思い出す。あのときは注意されても仕方がなかったとはいえ、また何か言われるのではないかと少し緊張する。真紀子は今夜も来ているのだろうか。

「失礼します」

部屋の明かりは消えていた。応接用のソファーには誰もいない。

暗闇の中で、猿川は、しっかりと目を閉じている。顔つきに特段の変化は見られなかった。素野子は、驚かせないように声をかける。

「すみません。おしもを拝見させてくださいね」

おむつが濡れていないか確認のために布団をめくろうとすると、猿川は強い力でそれを阻止した。

「……寒い」

体が小さく震えている。体温計を脇に差し入れようとすると、布団にしがみついてきた。

いつもと様子が違う。素野子は、異変を感じた。

体の表面で測るセンサー式検温計が病棟に一つあったはずだ。ちょうど廊下で桃香の声がした。

「大原さん、センサー式持ってる？」

「ずっと使ってて、すんませーん。どうぞ」

桃香はセンサー式体温計を渡し、片手を立てて謝る仕草の直後にガッツポーズをしてくれた。そのサインは「頑張ってください」という意味に違いない。なんだかんだ言っても、気持ちは通じているのだとうれしかった。

●体温　三七・三度

●血圧　九二―四八
●脈拍　八四回／分
●呼吸　二二回／分　酸素飽和度九七パーセント
●意識ほぼ清明

猿川は微熱があった。呼吸数もやや多い。指先をパルスオキシメーターで挟んで酸素飽和度を測定したが正常範囲だ。けれど血圧を測ると、いつもより低かった。ナースライトを当ててみる。顔色が悪い。

素野子はすぐに当直の海老原医師に電話をした。

「先生、四一八号室の猿川菊一郎さん、パーキンソン病の患者さんが発熱です」

「何度？」

「三七・三度です」

「はあ、その程度か。クーリングしといて」

「それだけでいいですか？　悪寒もあって、やや頻呼吸《ひんこきゅう》、血圧も普段より低めなんですが」

これから熱が上がりそうな予感があった。ただ、憶測で言うのははばかられる。

「血圧が低いって、どれくらい？」

「ほんの少し、ふだん一三〇くらいのところ九二です」

「酸素飽和度は？」

「九七パーセントです」

「じゃあ、大丈夫だろう。経過観察しといて。昨日も当直で寝てないんだ。ちっちゃいことで呼ばないでよ」

「はい、すみません。あの、次はいつ報告しますか？」

「変わりなければ、明日でいい」

素野子の返事を待たずに、海老原との通信は切れた。疲れていると言いたいのだろう。それはお互いさまなのに。

猿川の部屋を出る。

ナースステーションでは、貴士が椅子に座ったまま、うつらうつらとしていた。桃香もげんなりした顔で戻ってくる。

素野子と桃香は、いましがた測定した患者たちのヴァイタル・サインを記録用紙に黙々と書き写し始めた。体温、血圧、脈拍……。できる限り集中して急ぐ。いったんは収まったコールの嵐が、いつまたやってくるか分からない。時間との勝負だ。

案の定、午後九時半すぎになり、ナースコールが再び激しくなってきた。

「背中がかゆい」

「隣の患者のいびきがうるさい」

「腰が痛い」

さほど深刻でない訴えの多くは、総括すると「眠れない」ということだ。

入院の際に患者の手元に配られる時間割には、「午後十時　睡眠＝ゆっくりとお休みください」と書かれている。だが実際には、入院患者の半数近くが不眠を訴えることも珍しくない。患者の求めに応じて看護師がかゆみ止めのクリームを塗り、背中をかき、湿布薬を貼り、場合によっては睡眠導入剤を飲ませる。

それでも眠ることができず、追加の睡眠薬を欲しがる患者もいる。その場合は、プラセボと呼ばれる偽薬を飲ませ、背中をさすったり手を握ったりする。それだけで「薬が効いてきた」と、眠りにつける患者もいる。

むやみに薬を増やさず、患者の体に負担の少ないそうした対応ができるのも、看護師の側に時間的な余裕があればこそだ。

求められるまま睡眠薬を重ねて飲ませ、夜中にトイレに立ったときに足元がふらついて転倒、骨折する――というのが最悪のパターンなのは確かだ。薬だけに頼らない看護をしたいと思いつつも、一方で時間の制約があり、やむを得ず睡眠薬の頓服《とんぷく》を出してしまうこともある。理想と現実のせめぎ合いに、さらに心は消耗する。

「どうか、今夜はコールがあまりありませんように」

夜勤の間中、素野子はいつもそう願う。コールが少なければ、一つ一つのコールに対応する時間がゆっくり取れる。

その日の準夜勤は美土里のエンゼルケアから入ったにもかかわらず、業務は思った以上にスムーズに進んだ。午後十時になろうとするころ、「通常運転」に戻った感があった。

しかし、桃香だけは特定の患者のケアに時間を取られていた。四一九号室の徳寺松子に呼ばれてしまうと、長いこと戻って来ない。

「ああ、もう今日はだめ。今の今までヨーカイの文句を延々と聞かされてクタクタです……」

デスクで頭を抱える桃香の姿を見て、素野子もため息が漏れた。

ナースステーション奥の作業台で、患者に翌日投与するための点滴薬をそろえ始めた。

素野子は積み重ねられた金属製のトレーを引き寄せ、手元に置く。

ほとんどの点滴用処方箋《せん》には複数の薬品名が書かれている。それらを混合して使いなさい、という意味だ。

混ぜる薬液は、最も量の多いものをメインというのに対し、その他少量の薬液をオカズと呼ぶ。

メインとオカズをワンセットにし、いつでも混ぜられるようにトレーの上に載せておくのだ。

ただ、薬剤の安定性は時間によって変化する。二子玉川グレース病院の内規では、点滴の作り置きは「四時間以内」とされている。実際に点滴に薬液を注入する作業は、深夜勤チームの仕事だ。準夜勤の時間帯は、必要な薬剤をセットするところまでが業務になる。

「四〇一号室の蓮根千絵《はすねちえ》さん、メインは三号液」

素野子は処方箋を読み上げた。声出し確認が基本だった。確認後、メインの五〇〇ミリリットル入り点滴袋に患者の名前を油性のフェルトペンで書く。

「オカズは胃薬とビタミン剤、それに止血剤」

混入する薬品名を患者名の下に書き入れる。

「生食《せいしょく》一〇〇、抗生剤はあとで」

二つめのトレーには、抗生剤を混ぜるための生理食塩水だけを載せ、患者名と抗生剤の薬品名を生食バッグに記入した。蓮根千絵の抗生剤は冷蔵庫保管薬なので、出しておけないからだ。

「四〇三号室の大西陽子《おおにしようこ》さん、メインはブドウ糖液、オカズはビタミン剤。側管《そっかん》から利尿剤」

大西陽子にもメインとオカズを同じようにセットする。利尿剤は点滴に混ぜてはいけないと分かるよう、処方箋にアンプルを張り付けた状態でトレーに置いた。

準夜勤では、これら一連の確認作業を一人で進める。

そして、このあとに続く深夜勤の勤務帯では、看護師二人がペアを組み、点滴に薬剤を混ぜる直前のタイミングでもう一度チェックする。そうやって最低でも三人の目で確認することによって、安全を担保する仕組みとなっている。

貴士はさっきから興味深そうに素野子の作業を見つめていた。

二人から少し離れた席に座る桃香は、看護記録を前に、おもしろくなさそうな顔で自分の手の爪を眺めている。看護師はマニキュアを禁止されているが、桃香の爪はピカピカに光っていた。桃香はポケットからガラス製の爪磨きを取り出し、左手の薬指をこすり始める。

「抗生剤があとなのは、なぜなんですか？」

貴士がシステム手帳を開きつつ、素野子に質問をした。

「話しかけたらだめっ！」

桃香が大声を上げる。貴士はびくりとして、手帳を閉じた。

「小山田君、薬の作業者には声かけ厳禁！　ミスのもとでしょうがっ」

桃香は鼻の頭にしわを寄せる。素野子は吹き出しそうになった。おしゃべりの桃香が同じ注意を田口主任から受けたのは、つい数日前のことだ。

「すんません」

貴士が頭を下げ、再び手帳に何かをメモする。

ナースコールが鳴り出した。患者名が書かれたナースコールボードのランプを見ながら、桃香が声を上げる。

「呼んでるよ！　四一三号室！」

「でも、教えていただきたいことが……」

貴士は戸惑ったように素野子を見る。

「小山田君、あとで教えるから四一三に行って」

貴士に頼むしかない状況だった。

「分かりました」

貴士が名残惜しそうな様子で飛び出して行った。その直後、また別のコールがナースステーションに鳴り響いた。桃香が呆然《ぼうぜん》とした顔でボードを見上げている。

「ヨーカイが……。なんでまた……」

四一九号室の徳寺松子——桃香は力なく立ち上がった。

「今、タクシーで上條美土里さんのご家族様が到着されました」

午後十時半、夜間救急入り口の警備担当から連絡があった。美土里の弟、明憲だろう。ただ、「タクシーで」という報告に少し違和感を覚えた。二子玉川駅から病院までは徒歩圏だ。

素野子も桃香もケアの途中で手が離せなかった。

「小山田君、先に行って、ご家族を案内してください」

素野子の指示に貴士はうなずき、病棟を出て行った。ワンテンポ遅れたタイミングで、素野子も向かう。

一階に降りると、遠くの方から男性の怒鳴り声が聞こえてきた。

「まったく、この病院はどうなってんだ！」

警備室の前で、ジャンパーを羽織った男性が廊下中に響き渡る声を上げている。短い白髪で、職人風だ。貴士はなすすべもない様子でおろおろしている。

「責任者を呼んで来い！　今すぐ、責任者だ！」

上條明憲と思われる人物は、大変な剣幕だ。一体何を怒っているのか。

「失礼いたします。私、今夜の病棟責任者の堤と申します。いかがされましたでしょうか」

とっさに小さな嘘を口にしてしまったが、貴士を攻撃の矢面《やおもて》に立たせるわけにはいかない。それに責任者という方便は、「今夜の」と限定しているので、それほど間違ってはいない。

興奮した様子の明憲は、血走った目で素野子をにらみつけた。

「なんて不親切な病院だよ。『駅から病院はすぐ』って言い方はないだろ。ちょっと歩いて、住居表示を見たら『川崎市』だ。東京に来たのに、どうして神奈川県なんかに。結局は車を拾うハメになった。特急と新幹線を乗り継いで駆けつけた家族の身にもなってみろよ」

桃香だ。田口主任が懸念した通り、道順の説明がいい加減すぎたのだ。

「こちらの説明不足で大変申し訳ありませんでした」

素野子は平身低頭で頭を下げる。目の前に銀色のフォブウォッチが垂れ下がった。素野子はそっと胸元に手を伸ばす。

「もう、いいよ。早く姉に会わせてくれ」

明憲の怒りは少し静まってくれたようだ。

「こちらへどうぞ」

素野子は明憲を霊安室に案内する。

扉を開けると、ひんやりとした空気が流れ出てきた。

明憲は入り口でひるんだように動きを止め、美土里が安置されているストレッチャーを凝視した。

「こ、これはなんだ！　あ、あ……」

明憲は怒りのあまり、うまく話せない様子だった。

「いきなり霊安室かよ！　こんなうすら寒い部屋に追いやられて……。姉貴はよ、高いカネ払って個室に入院していたはずなんじゃないのか」

最初の一歩から話が食い違っていたようだ。

「担当の者が、ご移動についてご説明申し上げませんでしたでしょうか」

「部屋を移るって電話で聞いたけど、まさか霊安室だとは思わなかった。死んだら即、こんな寒くて狭い所にか。ひでえ扱いだな」

一体、桃香は明憲に何を説明して何の同意を得ていたのか。桃香の説明では、霊安室への移動は家族の了解済みとのことだった。けれど、実は何も正確には伝わっていなかったのだ。

部屋を戻すと言えば収まるのか――素野子は再びおわびの姿勢を取ったまま途方に暮れた。

そのとき、霊安室の出入り口で男性の声がした。

「このたびは誠にご愁傷さまです。心からお悔やみ申し上げます……」

現れたのは、スーツに身を包んだ男だった。彼は明憲に歩み寄り、頭を深々と下げた。二子玉川グレース病院のスタッフは全員、仕事中は私服にも名札をつけているのだが、彼の胸元に名札はない。

「お姉様のお体へのダメージを抑えるために室温を下げた部屋に移っていただいた次第です」

聞き覚えのある話し方だった。素野子が顔を見ると、先方からウインクが返ってきた。

なんと、施設管理課の望月だ。いつもの制服はブルーの作業着だが、今着ているのは通勤時の私服のようだった。

明憲は「ダメージを抑えるために――そういうことか」とつぶやく。

「短時間でしたら元のお部屋にお戻しすることも可能ですが、いかがいたしましょうか」

「なら、そうしてもらおうかな……」

スーツ姿の効果だろうか。怒りで興奮していた明憲は、望月の申し出に素直に従った。

「かしこまりました」

望月は美土里のストレッチャーのストッパーをはずし、移動を始める。

「では上條様、四階の病棟にご案内します。お部屋はまだ上條美土里様のものでございます。どうぞこちらへ――」

エレベーターを待つ間に望月は、生前の美土里の様子をとうとうと語った。

「上條美土里様は花がお好きだったんですね、お部屋の壁にはたくさんの花の切り絵を飾っていらっしゃいました。『今年はお花見に行けないわ』とおっしゃったので、枝を一本切ってお部屋に生けさせていただきましたら、『桜は切っちゃダメじゃない』とお叱りを受けました。『桜切るバカ、梅切らぬバカ』っていう言葉を教えていただきましてね。『でも、ありがとう』と涙ぐんでいらっしゃいました。思わず私も一緒に泣きました。いつも当院の清掃職員にまでお礼を言ってくださるだけでなく、我々の体を気遣ってくださることもあって、職員の誰もがお慕いしておりました」

話の内容は、「部屋」や「設備」「備品」などに偏りがちではあったが、美土里の在りし日の様子がしみじみと伝わってきた。落ち着きを取り戻した明憲を先導し、望月は四一七号室へと進む。

松子の病室から戻ったばかりの桃香が、ナースステーションから顔をのぞかせた。それを目にした素野子は思いっきり顔をしかめ、首を振って合図した。「出てきちゃダメ」というメッセージは伝わり、桃香はすぐに引っ込んだ。

「お姉様はこちらの病棟フロアで、穏やかな療養の日々を送っていらっしゃいました」

望月が穏やかな口調で話す。

「お部屋はこちらです」

個室のドアが開けられた。そこへ美土里のストレッチャーが静かに運び入れられる。

明憲は、目を固く閉じ、手を合わせた。それからそっと目を開けると、白布のかかった美土里の遺体の上に視線をさまよわせた。

「ご対面されますか？」

緊張した面持ちで明憲が顎を引く。

素野子は、美土里の顔に掛けられた布をそっと持ち上げた。

美土里の顔を見たとたん、明憲の顔は真っ赤になった。

「姉ちゃん！　姉ちゃん、姉ちゃん、姉ちゃんっ」

明憲は、美土里の遺体の上に覆いかぶさり、肩を震わせた。

「上條様の、お手回り品です」

望月が大きな白い紙袋を持ってくる。

全部で三つあった。中には、いつも着ていた洋服の類《たぐい》に、何冊かの本、ラジオ、愛用のマグカップなどが収められている。明憲は、薄いピンク色のガウンを取り出した。その瞬間、周囲に懐かしい香りがほんのりと漂う。ガウンには、まだあの香水の匂いが残っていた。

「姉ちゃんの、においだ」

ガウンを手にしたまま、明憲は子供のような声で言った。

「あの……こちらは今日、届けられたお品です」

素野子は、別の袋を示した。あのとき写真スタジオの男性がしたように、箱型ケースから慎重な手つきでアルバムを取り出し、明憲の前で開いて渡す。

写真の美土里は、優雅にほほ笑んでいた。

「姉ちゃん――きれいだな。ずいぶん幸せそうに笑ってら」

明憲は姉の写真を胸に抱いたまま、こみ上げるように嗚咽《おえつ》を漏らした。

「――先ほどは取り乱してしまって申し訳ありませんでした。すみませんが姉ちゃんをさっきの部屋へ戻してやってください。きれいなままにしてやりたいので」

「はい。私が責任を持って」

望月はそう言って、素野子に再びウインクした。


明憲が出て行った直後、素野子は体中の緊張がほぐれるようだった。

「堤さん、すみませんでした。なんか私の説明が悪かったみたいで」

経過を知った桃香は、しおらしく謝ってくる。

「それに私、お偉いさんにまで迷惑かけちゃった……」

どうやら望月のことを幹部職員と誤解しているようだ。素野子はあえて真相を言うのはやめた。

桃香には、自分より格上に見える者の言葉なら届くようだ。

「私からよく謝っておくから。でも、次からはちゃんと説明してね」

「堤さん、神ですう」

桃香は助かったという表情で素野子を拝む。だが何というか、その顔は土気色に沈んで見えた。

「ラウンド、まだいっぱい残ってたよね。さ、頑張ろうぜ〜」

素野子は節回しをつけ、桃香の肩をたたく。

「堤さん、エレカシ好きなんですか？　私はどっちかというとSHISHAMOかな」

桃香が力なく笑う。

「シシャモ？　どんな歌？」

「『明日も』って曲、知りません？」

♪月火水木金　働いた
　ダメでも　毎日頑張るしかなくて

桃香が小さく口ずさむ。聞いたことのないメロディーだった。

「ダメでも頑張るっていうところ、いいね。ちょっと意外だけど」

「えー、どういう意味ですかあ」

桃香が半目になって笑う。

曲の好みは違っても、音楽で力をもらうのは桃香も同じなのを知り、何となくうれしくなる。

時刻は午後十一時になろうとしていた。

「さてー、頑張るしかない。ラウンド、ラウンド」

桃香はそう言って、肩を回した。それがまるでおどけている様子に見え、素野子も気分が軽くなる。

そのときだ。ナースコールのランプが点灯した。

〈419号室　徳寺松子様〉

ボードの表示を見て桃香が息をのむのが感じられた。

かすかに動いた口元からは、「また……？」という、打ちのめされたような思いが伝わってくる。

「さあ、大原さん頑張ろ！　ラウンド、ラウンド」

素野子は、桃香と同じセリフを口にした。桃香はしかし、うなだれたままだった。

貴士を呼び、素野子は病室の巡回を開始する。心の中で、「さあ、頑張ろうぜ～」と歌が響いていた。

素野子と貴士は四〇一号室に入った。

深夜のラウンドでは、おむつ交換をするかどうかについて、微妙な判断が求められる。快適さを保つ必要もある一方で、患者をなるべく起こさない方を優先すべき人もいる。

かつては全国どこの病院でも、二時間ごとに患者を起こしておむつを交換するケアが当たり前だと聞いた。それが近年、吸収性の高い夜用のおむつが普及し、交換の頻度も下げられるようになってきた。

いずれにしても大切なことは、観察だ。必要な患者をどう見極めるか？　そこは看護師の経験にかかっている。そのために素野子は足音を忍ばせて患者に近づき、そっと顔をのぞき込む。すべての患者に共通するマニュアルなどは存在しないのだ。

夜間のラウンドで細心の注意を払わなければならないのは、体調が不安定な患者だ。

そうした要注意の患者は、今夜も東療養病棟に数人いる。そのうちの一人が、四一一号室の寺本《てらもと》武夫《たけお》だった。

脳梗塞《のうこうそく》の後遺症で入院した七十四歳の患者で、朝食時にむせ込んでから痰《たん》が大量に出続けていた。一時は酸素吸入器で治療が必要なほど呼吸状態が悪かったが、数時間後には改善し、日中は酸素を使わずに済むまでに落ち着いたという申し送りだった。

四人部屋の一角で横になる寺本の様子を見ると、呼吸が少し荒かった。

額に手を当てる。熱っぽい。

「検温、僕がやってもいいですか」

素野子の耳元で、貴士がささやく。

貴士の思いを買って、任せてみる。

「腋窩《えきか》でやってみて」

熱の出始めは、体表で測るセンサー式の体温計を使うよりも、脇の下で測る方が正確なデータを取れる。これもまた、素野子の経験からくる感覚だった。

貴士は体温計を斜め下から脇の下に当てた。体軸と体温計の角度は、三〇度から四五度くらいを保っている。検温手技については合格だ。

「三六度八分……よかった。熱はありませんね」

体温計をケースに戻しながら貴士が言う。

「ちょっと待って、小山田君。思い込みで線引きしないこと」

素野子はいったんナースステーションに戻ると、貴士に寺本の経過表を示した。

先週一週間の記録をたどると、寺本の夜間帯の体温は、三五・五度、三五・三度、三五・四度――と計測されている。

「お年を召した方の場合、平熱が低い方も多いのよ。昔っからの水銀式体温計には三七度に赤い印がついていたけど、そうした固定観念に影響されないこと。その人その人を見なきゃ。寺本さんは三五度台前半が普段の体温だから、これは熱発《ねっぱつ》と考えてもいい」

「……なるほど、熱を測るというのは、そういうことを含めた仕事なんですね」

貴士が熱心にメモを取りながらうなずく。

「看護助手はそこまでの判断を求められないけれど、異変に気づけるかどうかは大きいわね」

一般的に高齢者の肺炎は、熱だけでなく咳《せき》や痰といった症状も出にくい。「無熱性肺炎」という呼び方があるが、それは「発熱が見られない肺炎」という意味ではなく、「熱に気づけなかった肺炎」と言えるのかもしれない。そう考えると、日常的な体温のチェックは、より慎重にならざるを得ない。

素野子は当直医の海老原に連絡をした。素野子の見立てどおり、寺本に対して肺炎の治療が即座に開始された。

「早めに見つけてくれて助かったよ。早期治療の方がずっと治りがいいからね」

海老原医師は珍しく礼を言い、上機嫌で病棟を出て行った。

「すごいですね、堤さん！」

貴士の声に、素野子も「やった！」と胸の前で握りこぶしを作る。

医師に感謝の言葉をかけられることは滅多になかった。看護師としてのキャリアが十年を超えた今、ヴァイタル・サインの経過チェックから寺本が肺炎にかかっている可能性を見いだせた事実は、素野子にとって大きな自信となった。

この誇らしい気持ちを誰かに伝えたい。

翔平に？　母に？　半ちゃんに？

間もなく午前零時になる。準夜勤の勤務終了時刻まで、あと一時間しかない。素野子は残るラウンドを再開する前に、貴士とともにナースステーションに立ち寄った。

誰もいなかった。

ステーションの周囲には、ＳＯＳを発する患者も取り次ぎを求める家族の姿もない。いつになく平穏な風景だ。桃香もまたラウンドの途中なのだろう。

いや、何かがおかしい。

素野子が違和感を覚えたのは、壁に据え付けられたナースコールボードだった。

いつもは緑色に点灯しているパイロットランプが消灯したままで、時刻を表示する液晶画面も真っ黒になっている。

――動いていない。

病棟内のどの部屋の、どの患者からヘルプ要請が入ったかを示すシステムがダウンしていた。初めての異常事態だ。すぐに復旧しなければ、患者の命にかかわる場合もありうる。素野子はボードにあるボタンをいくつか押してみた。だが、何の反応も起きない。

システムやアプリケーションが故障したのか？　あるいは、単に電源の問題なのか？　いつも使っている機器にもかかわらず、原因についてはさっぱり見当がつかなかった。

そのときだ。ナースステーションの裏にある休憩室で、ロッカーの扉を閉めるバチンという大きな音が響いた。

桃香なのか？

この忙しい時間帯にもかかわらず、のんびりと化粧直しでもしているというのか。

「大原さん、そこにいるの？」

素野子は大声で叫ぶ。しかし、裏のスペースから反応はない。

「もしかして、具合でも悪いの？」

桃香の様子が気になったものの、まずは各病室の状況を把握することが最優先だ。

「小山田君、ごめん。ナースコールボード、調子悪いんだけど」

深夜の病院に、システムを担当する専門のスタッフはいない。何でも自分たちで解決するしかなかった。

「あれ、ホントですね。電源盤を確認してみましょうか。どこですかね」

懐中電灯を手に、貴士とともに廊下に出た。貴士が廊下にある鉄製の小扉を開ける。中を照らすと、電源設備や制御盤らしき物が浮かび上がった。

「堤さん、ビンゴです！」

「さすが。じゃあちょっと頼んでいい？」

貴士に続きを任せ、素野子はナースステーションに戻る。

「大原さん、どうしたの。大丈夫？」

休憩室に向かって声をかける。中をのぞいたが、桃香の姿はなかった。

しんとした部屋のどこかで、ジリジリとした嫌な音がする。ゴキブリがレジ袋の上を歩くような音、いや、地面に落ちたアブラゼミが逆さまになって羽を震わせるような音……。

どこかに大きな虫がいるようだった。息を殺して神経を集中させる。

音がする方向を凝視した。青っぽい光が見える。

「ああ、なんだ」

音の正体は、壁際に置かれた共用パソコンだった。古いハードディスクの駆動音なのか、ほこりのたまったCPUのファンのきしみなのか。人騒がせな音だ。

半開きになったラップトップの画面を持ち上げてみた。そこには、閲覧したツイッターやニュースのまとめサイトがタブを閉じずにそのまま残されていた。

ニュースの日付は、二〇一七年十月六日。トップ画面には、短い新聞記事の引用が掲げられている。

五日午後七時半ごろ、名古屋市のY記念病院で、入院中の無職Aさん（八五）がベッドで死亡しているのを、病室を巡回した看護師が発見した。Aさんの顔の上には、病院のものではないぬれタオルが掛けられていた。一一〇番通報を受けた地元警察署では、鼻や口をふさがれたことによる窒息死と見て捜査を始めた。調べによると――


素野子は、駆け出していた。

向かったのは四一九号室。いつも桃香が「ヨーカイ」と呼ぶ徳寺松子の病室だ。

松子は大腿骨頸部骨折の手術後で、文句が多い患者だった。昼夜問わず、ナースコールを頻繁に鳴らし、一度呼ばれると、なかなか解放してくれない。

最初は適当に受け流していた桃香も、徐々に耐えきれないとこぼすようになっていた。

四人部屋が続く廊下を走り、その角を左に曲がると三室の個室が並ぶコーナーに出る。

四一九号室のドアを開けた。

薄暗い個室で、桃香は松子の枕元に立っていた。両手で白いハンカチを胸の高さに掲げて。

ヨーカイを見下ろす桃香は、これまで見たことがないほど無表情だった。

「大原さん、だめ。それ、私にちょうだい」

素野子は、桃香の手からハンカチを奪い取った。

思った通り、白いハンカチは水でぐっしょりとぬれている。あの事件の再現を想像させるに十分な行動だった。

「どうして？　大原さん、どうしてこんなことを……」

桃香を問いただす声が、ひどくかすれた。

桃香がしようとしたことを具体的に口にする勇気はなかった。休憩室の共用パソコンで、天使ダカラさんのツイート画面を見つけたことも言い出せなかった。

〈いつもウルサイ高齢患者には、ぬれたハンカチが効果あるかも？　気になる人は、名古屋の事件を勉強せよ。それで、お・わ・り〉


静かに眠っている松子を起こさぬよう、そっと個室の外に出る。

人けのない廊下で、素野子は桃香に改めて尋ねた。

「まさか、こんなことを。大原さん……」

それは、自分自身への言葉でもある。

桃香がここまで追い詰められていたとは想像できなかった。桃香のフォローをしたいとは思っていたものの、素野子も自身の業務に手いっぱいで、それどころではなかった。

まだしばらくは桃香に松子を任せておいても大丈夫だろう――そんな読みもあった。

むしろ、松子のケアに時間を取られ過ぎる桃香を責めるような言い方をしたことを悔いる。

「私がもっと手伝っていれば……」

素野子の言葉に、桃香は「違う。堤さんのせいじゃなくて……」と口走った。

「何があったの」

しばらく唇をかんでいた桃香は、前髪をきっちりと耳に掛けた。

「これです」

素野子に左頬を突き出す。そこには、大きな痣《あざ》があった。化粧の下に隠し切れない、盛り上がった黒い痣だ。素野子はその存在に気づいてはいたが、誰にでも傷程度のものはあって当然と気にしていなかった。しかも桃香の痣は、普段は前髪がベールになって目立たない。

「妖怪みたいで気持ちが悪いから、顔を見せるなって言われて。ヨーカイ顔、ヨーカイ顔って、繰り返し言ってくるから……」

先に「妖怪」と呼ばれたのは、桃香の方だったのか。

「休憩室で念入りにメイクをしてからラウンドに出ても、『黒いのが透けて見えてキモイ』『お前の顔を見ると気分が悪くなる』って。なのにあのヨーカイ、何度も何度もナースコールで呼びつけてくる。病室を訪ねたら、「化けの皮を取れ」って私の顔に水をかけてきたり、おしぼりを投げつけてきたり。もう、ホント嫌になる……」

「ごめん、そんなことを言われていたなんて知らなかった」

うつむいた桃香の顔から、テーブルの上に涙がふた粒、相前後して落ちた。

廊下を歩く足音が近づいてきた。

「あのお、堤さん。ちょっと見てもらえますか」

貴士だった。

素野子はフォブウォッチで時刻を確かめる——午前零時二十分。準夜勤の勤務終了時刻が迫りつつあったが、まだ深夜のラウンドの途中だ。

「大原さん、あとちょっとだけど、今日は勤務もういいよ」

「でも、まだ仕事が残ってるから……」

「たくさん眠るのも仕事だと思って。とにかく家に帰ってゆっくり休みなさい」

桃香は小さくうなずいた。

貴士とともにナースステーションに入る。ナースコールのボードがいつもの様子に戻っていた。

素野子の胸に安堵の念が広がる。

「小山田君、ありがとう！　こういうの得意なんだね。ホント、助かった」

貴士は頭をかきながら照れ笑いを浮かべる。

「あそこにマニュアルがあったので。それを見ながらシステムを再起動してみただけです。僕もホッとしました。完全に復旧したかどうかは分かりませんが……」

ひとまず明日の朝まで機能してくれればいい。その後は専門家に任せられるから。

「事情があって、大原さんは早退します。深夜勤のチームが来る前に、手分けしてラウンドを終わらせましょ」

「了解！」

貴士は桃香のことを聞いてこなかった。彼なりに、桃香をおもんぱかっている——素野子にはそんなふうに感じられた。

素野子は、残っていた四人部屋の巡回を完了し、四一七号室の前を通り過ぎた。

今夜はまさに、この一角が、問題の震源地だったと感じる。

準夜勤に入った直後に、この部屋で美土里の死を看取った。ご遺体の搬出後、上京した弟とのトラブルが起きた。

続いて向かいの部屋、四一九号室の徳寺松子と桃香の一件があった。

さらに突き当たりにある最後の部屋は、四一八号室。猿川の病室だ。

今夜は突発的な案件が立て続けに起きてしまい、ラウンドの間隔がすっかりあいてしまった。固く閉ざされた個室のドアの前に立ち、素野子は再び緊張する。

「失礼します」

入室時にそっと声をかけた。眠っている猿川を起こしてしまうのは忍びない。だが、付き添いの家族がいれば、起きている可能性もある。念のためにノックよりもソフトな声がけを選んだ。

しかし、やはり部屋には患者しかいなかった。

素野子は安堵し、猿川の顔に目を落とす。やすらかな寝顔だった。

前回のラウンドの際に微熱があったので、もう一度体温測定をしておこうと胸元に触れる。

熱い――。

軽く触っただけで、高い熱があると分かった。同時に真紀子の「何やってんのよ」という神経質な声が聞こえてくるようだった。

体温計が手から飛び出すように床へ落ちた。拾い上げた体温計をアルコール消毒する間も、なぜかひどく手が震えている。

布団を少しだけずらし、猿川の手を取った。

腋下に体温計を差し込むものの、震えで方向や角度が決まらなかった。桃香の行為をとがめ、貴士の教育係をしたときは冷静だったというのに。自分はどうしてしまったのか。

なんとか計測を終えた猿川の体温は、四〇度に上がっていた。

慌てて部屋の明かりをつける。

暗い中で気づかなかったが、猿川の顔色は明らかに悪くなっている。

呼吸も速い。酸素飽和度は八四パーセント。信じられないほど低かった。即座に医師を呼ばなければならない状況だ。

迷うことなく当直医の海老原をコールする。

「お忙しいところ申し訳ありませんが、四一八号室の猿川菊一郎さんが体温四〇度で、酸素飽和度が八四です」

「血圧は?」

「これから測ります」

「先に測っといて。酸素開始も」

かすかな舌打ちとともに通話が終了した。すぐさま革靴のかかとを廊下に響かせ、海老原が四一八号室に駆け込んでくる。

●体温　四〇度
●血圧　九二―六〇
●脈拍　一四〇回／分
●呼吸　三二回／分　酸素飽和度八四パーセント
●意識混濁

猿川を一目見た医師が、厳しい表情で叱責してくる。

「チアノーゼが出てるじゃないかっ。鼻《び》カテじゃなくて、マスクに変えてっ！」

素野子は酸素マスクをセットしながら「何リットルですか？」と尋ねた。

「マックス一〇リットルで。普段の九六パーセントを目標に、徐々に下げてって」

海老原が聴診をしている最中に、猿川が痰のからんだ咳をする。

「吸引！」

「はい」

猿川の首の下に肩枕を入れ、吸引器の電源をオンにした。吸引圧を一〇〇ｍｍＨｇにセットし、吸引用カテーテルを鼻から気管まで挿入する。吸引圧をかけるたびに、チューブにずるずると痰が引けてきた。

少しずつ猿川の顔色がよくなってきた。

「酸素飽和度は？」

「九九です」

「酸素ゆっくり下げていって。九六以上目安で」

「はい、八でいいですか」

海老原がうなずく。吸引チューブを手早く洗浄し、酸素の流量を八リットルに下げる。

「血圧は？」

もう一度、猿川の腕に血圧測定用のマンシェットを巻いて計測する。

「一〇六の七〇です」

「ひとまず最悪の事態は回避だな」

処置がようやく一段落する。海老原の声から力が抜けた。

猿川の着衣の乱れを整え、布団を掛け直す。その間に、海老原は病室を出て行ってしまった。素野子は慌てて追いかける。

ナースステーションに入った海老原は、デスクの上に猿川のカルテを広げ、見入っていた。

「……昼に誤嚥して、夕食は半分食べた、と。この時の熱は平熱、午後八時に三七度台の熱発。薬剤アレルギーはなし」

海老原は経過をたどりながら、誰に言うともなくつぶやく。

「猿川さんに抗生剤と補液の点滴を。急いでよ」

海老原は点滴を処方すると、不機嫌な顔をしたまま眉間を指でもみほぐした。

素野子はナースステーション奥の薬棚に走り寄り、処方箋に記載された抗生剤のアンプルを取り出す。

しかし、薬剤を金属トレーに載せたところで、ダブルチェックの相方となる桃香を帰してしまったことに気づいた。

病院のルールでは、正看護師二名による二重点検の過程をクリアしなければ次の段階に進むことができない。

——今日は勤務もういいよ。家に帰ってゆっくり休みなさい。

そう言ったのは素野子自身だ。すでに彼女は病院を後にしてしまっただろう。

抗生剤のアンプルの前で逡巡《しゅんじゅん》していると、貴士がラウンドから戻ってきた。

「困ったな——」

素野子がつぶやいた次の瞬間、貴士に薬品を入れたトレーを奪われた。

「先生、点滴のダブルチェックをお願いします！」

なんと、貴士は海老原の前に立ちはだかった。

まさか医師にダブルチェックを依頼しようとは思いつきもしなかった。

「なんで俺？　ナースの仕事でしょ」

海老原は眉をぴくつかせた。叱られるかもしれない。

「今は、ほかに有資格者がいないんです」

貴士が食い下がる。

「このままだと、先生の処方を進められません」

海老原は貴士の手元にあるトレーの中の点滴薬をのぞき込んだ。

「よ、よし、オッケーだ」

貴士の勢いに気圧《けお》されたのか、海老原は意外にも素直にチェックしてくれた。

貴士に手でお礼を伝え、薬液の調合を行う。点滴用のラインをそろえ、ようやく猿川に薬を投与できる準備が整った。

貴士とともに四一八号室へ回る。ただちに点滴を開始するため、猿川の腕に駆血帯を巻く。

だが点滴の針は、うまく入らなかった。猿川の血管が脱水で細くなっているうえ、細くてもろいからだ。何とか針が入ったと思っても、すぐに血管が破れて薬液が漏れてしまう。

素野子が猿川の異変に気づいてから、すでに二十分が経過していた。早くしなければと焦れば焦るほど、うまくいかない。

「点滴、入った?」

海老原が病室をのぞきに来た。点滴を代わってもらえるかもしれないと喜んだのもつかの間、海老原の胸元でPHSが鳴った。どこか別の病棟で何かが発生したようだ。

「急いでよ! あとは急変のリスクも含めて、猿川さんの家族に連絡しておいて」

海老原はそう言い、次の病棟へ向かおうとした。

猿川の娘、真紀子の厳しい顔がちらつく。

「海老原先生、すみません。先生から電話していただけませんか?」

海老原は「こっちは忙しいんだから、それくらい頼むよ」と眉を寄せた。

「では、ご家族には何と……」

素野子は、声が震えるのを感じた。

「発熱、肺の雑音、呼吸困難、それに誤嚥のエピソードもあるから、誤嚥性肺炎が疑われる、と言っといて。一応、そのことをカルテに書いとくから。もし医師から連絡が欲しいと言ったら、改めて対応するよ」

「分かりました……」

素野子にとって、極めて気の重い指示だった。しかし、すでに治療方針も決まり、患者の顔色は改善して小康状態となっている。真紀子には言葉を尽くして状況を説明し、何としても安心し、かつ納得してもらわなければならない。

猿川の腕の血管にもう一度、慎重に針を刺した。三回目だ。

――お願い、猿川さん。

祈るようにして点滴を流すと、今度は猿川の体内に順調に流れてくれた。猿川の様子に大きな変化がないのを確認して、素野子はナースステーションに戻った。

海老原は、ちょうどカルテの記載を終えたところだった。

「あのさ、熱の報告、どうしてこんなに遅くなったの？」

普段、穏やかな海老原医師にしては珍しく厳しい表情をしていた。

「それは……」

素野子は看護記録を見直す。

午後八時のラウンドで、素野子はいつものように猿川のヴァイタル・サインを測定した。真っ先に計測した体温が三七・三度であった。異常を感じ、素野子は海老原医師に一報を入れた。そこで海老原から「クーリングして朝まで経過観察」という指示を受けたのだ。

記録にはもちろん書かなかったが、「昨日も当直で寝てないんだ。ちっちゃいことで呼ばないでよ」と釘を刺されたことも鮮明に覚えている。けれど、そんなことは言えない。

しかも、今夜は処理すべきことが多かった。美土里の家族、桃香と松子の一件――。それらがなくとも、猿川に関しては同じ結果を招いていたかもしれない。ただ、素野子としては、海老原自身に告げられた指示に従った事実だけは申し述べようと思った。

「猿川さんについては、朝まで経過観察と言われましたので……」

海老原の眉が大きく動いた。

「報告するなとは言ってないよ。病状が悪ければ当然、ドクターコールしてよ。サボってないでさ」

めったに感情をおもてに出さない海老原医師から、こんなことを言われたことはなかった。

サボってないでさ――。

自分はいつサボったのだろう。こんなに切れ目なく動き回っているというのに。これ以上、どう動けばよかったのか。素野子は深い穴に落ちていくような感覚になる。

準夜勤の終了時刻が刻々と迫る。素野子は作業を続けながら、いつまでも打ちのめされたような思いから抜けられなかった。

——私はサボっていない。サボる暇なんかない。

気持ちを立て直そうと、いつものように翔平が教えてくれた曲を思い出そうとした。けれど、今夜はなぜか一つも浮かんでこなかった。

すがりつく曲を手にできぬまま、素野子は猿川真紀子の携帯電話を呼び出した。

時刻は午前一時。どのような内容の連絡であろうと、相手から不機嫌な反応が返ってきておかしくない時間帯だ。

「……はい」

七度目の呼び出し音で相手が出た。

真紀子の声だ。病院からの電話であるのは分かっている様子だった。

「深夜のご連絡になってしまい、た、大変申し訳ございません。私、二子玉川グレース病院の看護師で、つ、堤と申します……」

素野子は不自然なくらいどもっているのを自覚する。冷や汗をかきながら、海老原に言われた通りに、猿川が誤嚥性肺炎を起こした経緯と状況を伝えた。

「……はい」

いつになく淡白な反応だった。

真紀子の声の向こうで、別の電話の鳴る音や人の話し声が聞こえる。こんな深夜だというのに、まだ何人もの人たちが職場にいるようだ。

「医師の診察により、猿川様は現在、酸素投与と抗生剤の点滴治療が開始されております」

素野子は懸命に状況を説明する。ていねいに、きちんと説明すれば家族は納得してくれるはずだと自分に言い聞かせながら。

説明の最後に、最も口にしたくないことを言い添える必要があった。

「猿川菊一郎様は今のところ小康状態ですが、ご高齢でもありますので、いつ急なことが起きるかもしれません。そのときは改めてご連絡をいたします」

真紀子に何ごとか厳しいことを言い返されるに違いないと思った。だが、受話器の向こうは静かなままだった。

「……はい」

拍子抜けした。自分の看護の下で起きた事態について、「申し訳ございません」と謝罪の言葉を加えるべきかどうか迷っているうちに、電話が切れた。

真紀子が言った最後の言葉は、「よく分かりました」だった。

第五章　休日

——二〇一八年六月十六日

午前一時三十七分、素野子はタクシーの中にいた。

本当は、朝まででも病院に残るつもりだった。

猿川の発熱報告が遅れた事態に責任を感じたということもある。ただそれ以上に、容態が不安定になった患者に対し、できるだけ付き添っていたいという思いが自然に生まれていた。

しかし、深夜勤のシフトに入ってきた田口主任に退勤を促されたのだ。

「堤さん、あんたは帰りなさい」

有無を言わさぬ勢いだった。

「いえ、猿川さんが気になって、もう少しだけ……」

「何言ってんの。あんた、明日の朝は、ほら」

「あっ」

セミナーがあるのを忘れていた。

看護協会が関係している「朝活セミナー」は、その名の通り午前七時に始まる。明日、いや、もう日づけが変わっているから、今日、横浜で開かれるセミナーで、素野子は二子玉川グレース病院のパンフレットと求人案内を三百部持参し、参加者に配布するという役割を担っていた。

最近はシフトの合間に、病院内で開かれるさまざまな勉強会や委員会をはじめ、院外の研修会やセミナーなどに出席を求められるケースが増えた。

自主的に知識や見聞を広めたくて参加する場合もあるが、大半は病院の経営陣や会合の主催者から「動員」を要請されるからだ。勤務明けの時間帯や「休み」の日に出席し、話を聞き、質問をし、名刺交換をし、報告書にまとめ、後日、院内で発表しなければならない。

タクシーに揺られていると、頭がぼうっとしてくるのが分かった。

ミニバン風の新型車は車高が高く、スライドドアが閉まると別世界にいるようだ。大きな窓からの風景がとても新鮮に見えた。このまま夢の世界に行ってしまおうと目を閉じる。

けれど、なかなか眠れない。ハイテンションの戦闘モードで病棟を駆け回っていた直後の、急な解放宣告だった。

目を閉じたまま手にしたタクシーチケットをくるくるとひっくり返し、手の感触だけで表と裏を推測してみる。当たりとハズレは半々だった。

意味のないことを繰り返しているうちに、車は瀬田《せた》から深沢《ふかさわ》、駒沢《こまざわ》と、おしゃれな街を進んでいた。深夜とは言え国道二四六号は、上下線とも交通量が多い。それに、どこまで行っても上に首都高の高架橋がのしかかり、頭を押さえつけられながら道を進むような圧迫感を覚えた。

上馬《かみうま》で環七通りに入ると、視界が開けて車外の雰囲気がガラリと変わる。目黒区を抜ければ、素野子の生まれ育った大田区だ。北千束《きたせんぞく》、夫婦坂《めおとざか》、馬込《まごめ》、弁天池前と、地名を目で追うだけで、家に近づいてきた気持ちになる。

沿道にはいくつもの病院が建っていた。

あの中には、今の職場よりずっと働きやすい病院があるのではないか――。

夜勤でつらいことがあると、素野子はそんなことを考えてしまう。

大森まで十三キロ、約三十分の道のりだ。家に着くころになって、素野子はようやく眠くなってきた。

アパートに着いた。ドアを開け、すぐに眠ろうと決意して電気もつけずにベッドに倒れ込んだ。寝転がったままスマホのアラームを午前五時半にセットする。

準備万端となったのに、うまく眠れない。仕方なく目を開ける。薄暗さに目が慣れ、窓の外から差し込むほのかな灯りだけで室内が見える。

ひらり。

小さな水槽の中で、半ちゃんがUターンするのが見えた。

待っていたよ、とでも言うように。

スマホを手にした。メールをチェックするが、翔平からのものはない。このところ翔平は忙しそうだ。昨日は、脊柱管狭窄症《せきちゅうかんきょうさく》の手術で第一助手をさせてもらったとうれしそうだった。学会に出す論文も書き始めているという。

ベッドの中で、天使ダカラさんのツイッターをのぞく。最後の投稿は、「もういい」という一言だけで終わっていた。

もういい――。

強い拒絶の響きにドキリとする。天使ダカラさんは、何をあきらめてしまったのだろうか。

確かに、何も改善されないのなら、すべてをあきらめてしまった方が楽だ。

桃香のあの行為も、仕事に対するあきらめのようなものだったのか。

それにしても、私を待ってくれているのは半ちゃんだけ――。

寂しい気分を持て余しつつ、素野子は水底に沈んでいくように眠りに落ちた。


朝七時、みなとみらい駅に直結する大学のサテライトキャンパスで開かれたセミナーは、二百人近い来場者でいっぱいだった。

会場には「看護―聖なる職場で」という横断幕が掲げられている。看護師のほかに、介護の職場で働く人たち、それに人材派遣会社のスタッフらが参加し、仕事の情報交換を行うのが主な趣旨だ。

「皆さん、ごきげんよう。本日はせっかくの機会、しっかり勉強しましょう」

礼拝堂から抜け出てきたような老シスターの開会あいさつでセミナーはスタートした。

「……皆さんが毎日のように目にされ、関わりを持たれることはなんでしょう？　死であり、生命の誕生であり、病気やケガの苦しみでしょ。それらは、普通の人たちにとっては、一生のうちにほんの何回かしか経験しないものです。看護師の仕事はね、たくさんの人生の凝縮です。だから、一日一日が尊い毎日なのです」

どこかのホスピスでケアを手伝った経験があるという小柄なシスターは、どことなく神がかって見える。

素野子は強い睡魔に襲われた。家に帰り着いたのが深夜二時ごろだった。それから六時前に家を出たから睡眠時間は正味三時間半。今朝は顔を洗うので精一杯、きちんと化粧をする暇もなかった。老シスターの言う「尊い毎日」というのは、修行のようなものなのか。身を削りながら仕事する毎日を思いつつ、素野子はため息をつきたくなる。

続いて登壇した若いＩＴ起業家は、現場のスタッフを一方的に激励する口調だった。テレビでも顔を見るこの起業家は最近、訪問看護ビジネスに進出することを決めたのだという。

「看護と介護は潜在的な要望が高く、ビジネスとしても極めてポテンシャルが高いジャンルです。ナースは、仮想現実《VR》でなく、患者に手を触れて現実を実践するリアルな世界でのプロ集団だと言えましょう。この仕事を選択した皆さんは、日々、オリジナル性の高いリアルな唯一無二のサービスを提供するという意味で、アーティストにも匹敵する。あなた方はリアルのフロンティア・アーティスト。そう、最前線に陣取っている芸術家なのです！」

妙なテンションの講演に、疲れが増すばかりだった。

素野子は、ぼんやりと会場を見渡す。

このセミナーにドクターは来ていないんだ……そんなことを思った。

ちょうど一年前、素野子はやはり病院から動員される形で、新宿医科大学を会場に開かれたセミナーに出席した。テーマは「高齢者の骨折―治療とリハビリテーションと介護への新しい取り組み」。主な聴講者は、看護師と理学療法士。それに整形外科のドクターが何人かいた。

全体会合に続いて行われた分科会で、素野子はVRゴーグルを装着して認知症を疑似体験するワークショップに参加した。

認知症の高齢者には周囲の景色がどのように見え、それが原因でどのような転倒のリスクがあるのか？　不幸にして転倒した場合に典型的な、大腿骨頸部骨折はどのように起きるか？　二人でペアを組み、プログラムを進める。

VRゴーグルを装着した相方の男性に向けて、素野子は看護現場で毎日接する認知症患者の様子を思いつくままに説明し、彼の手をしっかり握って介助のシーンを再現した。

「……なるほど、よく分かります。確かに、こんなふうに幻視があったらキツイですね」

認知症の症状に関する素野子の詳しい解説を聞き、男性はしきりに感心した。

一方の男性は、転倒のリスクや骨折に関する豊富な知識を持っていた。

転倒する際の体の動きを、スローモーションで体感する実験があった。高齢者が転んで腰の骨を折る危険なケースを想定した動きだ。実際に転ぶのが怖くて、素野子は戸惑った。

「大丈夫ですよ、体を預けてください」

彼の両腕が素野子の背中に回った。大きく転倒する直前のポーズを取ると、そのまま本当に転びそうになった。

ところが彼は、素野子の小さな体を軽々と支えてくれた。

「あっ、体が浮いた」

瞬間、素野子は不思議な感覚にとらわれた。そして、骨折の原因というのは、今の落差からくる衝撃にあるのだと実感できた。こんなふうに導いてくれるなんて、この男性は頭がいいんだなと感心した。

「今日は有意義で、それでいて楽しいワークショップをありがとうございました。とっても勉強になりました」

セミナー終講の時間、テキストを片付け、素野子は体を支えてくれた男性にほほ笑んだ。

彼は、まっすぐ素野子を見て、自己紹介をしてきた。

「僕、市川翔平と言います。ここ、新宿医大病院の整形外科医です。今日は本当にありがとうございました。大きな声では言えませんが、あなたとペアが組めてよかったです――」

それが翔平と素野子の出会いだった。


横浜の朝活セミナーは、メインの講演に移っていた。

登壇したのは、地味な服を着た女性だった。看護大学の教授で自らもナースだったという。女性教授は落ち着いた様子で、聴講者一人一人の顔を見つめた。

「皆さんは、感情労働という言葉を知っていますか？」

その女性は透き通った声で話し始めた。

「――保育士、介護士、看護師、ソーシャルワーカー。ケアの現場で働く接客業とも言えるこれらの職業に共通する点は、感情が労働の大きな要素となっていることです」

堅苦しい話だった。これはいよいよ睡魔にあらがえないかもしれないと思う。喉が渇いたわけではなかったが、お茶を一口含んだ。

「感情労働の現場でお客様は、働く者の心のありようまで求めてきます。ハンバーガーショップの店員はゼロ円のスマイルを要求され、看護師は『無償の愛』と『限りない善意』に貫かれた『白衣の天使』のスマイルを求められるのです」

感情労働とは、肉体労働と頭脳労働に続く第三の労働形態である。そして、数ある仕事の中でも、看護の現場は典型的な感情労働の職場だ。看護師たちは、自分自身の感情を酷使して、患者や家族が求める優しい声や表情、態度を提供するのを当然視される――講師はそんなふうに説明した。

初めて聞く話だった。胸の奥底にあったモヤモヤとした思いが、はっきりとした言葉で言い表され、白日の下にさらされたように感じる。

「病院や介護施設などで皆さんが従事している感情労働には、正当な対価が支払われているでしょうか？　対価とは賃金だけではありません。もしも皆さんが感情面で一方的に無料奉仕をさせられているなら、それは皆さんの善意につけ込む労働の搾取です。心が限界に達したとき、看護師は仕事を辞めてしまいます。感情を酷使することを当然と思わず、仕事の一つとして向き合ってください」

静かに湧き立つような拍手が場内に広がった。毎日の仕事で神経がすり減り、心が折れるような気持ちになるのは、自分が未熟で弱いからだと思っていた。けれどそうではない。当たり前のことなのだ。素野子は、まさに目が覚める思いだった。

最後の演者が登壇した。セミナーの協賛企業である大手人材派遣会社の女性社長。大物政治家の娘で、テレビ番組にコメンテーターとしても出演している有名人だ。

「本日はさまざまなテーマでお話をお聞きいただきましたが、最後に、患者様のお気持ちを尊重することの大切さを再確認しましょう。皆さんそれぞれが勤務される病院や施設の顧客満足度を高め、サービスのクオリティーを高めるために、忘れてはならない視点です」

社長はこの日のプログラムの裏面を来場者に示し、「ニューオーリンズの看護師さんが書いたポエムで、一九七一年にアメリカの看護専門誌に掲載されたことで有名なポエムです」と言って、朗読を始めた。

聞いてください、看護師さん。

お腹がすいているのに、私は食事を取れません。だって、あなたは私の手の届かないベッドサイドのテーブルに私のトレーを置いて立ち去りました。そうしてあなたは、カンファレンスで私の栄養不足を議題にしましたね。

私は喉が渇いて困っていました。でもあなたは忘れていましたね。付き添いさんに頼んで水差しに水を満たしておくことを。後であなたは看護記録につけました。私が流動物を拒んでいると。

女性社長は、得意げな表情で節をつけるように読み進める。素野子は再び睡魔に襲われそうになってきた。

私は死にそうだと思われていました。私の耳が聞こえないと思って、あなたはしゃべりましたね。今夜のデートの前に美容院を予約したので、勤務中には死んでほしくないと。

私に話しかけてください。手を差し伸べて、私の手を取ってください。私に起きていることを、あなたにとっても大事な問題として考えてください。

どうか聞いてください、看護師さん。

朗読が終わったとき、素野子は会場がざわつくのを感じた。

「ありえない！」

背後で一人の女性が大きな声を上げた。素野子と同年輩の聴講者だ。

「今の日本の看護現場では、ありえません！　そういう偏った見方で看護師を侮辱しないでください！」

女性の顔は怒りで震えていた。洗いざらしのようなパサパサの髪を一つにまとめている。化粧気のない青白い顔は、夜勤明けのせいだろうか。

ポエムの中身には素野子も違和感を覚えた。毎日、すべての患者さんに食事をきちんと届け、水分摂取のチェックだって一日何回となく行っている。しつこいと嫌がられるほどに。デートや友だちとの約束すらままならないのに、患者さんの声にはしっかり耳を傾けている。美容院にはいつ行けたかすら覚えていない。

「ご意見ありがとうございました。ではお時間ですので閉会といたします」

女性の声はほとんど無視された。

会場の前方では登壇者と聴講者の名刺交換会が始まった。いくつかの輪ができ、時々、笑い声が上がる。

閉会に至る流れは、なんとなくすっきりしなかったが、終わってホッとした。素野子はゆっくりと席を立ち、左後方の出口をめざした。

そのとき、会場の最後列に座っていた女性が勢いよく立ち上がった。ポエム朗読の直後に大声を上げた女性だ。

彼女は、セミナーの聴講者に配られた二つ折りのプログラムの両端を胸の前でつかむと、音を立てて引き裂くように破り始めた。

会場の後方は、いくつもの空席があり、席上には、誰の手にも渡らなかったプログラムが残されている。彼女は、それらのプログラムを搔《か》き集め、まったくの無表情で一部ずつ破っていった。気持ちいいくらいに、ビリビリ、ビリビリ、と。

彼女の行為は、プログラムの裏面に印刷された時代錯誤のポエムへの反発に違いない。次々とプログラムを引き裂いていく音とともに、「ありえない、ありえない」とつぶやくのが聞こえた。

事務局のスタッフが異変に気づき、会場の後方に向かう。

彼女はひらりと身をひるがえし、さっと後ろの扉から出て行った。

わずかな間の出来事だった。


朝活セミナーが終わり、ぽっかりと時間があく。みなとみらい駅に直結するショッピングセンターで喫茶店に入り、プログラムを破った女性の姿を思い返しながら、トーストとゆで卵を食べ、コーヒーをすすった。

気持ちが落ち着いてくると、自然に自分の顔がほころんでくるのが分かった。

今日の午後は、久しぶりに翔平と会う予定になっている。

あと二週間、あと一週間、あと五日、あと三時間……。セミナーの予定は失念しても、デートまでのカウントダウンはいつも心のどこかにあった。

勤務が不規則な素野子は、土日に休めるケースがほとんどない。とは言え、準夜勤の「前」や深夜勤の「前後」に会う約束をするのは、さすがにきつい。互いに無理なく会える日は限られていた。

あるとき、無理をして深夜勤明けの日曜日に待ち合わせたことがある。

会ったとたん、まるで受験生みたいだね、と翔平に笑われた。あまりにもボロボロな顔をしていたせいだろう。デートは楽しかった。だが、ひどく疲れた。

深夜勤に入る前は仮眠が欠かせない。なのにあの日は、翔平に会えるというので興奮して眠れず、深夜勤の最中も一睡もできずに朝を迎えていた。夜、大森駅で翔平とサヨナラしたときは、倒れそうだった。

今日は大丈夫だ。昨日の準夜勤はほぼ定時で終え、ほんの少しだけれど眠ることができた。朝活セミナーが終わったという解放感もある。晴れ晴れとした表情を見せられそうだ。喫茶店を出る前に、化粧室でスッピンの顔を念入りに整える。

容態が不安定になった猿川をはじめ、東療養病棟で気になる患者は数多い。しかし、休日はそれを忘れよう。それも仕事のうちだ、と思うから。

この日は平日だったが、翔平は「午後半休」を取ってくれていた。

待ち合わせ場所に選んだJR横浜駅の「みどりの窓口」に向かう。

時間前なのに翔平がいた。いつものように一足早く来てくれていたのだ。他人を待たせたくないというのは、翔平のすてきなところだ。

素野子を見つけると、翔平はパッと笑顔になり片手を上げた。素野子は素直にうれしいと思う。

「湯河原《ゆがわら》に行こうよ」

翔平は開口一番にそう言った。

「今から？」

「うん、温泉に行きたいって言ってたじゃん」

覚えていてくれたのか。

あの夜の電話で、「僕は僕」と言った翔平の声も思い出される。温泉行きの小さな約束までも、ちゃんと実現してくれる翔平の誠実さがうれしい。会話の隅々までもが、全部本当なのだと、じんわりとした幸福感に満たされる。

「翔ちゃん、ありがとう」

行楽地への遠出なんて、久しぶりのデートらしいデートだ。

「湯河原でいい？」

「うん、もちろん」

翔平と一緒なら、どこであっても幸せだ。

今日も翔平は古ぼけたポロシャツに裾の擦り切れたジーンズをはいていた。

医師でお金がないわけではないのに、翔平は着る物に無頓着だった。でも筋肉質ですらりとした体は、どんな服を着た人よりもカッコよく、むやみに見栄を張らない素朴さが好ましい。

腕をからめると、少し汗くさかった。けれどその臭いすら最近は心地よかった。

翔平への気持ちがここまで強くなったのは、誕生日にフォブウォッチをもらってからだ。

翔平は、素野子の仕事を応援してくれている。それ以上に、翔平はきっといつか、素野子を今いる苦しい場所からどこか違う世界へ連れて行ってくれる。さっきのセミナーで聞いたばかりの言葉で言えば、出口の見えない「感情労働」から救ってくれる――そんな予感がした。

プレゼントされたフォブウォッチは、よく見ると中国製だった。それでも素野子は涙が出るほどうれしかった。半年前に桃香が自慢したカルティエの腕時計よりも、素野子にとっては世界で一番の宝物だ。

「ずっと、ずーっと大切にするね」

時計を見つめながら、そう言った。そして、もっと大切にしたいのは翔平だった。

「僕が大切にしたいのは、素野ちゃんだけだよ」

自分が考えていたこととぴったり同じ言葉をもらい、素野子は感激して翔平に抱きついた。

「翔ちゃん、だーい好き」

いつまでもこの時間が続いてくれればいいのに……。

横浜から湯河原まで東海道線の普通列車に揺られる。ボックス席で翔平に肩を抱かれていると、頭の先から爪先まで、体全体がほぐれてゆく。その時間は、桃香の度が過ぎるおしゃべりや、突発的な例の行動、医師の心ない言葉も、主任や師長の叱責も、患者や家族の文句も、講演プログラムの裏にあった嫌なポエムも、みんなきれいに忘れられた。

翔平をずっと大切にしたい――。

湯河原駅に着く。土曜日の午後のせいか、思った以上に混んでいた。

温泉宿の浴衣《ゆかた》を着た外国人観光客に混じって駅前の土産物屋《みやげ》を冷やかす。それからバスで坂道をのんびり十五分ほど上がる。着いたのは、「こごめの湯」という湯河原町営の日帰り入浴施設だった。

「万葉集にも歌われたという由緒ある公園だって」

湯屋に面した公園をひとめぐりしてから、館内に入った。

もとより翔平は、歴史ある温泉地で老舗《しにせ》の旅館に部屋を取るような考えはなく、町の日帰り施設を利用する計画だったようだ。「いい宿」を少し期待していた素野子は肩すかしをくらったように感じたが、大きな浴槽で両腕を伸ばすのは気持ちがよかった。


自分自身をいたわること。

きちんと休暇をとること。

街から出ること。


肩に湯をかけながら、いつか師長が唱えていたナースのルールを思い出す。

珍しく休日の過ごし方に言及した教え――だからこそ、よく覚えていた。

大浴場は予想外に空いており、素野子のほかには幼い女の子と母親の二人連れがいるだけだった。しばらくして出入り口の扉が開き、やせぎすの老女が入って来た。洗い場に迷うそぶりはなく、一番近い場所に腰かける。地元の常連客なのだろう。

見るともなく目に入った彼女の胸の左半分は、深く平たいくぼみになっていた。中央部分はほの白く、肋骨《ろっこつ》が透けそうなほど皮膚が薄い。

見覚えのある傷――乳癌の手術痕だった。

素野子の母も、右胸に同じような傷があった。母は傷を恥じて、手術を受けてからは温泉に行くのを嫌がった。今はもう体力がなくなって外出もままならない。まだ元気があったころに連れ出せばよかったと後悔の念に駆られる。

湯船につかるのは、素野子と母娘《おやこ》。そこへ先ほどの老女が体を洗い終えて歩み来た。

老女は胸をタオルで隠そうともしない。女の子の表情がサッと変わるのが分かった。見てはいけないものを見た──少女はそんな顔をしている。

もしかすると母が温泉に行きたがらなくなったのは、傷を恥じたというより、ほかの誰かを驚かせたくなかったのかもしれないと気づく。

老女は肩まで湯に沈むと、少女の母親に会釈した。

「いいお湯ですね」

少女の母親が応じる。知らない者同士の間にあった緊張感がゆるんだ。

「もう二十年も通ってるのよ」

老女の言葉に、母親が驚いた表情になる。少女が母親にくっついてきた。

「陽菜《ひな》ちゃん、こんにちはって」

「こんにちは」

母親に促されて、素直にあいさつをする。

「かわいいわね。お嬢ちゃん、おいくつ？」

「えっとね、七歳……いま一年生！」

少女は自慢げに頬をふくらませた。

年齢も、抱えているものも違う人々だった。なのに互いの境界が溶け合うような、自然な会話が心地よい。

同じ湯につかって、同じ時間を自然に共有しているだけ。医師や看護師、患者、家族といった区別を感じる必要もない。

素野子は、肩に入った力がゆるゆると抜けていくのを感じた。

病院の仕事でのあれこれが、ささいなことに思えてくる。

母親と仲よく湯船につかる少女の顔を眺めながら、素野子は草柳師長の幼い娘のことを思い起こしていた。

昨日の夕方、病院で会ったおだんごヘアの女の子。

師長に手を引かれてナースステーションの休憩室を出て行く直前、素野子は彼女に尋ねた。

大きくなったら何になるの——と。バレリーナという答えを予想しながら。

「看護師さんになる！」

小さな声だが、きっぱりとした答えが返ってきた。

母親のことが大好きなのだろう。忘れていた感覚だった。自分が看護師になりたいと思ったきっかけを思い出し、胸の奥がじんわりと熱くなる。

気づくと、湯けむりの向こうの少女はいなくなっていた。

「看護師さんになる！」

素野子もつぶやいてみる。なぜか泣きたくなり、何度も湯で顔を洗う。

髪を乾かして浴室を出て行くと、翔平が大広間で待ってくれていた。

温まった体のまま、日帰り温泉のお食事処《どころ》で早めの夕食をとる。

二人ともご機嫌でビールを飲み、古いゲームの話で盛り上がり、湯河原を後にした。横浜で途中下車していつものようにホテルに入る。

翔平はベッドの前で素野子を強く抱きしめた。

翔平が優しい言葉を発してくれるのは、このタイミングだ。

きれいな花が咲く道を見つけたから連れて行ってあげるね。

素野ちゃんのことは全部、顔のホクロまで好きだよ。

素野ちゃんのすべてを受け入れるからね。

素野ちゃんが心の中にいない日はないよ――と。

翔平の口からポロポロとあふれ出す言葉に身を浸すだけで、素野子は幸せで気が遠くなりそうだった。

やがて、ベッドの上で脱力した翔平の背中に耳をくっつけて、素野子は呼吸の音を聞く。

素野子はこの時間が一番好きだった。呼吸に合わせて動く肩甲骨さえもが愛《いと》おしい。茶色いシミのような痣があり、触れると少しザラザラする。そこを指でなでながら、耳を背骨から少し左へずらした。今度は心臓の鼓動が聞こえてくる。

そうだ、翔平に見せたいものがあった。素野子はバッグに手を伸ばし、スマホと手帳を引き寄せる。

「ねえ見て、これ」

手帳の中央から、白い紙に包んだものを翔平に示した。

「押し花か。……たんぽぽ？」

翔平は眠そうな目を開いた。

「そう。退院した患者さんに、もらったの」

「その人、素野ちゃんの看護に心の底から感謝していたんだね」

「うん、そうだよね。私もうれしくて」

たんぽぽの別名を鼓草と教えられたこと、「これは私の花だ」と感じたこと、ナカムラテイジョの句も教えてもらったこと、一生懸命に看護すればちゃんと伝わると思ったこと、だから押し花にして大切にしようと思ったこと。素野子は、心に浮かんだ思いをそのまま口にした。

軽くなったたんぽぽをそっとつまみ上げ、スマホの上に載せる。まるで小さな絵画のように見えた。

「たんぽぽ、かあ」

翔平は仰向けになった。鏡張りの天井で目が合う。

「北海道のさ、たんぽぽ公園って知ってる？　新千歳《しんちとせ》空港から札幌《さっぽろ》へ行くのと逆方向、苫小牧《とまこまい》から日高《ひだか》へ向けて南下する。車で四十分ってとこかな。大学時代、遠征試合の帰りに通ったことがあるんだ」

「たんぽぽ公園って、かわいい名前だね」

「町なかの住宅地にもありそうな名前だけれど、そこは北海道だからね。これがまた、壮大な風景なんだよ。見渡す限りの野原に、たんぽぽが咲き乱れるんだ」

翔平はサイドテーブルからスマホを拾い上げた。

「……ほら、勇払《ゆうふつ》郡むかわ町の河川敷にある公園だ。たんぽぽの日本一の群生地で、広さは六万平方メートルだって」

「わあ、すごい。行ってみたい！」

自分でも驚くくらい、はしゃいだ声が出た。顔が熱くなる。

「よし、行こう。来年の四月か？　それとも再来《さ》年か？」

翔平もうれしそうだった。

「毎年！」

「あはは。素野ちゃんの欲張り」

翔平の長い首に、素野子は自分の首をからませる。北の大地で綿毛をフーッと飛ばす自分の姿が目に浮かんだ。

「翔ちゃん、ホントに連れてってね」

たんぽぽ公園へ行く予定を、来年か再来年か、と問われたのが何よりうれしかった。翔平が、素野子との「将来」を考えてくれている。

いつか、翔平とぐっすり眠れる日を迎えられたらどんなにいいか。

しかし、それは今日ではない。

あすは、シフト上で最も過酷な「日勤―深夜入り」をこなさなければならないのだ。桃香はちゃんと出勤して来るだろうか。それに――。

素野子の心をざわつかせる材料は山のようにあった。

「勤務がきつくて。翔平と会える時間が足りないよ」

翔平の眉がいら立ちを含んだように動く。素野子の愚痴が気に障ったのか。

「シフト、昼だけを選べないの？」

その言葉に、結婚したら、という意味だろうかとドキリとした。

「特別な理由がなければ無理かな。それを許したら、三交代のシステムが破綻《はたん》するよ。夜勤をやりたい人なんて、ほとんどいないもん」

「そうだよなあ。僕も当直は大っ嫌いだし。オペで眠くなると困るから、睡眠リズムが狂わされるのはホント勘弁してほしいよな」

素野子も何度もうなずく。

「でも中にはね、生活リズムを優先して夜勤だけに絞る子もいるよ。深夜一時から八時間働いて、朝の九時から夕方まで自由時間、夕方から夜十一時くらいまで眠るっていう生活」

翔平が肩をすくめる。

「夜行生物になりきるのか。慣れればいいのかもしれないけど、家族がいたら難しいな」

「それに夜勤って、孤独なのがつらい。日勤は働く人数も多いし、安心して働けるという面もある。患者さんも起きているから、仕事中も張り合いがあって楽しいのよね。何かあったら、夜勤は不機嫌な当直医しかいないし」

翔平がいたわしいという顔になった。

「僕と会うときも無理したらダメだよ。まずは体をゆっくり休めないと」

「ありがとう。でも、無理しても会いたい」

素野子は翔平に抱きつく。

会うのと会わないのと、どっちが無理をしているのか？　素野子には、翔平と会わない方が無理をしている気がする。

時刻は午後九時を回った。大森の家に帰る時間が近づいている。

休みの日は、本当にあっという間に時間が過ぎてしまう。

そのとき、枕元で素野子のスマホが小刻みに振動した。たんぽぽの押し花が、スマホの上からずり落ちる。

草柳師長からだった。休みの日に師長から電話が来るとすれば、誰かが休むので代わりに出てもらえないかといったヘルプの要請と問い合わせがほとんどだ。翔平と会う日だったら断ろう。いや、それとも今日は桃香の問題かもしれない。準夜勤の終了時間前に桃香を早退させた理由は、師長に報告していなかった。何と答えればいいだろう。「体調不良」で押し通せるか。スマホを持つ手が汗ばんでくる。

「堤です……」

「あ、堤さん。出てくれてよかった。お休みのところごめんなさいね」

師長の声は穏やかだった。背後でナースコールの音がする。ナースステーションからかけているようだ。

「田口主任がね、十月末で退職することになったの。シフトを大幅に組み直さなければならなくて。悪いけど堤さん、あした相談することがあるからよろしく――」

想像していた案件ではなかった。だが、決していい話ではなさそうだった。

第六章　日勤―深夜勤―準夜勤―休日

――二〇一八年六月十七日

久しぶりに翔平と長い時間を過ごした翌日は、体に心地よい残響があった。

朝の出勤時も幸せな気分が続いている。

翔平効果はすごいな。そう思いながら、銀色のフォブウォッチに触れる。

しかし、胸の奥には漠然とした不安があった。

草柳師長からの電話だ。

田口主任の退職と、それによるシフトの組み直しについて、今日は師長と話をしなければならない。「悪いけど、よろしく」と言われたからには、いい内容でないのは明らかだ。

休憩室に貴士が駆け込んできた。

「堤さん、田口主任がお呼びです」

貴士の表情が険しい。何事だろう。

田口主任が、自身の退職がらみで急ぎ伝えたいことでもあるのか。ただ、病院を辞めるのは十月末のはずだ。まだ四か月以上も先の話だが……。

ナースステーションに行くと、中央の丸テーブルに田口主任が座っていた。神妙な面持ちで来客と相対している。

客は後ろ姿しか見えなかった。

だが次の瞬間、それが誰であるかに気づき、素野子は身がすくんだ。

猿川の娘、真紀子だった。

慌てて田口主任の隣に行き、一礼して座る。

真紀子の表情は、殺気立っていた。

「……おはようございます」

迷いつつ発した言葉に、真紀子はますます表情を硬くした。

「よくもまあ、ぬけぬけと」

真紀子は素野子を憎々しげに見据える。

「父をあんなひどい目にあわせておいて、のんきに遊びほうけていたのかしら?」

猿川が誤嚥性肺炎で高熱を出したのは、準夜勤を担当した十五日夜のことだ。

あの晩、猿川の容態が悪化し、医師の診断を仰いで抗生剤の点滴を行った経緯については、電話で真紀子に詳しく報告した。素野子からの連絡に真紀子は言葉少なに応じ、最後は「よく分かりました」と言って通話を終えたではないか。

素野子は日付が変わった十六日の午前一時過ぎまでケアを続け、勤務を交代してからは早朝開始のセミナーに出席した。午後は翔平と時間を過ごしたものの、今日十七日はこうして早くから日勤に入っている。

「のんきに遊びほうけて」という真紀子の物言いは不当で、納得できない。

しかし突然、田口主任が頭を下げた。

「大変申し訳ございません」

にらみつけるような田口主任の目配せを受け、不本意なまま素野子は頭を下げる。

「あの晩の責任者は堤さん、あなたですよね？　父が誤嚥性肺炎を起こしたのは、看護師さんがきちんと口腔ケアをしていなかったせいではないんでしょうか。インターネットの医療情報には、しっかり口腔ケアをしていたら誤嚥性肺炎は防げる——と書いてありますよ。ほら、これを見て！」

真紀子はスマートフォンを突き出した。

スマホの画面に並ぶ小さい字を追う気にはならなかった。けれど、ネット検索したというサイトに書かれている程度の内容は読まなくても見当がつく。それにしても、「患者様・ご家族様のご満足度を高め」る目的で五月にスタートした無料Ｗｉ－Ｆｉサービスの電波が、院内でこんなふうに使われていることにがっかりする。

「堤さん、ちゃんと拝見してお答えしなさい」

主任が脇から厳しい声を出した。まさか、田口主任も本気で真紀子の主張を認めているのだろうか。悔しさで目の周りが熱を帯びた。

草柳師長ならこんな理不尽な意見に屈さず、スタッフを守ってくれるのに。後方の看護師長席に目をやるが、姿はなかった。

何でもかんでも謝って済ませればいいというものではないはずだ。そんなことをするから、「看護師はいつも注意散漫で、患者は常に被害者である」と決めつけられてしまうのだ。あの大昔のポエム「聞いてください、看護師さん」のように。

「どうなさるおつもり？　人は誰でもミスをするもの。そのとき、どうリカバーするかで看護師の能力が分かるものよ」

なんて嫌な言い方だ。リカバーする——いかにも正論めいた言葉だが、ここでうなずけば自分がミスをしたと認めることになる。

素野子の頭の中で、ビリビリとセミナーのプログラムを破る音が響いた。

「お言葉ですが、猿川様……」

素野子は下腹に力をこめる。

「現実問題として、誤嚥性肺炎を完全に抑えるまで口腔ケアをするのは不可能です。なぜなら、誤嚥はパーキンソン病による嚥下能力の衰えが根本原因だからです。つまり、もともとのご病気から来る誤嚥性肺炎でありまして、看護師によるケアだけで完全に予防するのは非常に困難であると思われます」

真紀子は口をゆがめた。ハイヒールのかかとがカツカツと床をせわしなく打つ。隣で田口主任が荒い息をするのが分かった。

「何をおっしゃってるの？　つまりあなたは、リカバーする気がないということかしら。とにかくね、あの日の午後、父は会話ができたんですよ。それなのに、おかしいじゃないですか。急に話もできなくなるなんて。あなたの主張と、インターネットの名医の情報と、どちらが信用できますか？　当然、名医でしょう？」

ため息をつきたくなる。

日々、自分の父親を見ている医療者よりも、会ったこともない医師の言葉を信じるのか。

「それに何より、父を誤嚥性肺炎にしておいて、あなた、私たち家族に対して一度もきちんと謝ってないじゃない。あの日の、非常識な時間の電話でもそうだった。それって、おかしいでしょ？」

「私が誤嚥性肺炎にしたのでは……」

——ありません。誤嚥性肺炎になった患者を救おうと、必死でケアをしていたのです。

そう続けたかったが、最後まで言えなかった。田口主任が素野子の腕を強く握りしめ、黙りなさいというメッセージを送ってきたからだ。

間違いを正さず、言う通りにしろという意味なのか。どこかで素野子の知らない政治的な判断でも働いているのか。

真紀子はさらにカツカツと床を鳴らしつつ言った。

「さあ、ほら、ちゃんと謝って。ちょっと首を曲げるんじゃなくて、床に手をついて。だって、父をひどい目に遭わせたあなたが悪いんでしょ、担当看護師のあなたが。まさかあなた、『謝罪』って言葉の意味が分からないの？」

――それからの数分間は、ほとんど記憶がない。

休憩室に戻り、素野子は息を整えた。

ナースステーションの床面にべったりと触れた両手のひらを手洗い場で何度も洗った。両膝をついたストッキングは、買い置きの物を個人ロッカーから出してポケットに入れた。洗面所ではき替えるために。

あとは気持ちをどこかに飛ばせばいい。そうして普通に仕事に戻るだけ。まだ一日の勤務は始まったばかりだ。

横浜のセミナーで聞いた「看護師は感情労働」という言葉がまたしてもよみがえる。

「堤さん、これどうぞ」

背後から貴士のかすれた声がした。

差し出されたのは、白いハンカチだった。

「どうして？　私も持ってるから大丈夫よ」

素野子は胸ポケットに手を当てる。それでも貴士はハンカチを押し付けてきた。

「堤さん、窒息しそうな顔をしてます――人工呼吸が必要なくらい」

それを聞いた瞬間、素野子を支えていた何かが決壊した。

「……三分後に戻るから」

そう言い残して、素野子は洗面所へ急いだ。

素野子がナースステーションに引き返すと、先ほどまでは姿のなかった草柳師長が自席に着いていた。腕を組み、目を閉じている。

猿川真紀子との一件は伝わっているはずだ。改めて自分からも報告した方がいいだろうか、思案しているうちに、師長と目が合った。

「堤さん、今から大会議室へ、いい？」

師長の言葉に対しては是非もない。素野子は取調室へ連行されていく思いだった。

「分かりました」

草柳師長の後から部屋に入ると、すでに田口主任が待ち受けていた。

五十人まで収容可能な大部屋だ。その片隅で師長を中心に三人がL字型に座る。

「昨晩お伝えした通り、田口主任は、一身上の都合で十月末をもって当院を退職されます。とても残念ですが、長く尽くしてくれた田口主任の決断を尊重し、病院も了承済みです」

師長が淡々とした調子で話し始めた。真紀子とのトラブルについてではなかった。ここに連れ出されたのは、田口主任が辞めた後の体制を話し合うためのようだ。

「堤さん、がんばって。これまで以上に、患者さんに誠実に対応すること、ね」

田口主任は、先ほどのことなどなかったような、ふっきれた笑みを浮かべた。

「は、はい、がんばります」

心の中にまだ何かがつかえていた。けれど、目の前にいる主任が数か月後には病院を去ると思うと、急に心細くなる。

今度は草柳師長が田口主任に向かって告げた。

「……前年度からの繰り越しの分も含めて有給休暇の残日数四十八日分は、田口さんの希望通り、すべて取れます。退職日の十月末まで四か月半くらいあるけど、公休や永年勤続休の消化も合わせると、あした以降は、実際問題、シフト入りは不可能ですね。事務の引き継ぎに注力してください」

「ありがとうございます」

今日で終わり？　田口主任がシフトから外れる？

素野子は驚いた。あまりにも急だ。

「で、堤さん。東療養病棟は田口さんという看護チームの強力なエースを失うわけだけど、法定人数はクリアしているので年度途中の欠員補充はありません。このままシフトを組み替えて、全力で患者さんのケアに当たる――それが看護部長の下した結論です」

「こ、これ以上、きついシフトになるんですか？」

思わず漏らした素野子の言葉に、田口主任がぴくりと眉を動かした。

「堤さん、田口主任から猿川さんの件は聞いていています。あのご家族はリクエストが多くて特に慎重な対応が求められるでしょうけれど、私としてはあなたに担当者として引き続きがんばってもらいたい。よろしくお願いしますね」

師長はゆっくり言葉を選ぶように続けた。

「実は今回の件で猿川真紀子さんが抗議に来たのは、今朝が初めてじゃないのよ。お父様の容態を心配して昨日の未明に来院して、その後は一日中ナースステーションの前と病室を行ったり来たり。今日も早朝から質問攻めだったの」

勤務シフト表を開き、師長が指で示した。

「堤さんが不在の間、ずっと真紀子さんの対応をしてくれたのは田口主任なの。昨日は、前夜からの深夜勤を終えた後、夜まで病院に残っていてくれた。今日もシフトの上では休みだけど、『猿川さんのご家族が、堤さんに文句を言いに来るから』って心配してくれて」

知らなかった。主任が今朝も出勤していたのは、たまたまだと思い込んでいた。

「田口主任、気づかずにすみませんでした」

素野子は素直にわびた。

「こんな働き方してっから、有休が余るわけだ」

田口主任が苦笑いする。

「堤さん、マネしろなんて言わない。私は准看あがりだからね。いろいろあった。けど、そんなことを悔しがる暇があるなら、私の時間は全部、患者さんのために使おうと決めたんだよ。それだけのこと」

「田口主任……」

素野子は田口の心情を知り、胸がいっぱいになる。同時に、ヒエラルキーという言葉がひどくちっぽけなものに感じられた。田口主任は思い出したような調子で別の話題を切り出した。

「看護助手の小山田君ね、あんたに預けてるけど。どう、彼？」

業務を熱心に覚えようとしていること、フットワークがよいことなどを素野子は伝える。

主任は大きくうなずいた。

「教育が順調でよかった。あの子にはね、心があるんだよ」

田口主任によると、貴士は大手引っ越し会社で現場チーフに抜擢《ばってき》されて活躍していたものの、腰をひどく痛めて仕事を続けることができなくなり、昨年末に退職したのだという。

「あの子ね、自分が体を痛めた経験があるから、助けが必要な人、ケアを求めている人の気持ちが分かるって、だからウチで働きたいって言ってたんだよ」

知らなかった。

「ああいう誠実な子は、ちゃんと育てれば役に立つようになるから」

「はい。アドバイスありがとうございます」

素野子は素直に頭を下げた。草柳師長もニコニコしながら聞いている。

本当に、貴士がそんなふうに大きく成長してくれれば助かると思った。そのとき、ふと主任が以前に言った言葉を思い出した。桃香についてのアドバイスだ。「あの子はいい大学に入るくらいのド根性がある。いつかきっと伸びるよ」と。それはいつなのか——。

「じゃあね、堤さん。どのみち現場が大変なのは変わらないから、がんばって師長を助けてあげてよ」

田口主任に肩をたたかれ、握手を交わした。

「長い間ありがとうございました。どうかお元気で」

主任の手はとても温かかった。

草柳師長から業務に戻るように言われ、素野子は会議室の外に出された。

なぜ田口主任が突然辞めることになったのか。理由を知りたかったが、尋ねるタイミングを逃してしまった。


朝からいろいろなことが降りかかってきた。しかし、通常の看護にしわ寄せを出してはならない。病棟に戻った素野子は、真っ先に猿川の病室を訪ねた。

真紀子の姿はなかった。

「猿川さん、お熱を測らせてもらいますね」

猿川のヴァイタルをチェックしながら、声をかける。いつも以上に神経を集中させて聴診すると、呼吸のたびにかすかな異音が混じるのが聞こえた。

「痰が絡んでいますね。お口の中を見せてもらっていいですか」

口を開けるどころか、返事すらない。猿川の意識はなかなか戻ってきそうになかった。

病室のカーテンを引き開け、外の日差しを入れる。ここからは多摩川の公園に広がる緑がよく見えた。

「今日は、ピンクだな……」

ほんの数日前まで、そんな戯言《ざれごと》を口にしては笑っていた猿川菊一郎。窓から差し込む朝の光で白衣を透かし、素野子の下着の色を当て推量するのがこのところの楽しみだったのに。

素野子は、患者の枕元で頭《こうべ》を垂れる。

どうか、もう一度目を覚ましてください――と祈りを込めて。


その日の東療養病棟は、田口主任の退職について声をひそめた会話が絶えなかった。

「有休の大量消化を今されるとキツイよね。夏休み前だし」

「誠実さを売りにした田口主任なのに、最後に裏切られた感じ」

「どうして草柳師長は、田口主任の退職日を年度末にずらす交渉をしてくれなかったのかな」

「きっと、条件のいい病院にヘッドハントされたんだよ」

「ライバル病院による引き抜き説」を口にする同僚もいたが、根拠があるわけではなさそうだ。

桃香は珍しく言葉少なだった。「関心ここにあらず」という風情で、朝から黙々と仕事に取り組んでいる。

「有休の大量消化をめぐる退職時のトラブルって、前に僕が勤めた会社でも日常茶飯事でした。基本、解決策はないんですよ」

何しろ有給休暇は労働者の権利だから――と貴士は他人事《ひとごと》のように言う。

それにしても、もともと休みも十分に取れずタイトな人数で厳しい仕事をこなしている現状にこそ問題がある。皆、それを分かっていながら、まず辞める人を非難してしまうのだ。抜けた分を派遣の看護師や介護士で手当てできればいいが、必ずしも見つかるわけではない。人の手当てがつかなかった日はスタッフ減のまま仕事を回さなければならない。今でも昼休み返上で仕事に追われているのに、さらに多忙になるのか。

午後三時、東療養病棟のナースステーションで、臨時のミーティングが開かれた。草柳師長から手渡された新しい勤務シフト表に目を落とし、スタッフの間からはため息が漏れる。

これまで午前一時に勤務が終了する準夜勤の後は、ほぼ丸一日の休日が与えられていた。しかし今後、二回に一回は、準夜勤のあとに朝から日勤に入るというきついローテーションに組み替えられている。

本来、夜通し仕事して午前九時に勤務が明ける深夜勤をこなした後は、「明け＋休み」という事実上二日間の休日をもらうのが原則だった。ところがこれも二回に一回は返上し、朝になって帰宅した後、またその日の午後五時に始まる準夜勤に就かなければならない厳しいシフトになっていた。一日に八時間を超えた分は労働基準法にひっかからないよう、残業扱いで処理されるらしい。

素野子が入れていたささやかな予定は、変更やキャンセルをせざるを得なかった。

胸の中では「母の食事の世話がきつくなる」という思いに加え、「ますます翔平に会えなくなる」という嘆きが重なる。一時的な勤務体制と言われたが、いつになったら元に戻るのかは教えられなかった。

臨時ミーティングの最後に、草柳師長が改まった表情をした。

「勤務シフト以外の件で、一つ報告があります。先日来、何人かの方が指摘してくれたナースコールの不具合について。メーカーの担当者に昨日来てもらって点検してもらったら、制御盤にエラーが見つかりました」

ナースコール――やはり、機械に何らかの不具合があったのか。業者を呼んでシステムの制御盤を新しいタイプの物に交換する工事を近く実施するという。

二子玉川グレース病院のフロアは、ぱっと見は美しい。立派な絵画や色とりどりの生け花が飾られている。けれど院内の各種システムについては老朽化が著しい。今回のトラブルも、そうしたところに原因があると感じられた。

「で、工事が終わるまではごめんなさい、一部に障害が残るかもしれません。引き続き注意をお願いします。可能性が高いトラブルは、ナースコールを押していないのにナースステーションのランプが点灯してしまう誤作動。ここ数日、とりわけ夜間の時間帯に四一九号室で頻出しています。それとは逆に、コールしているのにランプがつかない事例も何件か。これまでに四〇一号室、四〇八号室、四一八号室で報告されています……」

素野子は、両足の力が抜けるのを感じた。

四一九号室は徳寺松子の病室――呼んでもいないのにナースコールのランプが点灯してしまう。

四一八号室は猿川菊一郎の病室――コールしているのにランプがつかないことがある。

素野子の傍らで、桃香も息をのんでいるのが感じられた。桃香を激しく追い詰め、素野子を危機に立たせた、あの準夜勤の出来事は、病院のシステム障害が関係していた疑いがある。そんなお粗末な話を聞かされて、心の中でため息が漏れた。

確かあの時、桃香は「あのヨーカイ、何度も何度もナースコールで呼びつけてくる。病室を訪ねたら、私の顔に水をかけてきたり、おしぼりを投げつけてきたり」と言った。

呼んでもいないのに看護師が何度も部屋を訪れ、夜の眠りを妨げたのだとしたら……。松子の異常とも思えた反応が、違って見えてくる。

草柳師長の説明は、なおも続いた。

「でもね、皆さん。安心してください。四一九号室の徳寺松子様は明日朝、横浜のリハビリ専門病院に転院されます。で、コール不具合が完全に修復するまで四一九号室は、しばらく空室扱いにします。私からは以上」

桃香は両腕を体の前で抱え、肩を小刻みに震わせていた。

いや、泣いているのではない。喉の奥で、小さな笑い声を上げているように素野子には見えた。


素野子は日勤を終え、憂うつな気分で家に帰り着いた。

今夜は深夜勤務に入らなければならない。猿川と娘・真紀子の件、田口主任の退職の件、難しい桃香の扱いと、ただでさえ心の負担が増す中で、より過酷になったシフトが体にのしかかる。とにかく今から仮眠を取らなくては。

大森駅前の商店街に下り立つ前に、駅ビルで弁当を二つ買った。手軽に食べられる握り寿司にしようかどうか迷ったが、季節も季節なので、惣菜をしっかり加熱調理した「わっぱ飯」を選んだ。

今日も家に行くことは母に伝えていた。

両手のひらに丸く収まるかわいらしい容器に、母の好きな鶏肉と鮭《さけ》、それに野菜が入った蒸しごはん。これなら食べる気になるだろうと思いつつ。

家の中は静かだった。いつものように母は眠っているようだ。

弁当の一つを冷蔵庫の目立つ位置に入れる。少しだけ思案した後、「お弁当あります」と書いた付箋をテーブルに貼り付け、素野子は自分のアパートに帰ることにした。

アンティーク風の番号プレートが下がる金属ドアを開く。薄暗い部屋の中から、水泡のはじける音とモーター音がかすかに聞こえてくる。ようやく気持ちが安らいだ。

「ただいま」

水槽の中の半ちゃんに声をかける。

電子レンジで温めた弁当のふたを開けた瞬間、いい香りが広がった。蒸したごはんに載せられた鮭やしいたけ、ニンジン、三つ葉などが美しい。

半ちゃんが泳ぐ姿を眺めながら、ゆっくりとごはんを口に運ぶ。出汁《だし》の味がほのかに感じられておいしい。血糖値が上がって眠気が出たら、その波に乗って隣のベッドですぐに眠ってしまおう。

時刻は、午後六時半だった。

歯磨きを済ませて布団に入った。しかし、眠気はなかなかやってこない。

眠らなければ深夜の勤務がつらくなる。寝不足が一番体にこたえると知っているからこそ、何が何でも眠る必要があった。でもその焦りで、かえって目がさえてしまうのだ。

目を閉じ、数を数える。

眠くなったと自己暗示をかけてみる。もう一度トイレに行く。また数を数える。

——無理だ。

逆に寝付けなくなってしまった。諦めてスマホを手に取る。

以前にツイッターを眺めていて眠気が出たことがあるのを思い出した。

そういえば天使ダカラさんは新しいツイートを投稿しただろうかと思いながら検索する。

〈いやだいやだいやだいやだ。もう耐えられない。私がいないときに、みんないなくなってしまえばいい。死ね死ね死ね死ね死ね死ね〉

かなり追い込まれているようだ。天使ダカラさん、大丈夫だろうか。

リプライや、あるいはダイレクトメッセージを送ってあげたいけれど、それを望んだツイートとは思えない。誰かが関われば、かえって逃げ場をなくしてしまうだろう。

天使ダカラさんも、ここに思いを吐き出せるから耐えていられるのだ。土足で踏み込むようなまねはできない。

できるのは、天使ダカラさんのために祈ることだけ。頑張ろう、一緒に……。

うとうとしたと思いかけたとき、けたたましい目覚ましのアラームが耳に刺さった。手を伸ばし、たたくように時計の音を止める。もう夜中の十一時になっていた。深夜勤務の出勤時刻だ。

何とか力を入れて半身を傾け、転がり落ちるようにベッドから抜け出た。頭の奥が痛い。少し吐き気もする。体の芯に疲れが重く残っている。けれど休むわけにはいかない。ただでさえ人数が足りないのだから。

月の見えない夜だった。準夜勤から深夜勤への申し送りが終わり、ナースステーションにいるのは桃香と貴士と素野子の三人になった。壁に掲げられた時計の針は、深夜一時少し前を指している。

病棟は、日勤の慌ただしさが嘘のように落ち着いていた。

突然、四〇五号室のナースコールが鳴った。夜の病院の静寂はすぐに破られるものだ。

「四〇五号室、見てきます」

貴士がナースステーションを飛び出した。

心電図モニターのアラーム音も鳴り響く。四一一号室の多部淳司《たべじゅんじ》、八十三歳の男性患者のモニターだ。肺癌の末期で死期が迫っている。さっきから何回もアラーム音が鳴っては消える不安定な状態だった。

多部の心臓の状態を伝えるモニターの波形は、激しく波打っていた。

「堤さん、あれ、やばくないっすか」

桃香がつぶやく。

素野子は看護記録を書いていたボールペンの手を止め、モニターを見つめた。

「頻脈になってるね」

一分間の脈拍数が二〇二だった。普通は六〇から八〇台だ。一般に人間の脈拍数は「二二〇マイナス年齢数」、つまり八十歳なら一四〇くらいが限界だ。

心臓はポンプだから、血液をポンプにためるインターバルがあって初めて血液を押し出す役割を果たすことができる。

脈拍二〇〇を超えた心臓は、動きが速すぎてポンプとしての機能を失い、震えているだけ。つまり心臓が止まったのと同じ状態だった。そのまま頻脈が続けば、脳への血流が不足して死に至る。けれど多部の心臓は、何度も頻脈となっては元に戻るという状態を繰り返している。これも、死の前によく見られる兆候だ。

今回も、十秒もしないうちに多部の脈は七〇台に落ち着いた。

「あの心電図、オオカミ少年っすね」

松子の転院を機に、桃香は再び明るさを取り戻した。というより、逆にはしゃぎすぎだ。看護師らしからぬ派手な化粧には理由があり、耳に突き刺さるような高い声も仕方がない。けれど、冗談が過ぎる毒々しい言葉は聞くに堪えなかった。特に今日みたいな疲れている日は勘弁してほしい。

「堤さん堤さん、多部さんのとこに来てる家族、知ってます？」

「え？　奥さんと長男夫婦じゃないの？」

気まずくはなりたくないから適当に相づちを打つ。

貴士は患者のケアに時間がかかっているのか、なかなか戻ってこない。

「長男夫婦はいいんですけどお、もう一人は奥さんじゃなくて、多部さんの愛人らしいっすよ」

息子からは「父と長く一緒に暮らしていた女性」と聞かされていたから、そんなところだとは思っていた。

「再婚しなかったんだね。事情があったのかな？」

「堤さん、真面目ですねえ。ホンモノの奥さん、まだ生きてますから。でも住所が違うから、ずっと別居してるのかなあ」

素野子は仕事に集中できず、イライラが増す一方だった。

「へえ……。それが私たちとどんな関係があるの。どうでもいいよ」

そんなことより、おしゃべりのせいでミスを引き起こすリスクがある現状の方が問題だ。

「どうでもいいっちゃあ、いいんですけどね。そうそう、堤さん知ってます？　スマホをマグカップに入れて音楽再生すると、音が反響して高級スピーカーみたいになるんですよ。あとね、使わなくなったガラケーでも、レアなモデルだと最高で五万円くらいで売れることもあるって！」

もう限界だった。

「ごめん、そのへんの話も私にはどうでもいい。さ、早く記録書いちゃおう。もうすぐ、輪をかけてナースコールの嵐になるよ」

素野子は無理に少しだけ笑う。

最近の子は、こちらのノリが悪いだけで「合わない」などと言って辞めてしまう。仕事中の私語を厳しく注意するどころではない。

特に桃香は転職を繰り返しており、要注意だ。田口主任がまさかの退職に踏み切ってしまった今、これ以上の人員減はごめんだった。教育係の責任も問われかねない。

自分の首を絞めないためにも、腹を立てないようにしなければ。だがそんな損得計算をして、言いたいことをはっきり言えない自分自身にも腹が立つ。

「ふあい」

桃香はやっと口を閉じ、看護記録を再開した。

せっかくデスクワークに集中するモードになったところで、それを阻止するかのように多部淳司の心電図モニターがまたも警告音を発する。脈拍数は再び一八〇に跳ね上がっていた。

「今度こそ、っすかね」

桃香が両手を拝むように合わせた。

「波形は乱れていないし、まだ大丈夫そうだけど……」

案の定、多部の脈は数秒後に正常のレベルに戻る。

「さすが堤さん。人は案外、あっさりとは死なないものっすね」

また桃香の毒のあるおしゃべりが始まった。

「堤さん、ドラマみたいな展開って見たことあります?」

「ドラマって?」

看護記録を書き進める手を止めず、形だけ話を合わせる。無視して桃香の機嫌を損ねる方がやっかいだ。

「ほら、テレビドラマなんかでさ、患者が危篤になって、家族が駆け寄ったタイミングでスーッと亡くなるっていう、アレですよ」

「あ、ああ……ないわね」

素野子は立ち上がり、記載を終えた看護記録を棚に戻した。

「ふーん、そういうものなんですか。あ、そうそう、さっき、そこの廊下の奥で聞こえちゃったんすけどね、多部さんの長男が電話に出てて、『バカ、家族がいるんだからかけてくるな』だって。親も親なら、息子もですよね……」

桃香がウヒヒと笑う。

「大原さん、今日は薬のカウント、大丈夫？」

桃香は先月、配薬ミスをして始末書を書いたばかりだった。

「大丈夫っすよ。えーっと、あれ、どこまで数えたっけ？」

桃香がテーブルに並べた患者全員の明日の朝の内服薬を調べ直し始めた。

一方で素野子は、ナースステーションの隅にある点滴作業台に向かう。

夜は病棟の患者、約五十人の命を二人の看護師と一人の看護助手で守らなければならない。

その間の仕事は、就寝前の配薬を行ったり、ナースコールに応えたりするだけではない。おむつを交換し、体の向きを変え、かゆい背中をかき、痛む腰をさするなどのケアが、朝まで延々と続く。無駄話をしている暇はないのだ。

にしても、自分はなぜここまで桃香のおしゃべりを許すのか。

一つには、桃香のささやかな気晴らしだと同情する気持ちがあるためだ。あの準夜勤の日、桃香はストレスによって、とんでもない行動を起こしかけた。あんなまねを二度とさせてはならない。

もう一つ、素野子にも、ミスが許されない業務への緊張感が常にあった。ストレスから解放されたいという思いは桃香と同じだ。だから、心の底では桃香の私語を受け入れてしまっているのではないか？

そんなことを考えて、素野子はかぶりを振る。

単にこの子が非常識なだけ。自分とは関係ない。

ナースステーションの仕切りガラスをコツコツとたたく音がした。

多部の長男だ。脂ぎった顔で盛んに手招きしている。

「ちょっと、ちょっと、看護師さん」

「また、多部ジュニアだあ」

桃香が顔をしかめて立ち上がろうとするのを、素野子が手で制した。

「私が行くわ」

これ以上桃香に負荷を与え、その結果、配薬ミスの後始末を手伝わされる方が大変だ。

「いかがされましたか？」

多部の長男は、興奮していた。

「す、すぐ来てください！　血っ、血が出てるんです！」

素野子はナースステーションを飛び出した。

吐血でもしたのだろうか？　患者の枕元が真っ赤に染まった最悪の場面を想像しながら、小走りで四人部屋に入った。

病室の手前に配置された多部のベッドは、きれいだった。吐血どころか、安らかな表情で眠っている。

「あの……血が出ているのは？」

長男は、患者のベッド脇にぶら下がった尿バッグを指した。

「ほら、真っ赤でしょう！」

尿バッグには確かに血液が混入し、紅茶のような色になっている。だがそれは、今に始まったことではなかった。

危篤状態では、体の細胞の機能が落ちる。粘膜も弱くなり、口や肛門、膀胱《ぼうこう》など、さまざまな部分から出血を起こしやすくなる。ある意味、自然な経過だった。

「……廊下でご説明します」

多部だけでなく、他の患者の睡眠を妨害しないよう、素野子は病室を出る。長男もワンテンポ遅れて廊下に出てきた。

「血尿は、亡くなる前に現れやすいお体の変化で、仕方のない状態です」

素野子の説明に長男は納得しなかった。

「だからって、あの出血を放っておくんですか？　治してくれないんですか？」

長男は顔をこわばらせて詰め寄ってくる。

「今のお父様の状態では、治療もお体に負担をかけるだけで、ほとんど意味がありませんから」

長男は不満そうな顔つきを崩さなかった。首をひねりつつ病室に戻る。

返事をしてくれなかったのが気になったが、どうしようもない。父親の死が近いという初めての経験で動揺しているのだろう。

そのときだ。遠くからナースコールが聞こえてきた。

「失礼します」

素野子はナースコールと連動してランプが点滅している病室へ急ぐ。

四〇九号室、肝硬変の末期で入院中の三井《みつい》敏則《としのり》、七十二歳。準夜勤からの申し送りでも、何らかの予兆を感じさせる情報はなかったはずだ。

暗闇の中で、三井は白い顔で半身を起こしていた。

「どうされました？」

患者は、すました顔で言った。

「背中がかゆい。かいてくれ」

いつものことだと拍子抜けする。病状の変化でなかったことにほっとしつつ、患者の背中に右手を差し入れた。爪を立てぬよう注意して指先を往復させながらも、次はいつ、どの患者の状態が悪くなるのだろうかと想像する。

突然、猿川菊一郎の顔が脳裏に浮かんだ。

深夜勤に入る直前、病室を訪ねて確認したはずの、猿川のヴァイタルに関する記憶が欠落している。

あのとき猿川は生きていただろうか？

自分は間違いなく生存を確認しただろうか？

急に動悸《どうき》がしてきた。目の前の患者の、ではなく、自分自身の胸だ。

精神的なストレスと、体の疲れと、これからの勤務への漠たる不安——そんなものすべてが、いまぜになってのしかかってくる。

大丈夫だろうか。ちゃんとチェックしただろうか。素野子は自由な左手でポケットからメモを出し、ページを繰った。

「ほら、書いてある。よかった」

走り書きの猿川の記録を確認すると同時に、大きな声が出てしまった。

ヒヤリとする。耳元でうるさいぞ——と三井に文句を言われるのではないかと思ったのだ。けれど三井はすでに眠りに落ちていた。素野子は三井の背中からそっと右手を抜き、布団を掛け直して病室を出た。

深夜勤の時間はとてつもなく長く感じる反面、短くもあった。ナースコールに追われているうちに、あっという間に次のラウンドの時間が迫ってくる。時間のあるうちにやれることをすべて済ませておかなくては——。

準夜勤のチームから「時間がなくてできなかった」と申し送られた点滴作りの作業も残っていた。

「あの長男、バカみたいに神経質っすねえ」

素野子の帰りを待ち構えていたかのように、またも桃香が話しかけてきた。血尿のクレームの件を言っているのだろう。

「え、聞いてたの？」

少し非難がましい言い方になってしまった。桃香が口をとがらせる。

「盗み聞きじゃないす、聞こえたんですよ。多部ジュニアが大声で話すから。にしても、たかが血尿でしょ？」

聞き耳を立てていたこと自体をとがめる気はない。桃香がなすべき仕事に集中していなかったことと、重ねて患者や家族を侮辱することにいら立ったのだ。

素野子は人差し指を口元に立てる。廊下からナースステーションに患者の声が届いたのなら、こっちの声が向こうに聞こえないとも限らない。とにかく桃香の甲高い声を抑えたかった。

たかが血尿――。確かに今、桃香はそう言った。患者と家族に対して、そんな物の言い方が許されるはずがない。

しかし、桃香を反面教師に位置づけ、疑いの念をもって彼女の発言を聞き直すと、素野子自身の欠点も見えてくる思いがした。

素野子は多部の息子に対し、血尿を「仕方のない状態」と説明してしまった。

改めて考えると、あれは適切な言い方ではなかった。

多くの患者をケアする看護師には日常的な血尿も、やはり家族にとっては重大事に違いない。

――血尿は、お小水に赤血球が混じった状態です。若い方はほとんど経験されたことがなく、初めてご覧になるとショックをお受けになると思います。ただ、終末期に入っている患者様は……。

次の機会があればこのように、もっとていねいに言葉を尽くして説明しようと反省する。

さあ、通常業務を再開しなくては――。素野子は改めて点滴作業台の前に進み出た。

「ええと、オカズは……」

大きい声を出し、仕事に集中する意思表示をする。一人一人のトレーに、メインの点滴と、ビタミン剤や胃薬などのオカズをセットした。今夜はそれが全部で十七セットある。

「配薬終了。でさあ……」

桃香は、なおも話したそうにしていた。

「大原さん、先にラウンド行ってくれる？　点滴をセットしたら追いかけるから」

機先を制すには、相手の口が開く前に指示を与えるしかない。

「ふあい。なんか最近、忙しくてつまんないっすね。ストレス、たまるわ」

文句を言いながらも、素直にナースステーションを出て行ってくれた。

ストレスは確かにある。しかも、そこから逃げることはできない。

ならばどうやって看護の重圧と鬱屈《うっくつ》の中で生きていけばいいのか。桃香も、そして自分自身も。

そこを解決せず、我慢し続けるだけでやっていけるものなのか。

素野子にも、はっきりとした答えは分からなかった。

ストレス、たまるわ——桃香の言葉が、素野子の頭にこびりついて離れない。

深夜一時の勤務開始から朝五時の排泄介助時間までに、患者全員を一通り回り切らなければ。一人五分でも四時間以上かかるというのに、あと四時間弱しか残されていなかった。

手がかかる患者がいれば、その分、どこかで時間を削るしかない。もちろん、削れる時間があれば、の話だが。

深夜勤の看護師には一時間の休憩時間が認められている。果たして今日は取れるだろうか。

いつまでこんなに追われるような仕事が続くのか——そんなことを思うと、急に冷や汗が出てきた。さっきと同じだ。素野子は再び、胸の鼓動を強く感じる。

素野子は気持ちを落ち着かせようと、心を遠くへ飛ばす。

子供のころから目に焼き付いている母の白衣姿を心に浮かべた。そして、自慢の家を見つめる母の満足そうな顔を、水槽の中で泳ぐ半ちゃんを、それから翔平の笑顔を思い返す。温泉と肌のぬくもりは、まだ手に残っていた。フォブウォッチが胸元で揺れている。

ようやく動悸が治まった。

各病室を回って淡々とおむつ交換を進めているうちに、午前二時が過ぎる。そろそろ目が覚める患者が出始める時刻だ。

そう思った矢先にナースコールが鳴った。

四〇一号室の樋口早苗だ。大腿骨頸部骨折後の廃用症候群は徐々に快方に向かいつつあったが、認知症のため依然として目が離せない状況だった。

「早苗さん、いかがされましたか？」

「あの、トイレ……」

いつものトイレコールだ。

早苗をベッドから降ろし、体を支えながらゆっくりと四人部屋の入り口にあるトイレまで誘導する。便器に座らせたところで、今度は別の部屋からのナースコールがきた。

四一一号室の多部だ。

ちょうど通りかかった貴士に早苗のトイレ介助を託そうと呼び止める。

「無理です、すみません！　今、水木《みずき》さんが嘔吐していて、大原さんに膿盆を持ってくるように言われてるんです」

遠くから、患者のえずく声が聞こえる。貴士は慌てた様子で走り去った。

嘔吐しているのは七十七歳の水木千登勢《ちとせ》だ。悪性リンパ腫を患い、全身の倦怠感や体重減少があるだけでなく、たびたび嘔吐する。大丈夫だとは思うが、念のためにノロウィルスではないかどうかは注意して経過をみなくては。

千登勢の対応に追われる桃香と貴士は、しばらく手が離せないだろう。

四一一号室からは、ナースコールが繰り返し鳴っていた。

――どうしよう。

素野子は、早苗をトイレに残して多部の元へ急ぐべきかどうか迷った。

早苗のような認知症患者を便器に座らせたまま目を離すのは危険だ。トイレットペーパーを詰まらせたり、床を汚して滑ったりと、さまざまなアクシデントが懸念された。

だが、四一一号室からのコールが続いている。長男のイラつく様子が、ありありと目に浮かんだ。

もしかすると多部が苦しんでいるのかもしれない。

早苗はまだ用を足し終わらない。

これ以上、緊急度の高い患者を無視するわけにいかなかった。

素野子は早苗の手を取り、目の前のバーをしっかりと握らせた。さらに患者の手を包み込み、おまじないのようにさする。

「早苗さん、しっかりここにつかまっていてね。しっかりよ。私が戻って来るまで絶対に離しちゃダメよ。すぐ戻るから、絶対に待っててね」

早苗は笑顔でうなずいた。

「大丈夫。あなたも忙しくて大変よねえ」

やわらかな声の響きが昔の母に似ていると思った瞬間、ふいに涙が出そうになる。

「ありがとう、早苗さん。待っててね」

素野子は四一一号室へ走った。

多部が眠るベッドの脇で、長男夫妻が不満そうに立っていた。多部の連れ合いと称する女性も「来るのが遅い」と言わんばかりに、素野子をにらみつける。

「遅いなあ。こんな看護体制で大丈夫なんですか」

長男が不平そうに声を荒らげた。だが、その質問に答えている暇はない。

患者の多部は安らかに眠っており、変わった様子は見られなかった。

「あの、どうされましたか？」

「ああ、ほら。目やにがあるんですよ」

「え……」

「これも死ぬ前の生理的な変化ですか？」

長男の皮肉交じりの物言いに、言葉を失った。

いや、怒ってはいけない。多部の家族が特別なのではない。大切な人が亡くなる直前というのは、どの家族もナーバスになる。血尿の件もそうだと自分に言い聞かせたではないか。

そして、それがそのまま看護師への過剰な質問や要求につながることが多い。ご家族とは、そういうものだ――素野子は感情を押さえつける。

ポケットに入れていた眼科用の清浄綿を取り出す。個包装になっているものだ。小さな綿片をつまみ出し、患者の目元をそっと拭き取った。

「すみません。まだ気になる部分があるようでしたら、これをお使いください」

個包装の清浄綿をベッド脇の台に置いた。

背後から「ちょっとお！」という長男の声がしたが、これ以上は滞在していられない。頭の中で「急げ」というアラームが鳴っていた。

ダッシュで四〇一号室へ戻る。

「早苗さん、待たせちゃってごめんね」

そう言いながら、病室内のトイレをのぞき込んだ。

「え？」

トイレに早苗はいなかった。

文字通り、血の気が引く思いがした。

どこに――。

「ぎゃっ」

思わず声が出た。ベッド脇の床に、早苗が寝転がっていたからだ。

「どうして……」

素野子は泣きそうになりながら駆け寄る。

「転んじゃった」

早苗はいたずらが見つかった子供のように笑った。

「待っててって言ったのに……」

「ごめんなさいね、看護師さん。一人で帰れると思ったのに、何が何だか」

寝転んだ姿勢のまま、早苗は目をしばたたいた。

パジャマのズボンは、中途半端にしか上がっていない。自力でベッドに戻ろうとして転んだようだ。

「ごめんね、ごめんね」

早苗はそう繰り返した。

「悪いのは私よ。早苗さんじゃないよ」

じわりと涙がにじむ。

また失敗してしまった。始末書ものだ。けれど、あの状況でどうすればよかったのか。

早苗のズボンを上げながら、左足を動かしてみる。慎重に、ゆっくりと。

痛がる様子はない。右足も同様だった。

足の骨が折れた様子はない。少しホッとする。

だがそれもつかの間だった。早苗の前髪をそっとかき上げると、額に擦り傷が見つかった。

目の前が暗くなる。

額に傷があるということは、頭の打撲を意味する。それが原因で頭蓋内《とうがいない》出血が起きれば、命にもかかわる。

やってしまった――。

落胆のあまり、脱力しそうになった。

まずは早苗の体を起こす。負担がかからないように、しっかり支えながら姿勢を立て直してベッドに移動し、寝かせた。

それから当直の吉田医師に電話をする。

仮眠をしているのだろう。なかなか出ない。六回目のコールでようやく応答があった。おそるおそる「患者が転倒、頭部打撲しました」と告げる。

「転んだ？　転ばせたんだろっ！」

電話の向こうで、吉田が荒々しい声を上げた。

「申し訳ありません」

早苗の隣の患者のおむつ交換をしながら吉田の到着を待った。四〇一号室の前で、スリッパを引きずるような足音がしたのは五分後だった。

「どの患者？」

素野子の電話で眠りを中断されたと言いたいのか、吉田はいつも以上に不機嫌だった。

「こちらの樋口早苗さんです」

吉田が舌打ちする。

「ったく。明日は俺、朝から外来あんだけど」

吉田が二晩続きで当直に入っているのは知っていた。だが、呼ばないわけにはいかなかった。

「ホント、カンベンしてくれよ」

静かな病室に吉田の声が響く。隣のベッドの患者が「看護婦さーん、今何時？」と尋ねてくる。

勘弁してほしいのはこっちだ。お願いだから、周りの患者を起こさないでほしい。

「ええと樋口さん、これ、痛みますう？」

吉田はいきなり患者の足を曲げ、前後に揺らした。続けて、額の傷もチェックする。

早苗はおびえたように目を見開いたまま、声を発しない。

「ったくよ、なんで転ばすんだよ」

「すみません。別のコール対応で目を離したときに……」

「ちっ、やっぱり目を離したのかよ。ダメじゃん、バカ」

吉田が早苗の額に傷薬を塗る。

「とんだ目にあったね、樋口さん。ひどい看護師サンだよね～」

吉田の雑言に、早苗は優雅な仕草で首を振った。

「……私は国家間の友情を信じています。人と人の友情を信じるように。私は、ここでの思い出を生涯大切にすることでしょう」

吉田は、スクリーンから飛び出した王女のセリフにあっけにとられていた。

「まあいいや。足も頭も痛がらないし、意識状態もいい。ひとまず経過観察しといて。レントゲンは朝、必要だったら主治医に撮ってもらえよ」

吉田は目をこすり、あくびをして病室を出て行った。

経過観察――朝まで患者の状態に変化がないか、何度もこまめに観察せよ、という意味だ。たったひと言の指示だが、看護する側にとっての意味は大きい。これでまた、何度も病室を訪ねる必要が出てきた。せめて早苗を観察しやすいナースステーション前の部屋に移動させたい。だが、すでにベッドは満床で動かせなかった。

ただでさえ時間が押している中で、早苗の経過観察という新たな業務を発生させてしまった。休憩時間はあきらめるしかなさそうだ。

自分がこの事態を招いたのだから、当然のむくいだ。自分が目を離してしまった結果だから。自分が転ばせてしまったから。自分が打撲させてしまったから……。

病室を出るところで、吉田がぼやくように言った。

「しかし、堤さんは俺が当直だと、いっつも変な時間に呼び出すよな。海老原先生のときには、患者が高熱になるまで報告しなかったくせに……。とにかく俺をもう起こさないでくれ」

驚いた。

「海老原先生のとき」とは、猿川の誤嚥性肺炎での一件だ。医局では、そんなことまでが噂《うわさ》になって広まっているのか――。

廊下の窓から差し込む月明かりの下、吉田のＰＨＳが鳴った。別の病棟からのドクターコールだろう。

「つまんねえことでいちいち呼ぶなよっ！」

吉田の怒鳴り声がフロアに響いた。

スリッパの音が遠ざかり、やがて病棟を隔てる自動ドアが開閉する音がした。

四〇一号室に静けさが戻ると、ベッドの中で早苗がニッと笑った。

「ああ、怖いお医者さんだこと。看護師さんも大変ねえ」

素野子は早苗の耳元に顔を近づけ、「ありがとう。ごめんね」とささやく。

早苗はひとまず落ち着いた。他の病室をラウンドする必要がある。

「じゃあゆっくり休んでくださいね」

そう言って病室を出ようとした直後だった。

「ああっ」

早苗がお腹を押さえて顔をゆがめる。

確かめると、便を大量に失禁していた。これからシーツ交換と更衣に時間が取られると思うと、さすがに気がめいった。

「早苗さん、夜だけでもおむつしてくれると助かるんだけどな」

おむつを嫌がっているのを知りつつも、つい言葉に出てしまう。

「ごめんね、ごめんね、看護師さん。でもおむつにしたら、人間おしまいだから」

早苗はプライドが高く、頑固なところがあった。いや、自分だって明日からおむつにしろと言われたら抵抗するだろう。ならば、彼女の気持ちを理解しなければ。

「そうですよね。したくないのは当然ですね。でもね……」

そこで口を閉じる。それ以上言えば、患者を責めているのと同じだ。

自分も嫌なことなのだから——。素野子は繰り返し、自分に言い聞かせる。

誰もが人間として、尊厳を保って生を全うしたい。

一国の王女でなくとも、銀幕のスターでなくとも、どの患者にもみんな誇りがある。思いを尊重し、どこまでも患者を支える。それが自分たちの使命だ。

予備のパジャマと新しいシーツを取りに、素野子はストック棚へ向かった。

廊下の時計は午前二時半を指している。

ラウンド開始から三十分もたったのに、まだ二人しか見回れていない。気持ちが焦る。ようやく手の空いた貴士を呼んで、早苗の下半身を洗い、着替えを進める。

「水木さんの嘔吐の方はどう？」

ノロウィルス感染ではないかどうかが気になった。

「熱もなく、落ち着きました。午後に家族が、どでかいシュークリームを食べさせちゃったみたいで」

見舞いに来てくれた家族を喜ばせようと、患者は手土産の品を頑張って食べることも少なくない。

その結果、あとになってこういうことが起きがちだ。

「さっきは手伝えなくて、すんませんでした。病棟で初めて仕事した日のノロ騒ぎが忘れられなくて、勝手に優先順位をつけてました。すぐ戻って僕が早苗さんを見てれば転ばせなかったのに……」

「仕方ないよ。それを指示しなかったのは私のミス」

現場ですべてを正確に判断して動くなど、誰にもできない。けれど、その状況で起きた事故には責任が生じる。どうあろうと、早苗の転倒は自分のミスなのだ。

続いていくつかの部屋を貴士と回り、ナースステーションの前を通る。

多部の心電図モニターが鳴った。

二人が来るのを待っていたかのようなタイミング。しかも、今回は波形が乱れている。脈拍も徐々に遅くなってきており、これまでのようには戻りそうにない。

今度こそ極めて危険な状態だった。

「いよいよ、かな。手が空いていれば、四一一号室へ」

「は、はい」

貴士の声は、低く震えていた。

素野子は多部の病室へ走った。

危惧《きぐ》した通り、多部は呼吸と呼吸の間隔が著しく長くなっていた。

すぐにドクターコールする。

しかし、医師の反応は鈍い。素野子の説明を聞き終えた吉田医師は、またしても不機嫌な声を出した。

「ターミナルなんだから、やることないよ」

「……はい」

その通りではあったが、事前に知らせないわけにもいかない。

「呼吸が止まったら連絡して」

眠そうな声とともに電話は切れた。

患者の血尿や目やにで大騒ぎした家族三人は、全員がベッド脇の椅子に座ったまま眠り込んでいた。今は多部淳司の急変に誰一人として気がついていない。

素野子は多部の口元に顔を近づけ、呼吸を確かめた。

首から下げた聴診器がベッドの柵に触れ、派手な金属音を立てる。家族三人はハッとしたように目を覚まし、立ち上がって患者の枕元に顔を寄せた。

「お騒がせして申し訳ありません。そろそろお父様が危険な状態です」

素野子がそう言うと、長男の目からいきなり大粒の涙がこぼれた。同居女性もむせび泣きを始める。

ところが、多部の呼吸は止まるかと思いきや、また復活し、そしてまた止まりかけるという状態を繰り返した。同じような状態が数分続き、家族は再び椅子に腰を落とした。

こうした「間延び」は、ままあることだった。素野子は、いったん多部の元を離れることにした。

「少々失礼いたします。何かあったらナースコールで呼んでください」

「え、そんな……」

家族は不満そうに顔をこわばらせた。もちろん患者の傍らにいたかったが、他の患者対応でゆっくりしていられない現実もあった。

「すぐ近くにおりますので」

背後に冷たい空気を感じながら、素野子は貴士を連れて廊下に出た。

桃香のラウンドはどこまで進んだか。

当たりをつけて四一六号室をのぞく。だが、そこにはいなかった。

四一五号室にも四一三号室にもいない。

嘔吐した千登勢のいる病室、四一二号室に入る。

暗がりの中に人の動きを感じた。

桃香だ。

千登勢とベッドを並べる同室患者、山崎《やまざき》佳乃《かの》の背中をさすっていた。

吐物を処置した後、ずっとこの部屋にいたのだろうか。「早く回って」と言いたいのをこらえる。

事情があるのかもしれない。

「大原さん、まだここにいたの。大丈夫？」

桃香は眉を寄せた。

「佳乃さん、眠れないらしくて」

確か今日は、不眠時に飲むようにと頓用《とんよう》の睡眠薬が臨時に処方されていたはずだ。

「頓服は使った？」

「まだ、です。眠剤を飲ませると佳乃さん、朝の食欲がなくなるので、なるべく飲ませない方がいいかと思って……」

それはその通りだ。けれど、仕事全体の遅れを考えたら、そんなことを言ってはいられない状況だ。

「私が頓服、取って来る」

「え？　要りませんよ」

桃香の声を無視して、素野子はナースステーションに戻る。佳乃に臨時投与が許された睡眠薬を取り出し、水をコップに入れた。

自分だって、これがベストの看護とは思っていない。

桃香がしていたように、ゆっくり患者の背中をさすっていれば眠れるのかもしれない。

しかし、自分たちに今、そんなことをする時間があるのか？

個々の患者にとって最善の看護を行うという理想と、日々時間に追われる病棟全体の現実とでは大きな乖離《かいり》があった。看護師なら誰もが気づいているはずだ。

ナースステーションで、貴士が「眠剤出すんですか！」と鋭い声を出した。

「大原さん、佳乃さんにずっと寄り添ってましたけど。簡単に眠剤を与えたくないって……」

心が揺れた。真面目な貴士らしい反応だ。けれど――。

「今日はこれでいくの！」

言葉を選んでいる余裕はなかった。

桃香は、理想に燃えて背中をさすっていたというより、仕事の段取りをないがしろにして、患者に寄りかかっているようにも見えた。

のんびりせずに、ほかの患者さんのケアをどうするかを考えてほしい——素野子はそう言いたかった。

四一二号室で眠剤を差し出すと、桃香は不満そうに受け取った。

「佳乃さんが眠れない本当の原因は、吉田先生ですよ。めちゃくちゃ怒鳴っていた声が、こっちまで響いてきて」

当直医の吉田の怒声が原因であり、さらにその原因を作ったのは、早苗を転ばせてしまった素野子だ——と桃香の目が言っていた。

思いもしなかった桃香の抵抗に、素野子は呆然とする。

「でも、病棟を回さないと。まだ大勢の患者さんが私たちを待っているのは分かってるよね」

一向に飲ませようとしない桃香の手から薬を取り返し、素野子は佳乃の手に錠剤を渡す。佳乃はそれを口に入れ、水とともに飲み込んだ。

「ごめんなさいね。これで眠ってみるわ」

佳乃は横になって、目を閉じた。

「山崎さん、ご理解くださってありがとうございます」

素野子は枕元の患者に向かって頭を下げる。まさに今、こういうときこそ床に両手をついて礼を述べたい心境だった。

無言のままの桃香に素野子は小声で告げた。

「多部さんの状態が悪くなってきたから、覚悟してね」

状態が悪いとは、つまり亡くなる可能性が高くなり、これからさらに忙しくなるという意味だった。

患者の死後はエンゼルケアや家族対応などが待ち受けており、仕事量はさらに増える。

多部の受け持ち看護師は桃香であったから、基本は彼女が中心になって行う必要があった。

いずれにしても、まともな休憩時間が取れる見込みは、今晩もゼロだ。

桃香は急に表情を変えた。

「あのお……私、一人でエンゼルケアしたことないんです」

「え?」

ひどく恐れている声だった。こんなに心細そうな姿を見るのは初めてだ。未知の作業を避けたくて、桃香は佳乃の病室にとどまっていたのか。

もちろんエンゼルケアは二人の方がずっといい。何しろご遺体は重い。たとえ痩せた患者であっても、成人であれば体重は三十キロはある。それだけの重さを一人で動かす作業は大変だ。

けれど、看護師は病棟業務を回さなければならない。生きている患者を守る仕事の方を優先しなければならないのだ。

だからマストの看護業務である各病室のラウンドが完了していない場合、エンゼルケアは一人で行うのが暗黙のルールだった。

「ラウンドが終わってたら、もちろん手伝うよ」

「多部さん、せめてあと二時間だけ頑張ってもらえるといいんすけどお」

桃香は両手を合わせて天を仰いだ。

患者が「いつ死ぬか」によって、看護師の仕事の量は大きく異なってくる。

もしも今すぐに多部が亡くなれば、素野子と貴士は他の患者のケアを続け、桃香は多部の死後処置を一人で行わなくてはならない。

二時間後であればラウンドが終わっているだろうから、桃香は貴士と二人で多部の死後処置に入ることができる。

けれど、患者の死は誰にも予測できない。

看護師にも医師にもコントロールできるものではない。

「今だけは死なないでほしい――」

「今は生きていてほしい――」

「死ぬなら今にしてほしい――」

看護師の胸の内ではそんな思いが渦を巻いているものだ。それは、決して声に出すべきではないことだが。

「死亡時刻は患者さんが決めること。とにかく目の前の仕事に集中しよ!」

そっけなく言うと、素野子はラウンドを続けるため貴士とともに残りの病室へ向かった。少し冷たかっただろうか。

だが桃香にも、エンゼルケアくらいは独り立ちしてこなしてもらいたい。まだ回っていない病室の一つは、四一八号室の猿川菊一郎の部屋だった。

「小山田君は、隣の四一七へ行ってくれる？」

猿川の部屋へ行く直前になって、貴士に指示する。

「堤さん、一人で大丈夫ですか？」

先日のトラブル以来、貴士がしきりに気にしてくれるようになった。気持ちはありがたいが、一方で少し情けなくもあった。素野子は目を大きく見開いて、「もちろん」と返す。

時刻は午前三時になろうとしていた。

日勤のシフトでスタートしたこの日、素野子は何度となく四一八号室に立ち寄り、猿川の容態をチェックしていた。深夜勤に就く前にも、病院に到着してナース服に着替えると同時に、猿川の部屋を訪ねた。

猿川に少しでもよくなってもらいたい――素野子は、その一心だった。

「失礼します」と小さく声をかけ、入室する。

あの晩、誤嚥性肺炎を引き起こした猿川は、生死の境をさまよって三日目の深夜を迎えていた。

灯りの落ちた部屋で、猿川が寝息を立てている。素野子は、猿川の枕元で小さく一礼してから、いつものようにヴァイタルの測定に入った。

体温は三七・七度とやや高く、呼吸は二四回と速い。相変わらず意識はほとんどなく、言葉を発することもできない。

●体温　三七・七度
●血圧　九八―五〇
●脈拍　九〇回／分
●呼吸　二四回／分
●意識混濁

測定したデータを手帳に記入して、素野子は視線を上げる。

戦慄《せんりつ》した。暗闇の中に真紀子がいる。

応接セットのテーブルに書類を広げて仕事に没頭するふだんの姿ではなかった。ソファーに深く身を沈ませて、静かにこちらの様子をうかがっていたようだ。

素野子が軽く会釈をすると、真紀子は低い声を出した。

「あなたにちょっと申し上げたいことがあるんだけど、そこに座って」

遠くでナースコールが鳴り始めた。

「あの、お急ぎですか。ほかの患者さんに呼ばれましたので……」

座りかけた素野子は、腰を下ろす前に立ち上がる。

「すぐ終わるわよ。いいから座って！」

有無を言わせぬ調子だった。

「お手短に……」

素野子がそう答えるや否や真紀子はスマホを取り出し、画面に表示された文章を声を上げて読み始めた。

「新潟県上越市の特別養護老人ホームで二〇一五年六月、おやつに出たパンケーキを食べさせられた七十八歳の入居者が意識を失って病院に救急搬送され、二週間後に亡くなりました。この事件で、食事介護を担当していた看護師は、『誤嚥のおそれがあったのに注視しないまま放置した過失によって入居者を窒息死させた』として、業務上過失致死罪で起訴され、新潟地裁で有罪判決を受けました。その判決は、ずさんな介護・看護の現場に鋭く切り込み、厳しく糾弾する、まさに画期的な司法判断でありました——」

この人は、何を言いたいのだろう？

「私・猿川真紀子は、ここ医療法人社団賢生会・二子玉川グレース病院でも、ずさんな看護と深刻な過失が横行しており、問題ある看護師の看護の下で、父・猿川菊一郎が生命の危機にさらされているものと認識しています。このため私は、担当看護師の堤素野子を業務上過失傷害罪、場合によっては業務上過失致死罪で告訴する準備を開始します——」

告げられた内容を理解するのに時間がかかった。自分が訴えられようとしているのか？

「この件は弁護士に相談しているから、今後、病院としてもそれなりの対応をしてちょうだい。リカバーする気のないあなたじゃ話にならないから、主任さんか、師長さんにでも言っておいて。いい？　分かったわね？」

素野子は反射的にうなずいたものの、どう受け止めていいのか分からなかった。

一生懸命に尽くしている患者の家族からなぜ自分が告訴されなければならないのか。

ただ真面目に仕事をしているだけなのに、なぜ――。

他の病室からのナースコールがまだ鳴り続いている。

桃香たちが行けないのなら、自分が行かなければならない。患者に何か大きなことが起きてからでは遅いのだ。

「あの、失礼します。患者さんに呼ばれていますので」

立ち去る素野子の背中に向かって、真紀子が舌打ちするのが分かった。


「せめてあと二時間だけ頑張ってもらえるといいんすけどお」

桃香の声が届いたわけではないだろうが、四一一号室の多部淳司は、きっちり二時間後に亡くなった。エンゼルケアは桃香と貴士の二人で対応できた。

一方、四一八号室の猿川は熱が下がり、明け方にかけて呼吸状態も改善してきた。

午前五時半に黒服を着た葬儀社のスタッフがやって来た。多部の長男がホールのソファーに陣取り、せわしない様子で打ち合わせを始めた。同席している女性二人は葬祭用のパンフレットを持ったまま頭をグラグラさせている。

無理もない、ほとんど徹夜だったのだから。

午前六時十分前。東療養病棟のすべての入院患者に向けて、朝食後の薬を準備し終えた。

午前六時を過ぎると患者が起き出してきた。

洗面を手伝い、配膳し、朝食介助を始める。

いつもの平和な朝の風景を目にして、ようやく自分たちの長い一日が終わってくれそうだとほっとする。


朝食の後片付けを終え、看護記録をつける。

午前八時に日勤の看護師たちが続々と出勤して来た。

夜の三人とは違って、日中は十一人体制だ。みんなの足音が、何とも言えないほど心強い。

これだけ看護師がいれば、患者の対応もずっとしやすくなる。

朝のミーティングで申し送りを終えた。その直後、素野子は草柳師長から呼び出された。

「堤さん、多部さんの家族に血尿のこと、どういうふうに説明をしたの？」

師長の厳しい声に足がすくむ。

「死の前に現れる自然な経過と説明を……」

素野子の言葉に、師長は首を左右に振った。

「『どうせ亡くなるんだから、血尿を治しても仕方がない』とあなたに言われたって、息子さんが怒ってるわよ」

ああ、やはりそんなふうに伝わってしまったのかとがっかりする。

「決してそういうつもりではなくて……。すみません、対応できる時間も限られてましたので、ご家族への説明が不十分だったとは思います」

「あのご家族はナーバスだから、もっと慎重に説明してほしかった。時間がないのは分かってる。でも、ていねいに寄り添ってあげなきゃ。みんなで築き上げてきた信用が、あなたのたったひと言で一瞬にして消えるのよ」

師長の顔は曇ったままだった。

素野子は頭の中が白くなる。

みんなで築いてきた信用を、自分が台無しにしてしまったというのか。

あのとき言いそびれてしまった言葉が頭をよぎる。

——血尿は、お小水に血液が混じった状態です。若い方はほとんど経験されたことがなく、初めてご覧になるとショックをお受けになると思います。ただ、終末期に入っている患者様は……。

説明が不十分だとは感じたものの、仕事に追われて伝えられなかった。やはり、あのとき、あの場で言い直しておくべきだったのだ。

次の説明の機会を得る前に、患者は亡くなり、家族は病院を後にしてしまう。素野子は、永遠に機会を逃してしまったのを悔やんだ。

「まあ、これから気をつけてね」

「申し訳ありませんでした」

頭を下げながら、動悸がするのを自覚する。少し休んで、気持ちを落ち着けたかった。

ところがまだ師長の話は終わっていなかった。

「堤さん、もう一つ」

草柳師長は大きな目で素野子を見据えた。

「四一八号室の猿川真紀子さんが、今後のことを話していたら看護師が逃げるように去ったと言ってたけど。心当たりある？」

「あ……」

真紀子に座ってと言われたが、断ったのを思い出す。

「堤さん、ご家族と話をするのも看護師の仕事だから。深夜勤は少人数で忙しいのは分かるけど、『看護師が逃げた』なんて思われちゃダメでしょ」

逃げたのではない、別の患者の所に向かったのだ。ナースコールが鳴り響いていたのだ――声を強めて弁明したい衝動に駆られる。

しかし素野子は黙って頭を下げた。

何度も同じようなことがあり、何度も抗弁してきた。けれど、それで事態が好転したことは一度もなかった。

猿川真紀子は訴えを起こすというようなことを言っていた。役所に勤務しているというから、法律に詳しいのだろう。

被告になるのは自分か、それとも病院なのか。

どちらにしても、そんなことは考えたくない。

とにかく今は疲れていた。まともに報告や相談ができる精神状態ではない。一刻も早く家に帰り、眠って頭をスッキリさせたかった。

もうろうとしたままナース服から私服に着替えて更衣室を出る。

仕事をやり遂げたという満足感も、終えたという解放感も、ほとんどなかった。

更衣室を出る直前、鏡に全身を映し、すっかり生気が失われた自分の姿に愕然《がくぜん》とした。魚で言えば鮮魚から干物になったような感じだ。

素野子は、おぼつかない足取りでトイレに向かった。

病院では勤務八時間につき一時間の休憩が認められている。食事を十分で済ませれば、五十分の仮眠ができる――理論的には。

「深夜勤では看護師二人と看護助手一人の合計三人が、各自一時間ずつ時間をずらしながら順番に休憩を取れます」

入職したばかりのころには、そう説明を受けた。

――そんなのは、嘘だった。

結局、素野子は、いや桃香と貴士の三人とも、今日の深夜勤では仮眠をするどころか、自由にトイレへ行くことすらできなかった。

便器の中をのぞき込む。水がほんのりピンク色に染まっていた。

血尿――若い方はほとんど経験されたことがなく、初めてご覧になるとショックをお受けになると思います。ただ、繁忙期に入っている看護師は……。

皮肉な空耳が、素野子の頭の中でこだました。

素野子は、二子玉川グレース病院の裏通路から表へ出た。

この通路は、病院の表の顔である病棟と、調理場や空調管理室などの院内施設がある裏の顔とをつなぐ。通称、職員通路と呼ばれている。

絵や花が飾られた病棟通路とは違い、殺風景で作業効率のみが優先された通り道だった。何かがぶつかったような傷や黒い筋が床や壁にいくつもあり、ボロボロだ。自分も、職員通路のような存在か。

「はい、ごめんなさい。通りますよ――」

目の前の通路を、施設管理担当の望月が大きな台車を押しながら横切った。

豊かな白髪にくし目が通り、ブルーの制服もきれいに着こなしている。元はホワイトカラーのサラリーマンだった印象だ。どこかの企業で定年まで働き、退職後にこの病院へ来たのだろうか。仕事内容は激変したに違いない。

改めて望月の姿を見る。体はひどく痩せており、押している台よりもずっと軽そうだ。

あの年になって、肉体労働はつらいだろう。そう思った瞬間、胸がチクリと痛んだ。

母はギリギリまで懸命に働いて素野子を支えてくれた。なのに自分は――。

午前九時に深夜勤を終えて、同じ日の夕方五時から準夜勤が始まった。

インターバルは八時間しかなかった。

信じられないほど厳しいシフトの連続だ。一時的とは言われているが、どこまで耐えられるだろうか。

午後七時半、準夜勤のラウンドで猿川の病室、四一八号室へ入ったとたん、甲高い声が飛んできた。

「インチキねっ！」

猿川の娘、真紀子がソファーに寝そべるように座り、目を見開いてこちらを凝視した。

いつものようにスーツ姿で、傍らにはまた書類の束を大量に置いている。

「はい……あの、何か？」

「遅いじゃない」

ナースコールの履歴をチェックするが、何も残っていない。

「申し訳ありません、いかがされましたでしょうか？」

ひとまず謝った。それで真紀子の気が収まるなら、と。

素野子はベッドに横たわる猿川の体にそっと触れる。

大丈夫、熱はなさそうだ。病状が安定してきたという夕方の申し送りの通りだ。

「ごまかさないでよ。やっぱりインチキね」

再び強い声が飛んできた。

「はい？」

真紀子は、病院のパンフレットを素野子に投げつけてきた。

「病室の巡回について、虚偽の記載があるじゃない。もう二時間三十分よ」

真紀子は刑事ドラマで犯人の悪事を見つけた女主人公のような顔をしている。

入院患者向けのパンフレットには、「看護師の巡回は、二時間ごとに行います」と書かれているが、それが守られていないという指摘だった。

言葉が出ない。

四一八号室にたどり着くのに時間がかかったのは事実だ。患者を待たせたことは間違いない。この間に素野子は、急な発熱のあった患者のために医師を呼び、「眠れない」と大声を出す患者をなだめ、いつもより多くの患者のシーツ交換をこなす必要があった。

作業の途中でもナースコールは頻繁にあった。

リクエストのほとんどがトイレ介助だ。ベッドから降ろして車椅子でトイレまで連れて行かなければならない患者が重なった。今、東療養病棟には、そんな介護負担の大きい患者ばかりが集中している。個室のドアを閉め、ソファーに体を沈めていては見えない病棟の状況だ。

いつか翔平が引き合いに出した話を久しぶりに思い出した。まさに今の病棟は、トランプの手札が極めて好ましくない状況なのだ。

「……すみません。いろいろなことが重なって時間が押してしまいました。あの、何かありましたでしょうか？」

真紀子はチッと舌打ちした。

「ないわよ。なくてよかったけど、何かあったらあなた、どう責任をとるの？」

ラウンドの間隔はおおよその目安であって、機械のようにはいかない。そのため、巡回をしていない間に急変がありそうな患者には、あらかじめ心電図モニターなどを装着させてアラームが鳴るようにしている。猿川菊一郎の容態は、そこまで不安定ではなかった。

けれど、そんな理屈を口にすれば、真紀子のさらなる怒りを買うのは明らかだ。こちらが謝る以外にない。

「申し訳ありませんでした。あの、おむつの交換に入らせていただいてよろしいでしょうか」

こうして話しているだけでも、次の患者への対応が遅れる原因になってしまう。

「さっさとリカバーしなさいよ。放ったらかしにされて、かわいそう」

心のどこかにふたをしたまま、作業に入った。

いくら痩せていても、大人のお尻は赤ちゃんのように簡単に持ち上がるわけではない。できうるならば二人で作業した方がいい。患者に無理な力がかからず、快適であるし、作業効率もずっと上がる。

いったん廊下に出た。

「小山田君、手を貸してくださーい」

四一三号室からひょいと顔を出した貴士から、「すみませーん、こっちも手が離せませーん」という答えが返ってくる。

桃香の仕事を手伝っている最中のようだ。どうにもタイミングが合わない。

素野子は、一人で猿川のおむつ交換をするしかなかった。

「猿川さん、お休みのところ申し訳ございません。失礼いたしますね」

眠っている猿川をなるべく驚かせないように声をかける。

そっと布団をはぐ。シーツに染みが広がっていた。

猿川のズボンを下げ、体を転がすように横に傾ける。素野子は自分の半身を支えにして患者を固定しつつ、シャワーボトルで陰部を洗い始めた。

「さっきから臭っていたのよ」

「……申し訳ありません」

背部に敷いた吸収シートにうまく水が染み込むよう、猿川の体の傾きを微調整する。

「かわいそう、かぶれてるんじゃないの？」

「きれいになりました。お肌は大丈夫です」

洗い上げた尻の水滴を拭く。シーツを丸めるように剝ぎ取り、新しい物を敷いた。

続いて猿川の尻に新しいおむつを当て、ズボンをはかせる。最後に布団を掛けたとき、視線の先の真紀子と目が合ってぎょっとした。

真紀子はソファーに座って脚を組み、こちらを凝視している。

「やっと終わったの？　のんびりしてないで、次からは早く来てよね」

素野子は自分の顔がこわばってくるのが分かった。

なぜ、そんな言い方をするのだろう。

これでも精一杯、あなたの親を快適にしようと頑張っているのに。

早くしてあげたいのなら、自分でやればいい。

「……ご案内し忘れていたかもしれませんが、おむつ交換は医療行為ではありませんので、ご家族がなさっても大丈夫ですよ。おむつは、そっちの棚に入っていますから、いつでもご利用ください」

真紀子が眉をピクリと上げた。

言い過ぎたかと思ったが、出てしまった言葉はもう取り消せない。

それに、間違ったことを言ったのではない。病院のルールを伝えただけだ。

「あーあ、こっちは高い個室代を払っているのに、気が利かないったらありゃしない。あなたは、私たちに『使われている』ということを忘れてるんじゃない？　あなたをクビにすることなんて簡単なのよ」

これまでに聞いたことがないような、ぞっとする低い声だった。

クビにすることなんて簡単――まるで陳腐なドラマのような脅し文句だ。

のんびり、気が利かない、使われている――言われた言葉がちくちくと心を引っかき、ひどくやるせない気持ちになる。

四一八号室を後にする直前、再び真紀子の低い声がした。

「私これから職場に戻りますけど、監視は続けてますからねっ。まったく、何をされるか分かったもんじゃないわ」

一瞬、息が詰まりそうになった。

――もう、無理。

目の前の風景がにじんでくる。けれど、雑念にとらわれている場合ではなかった。とにかく目の前の仕事を進めることに集中しなければ。自分たちを待つ患者はまだまだ気が遠くなるほど大勢いるのだから。

じりじりとした時間が過ぎた。

午後五時から午前一時まで、八時間にわたる準夜勤がようやく終わりに近づく。

日付が変わるころから、深夜勤の看護師が姿を見せ始めた。

足元がふらつく。奇妙な浮遊感を覚えつつ、申し送りを開始する。

これが終われば交代できるという思いだけが素野子の体を支えていた。

早く帰って仮眠を取らなければ。

そうだ、明日は翔平に会う日だった。

しまった――。

深夜三時には床についた。朝八時には余裕で起きられるはずだった。なのにもう午前十一時を過ぎている。渋谷ヒカリエで十一時に翔平と待ち合わせて、映画に行く約束をしていたのに。泣きたくなる。

スマホには、着信履歴が何件も連なっていた。すべて翔平からだ。慌てて折り返したものの、何度呼び出しても話し中だった。

今から渋谷では昼過ぎになるが、とりあえず大森駅に向かう。
〈ごめん寝坊しちゃった。いま家を出ました〉
LINEを送ると、すぐに返事が返ってきた。
〈大変だね〉
反応がそっけない。
〈準夜が大変だったの。ホントごめん。もうすぐ駅だから〉
手を合わせて謝る女の子のスタンプも送る。
〈今日はもうやめない？　ゆっくり寝たらいいよ〉
え？　と思った。
〈大丈夫、大丈夫！　そこまで体調悪くないよ〜〉
元気に見えるようにメッセージを送る。
〈帰るよ。無理させてるみたいで悪いからさ〉
むしろ会いたくない、と言われたように感じた。
漠とした不安の中に突き落とされる。本当に自分のことを思ってくれての言葉なのか。
会いたがっているのを知っているくせに、これではまるでお仕置きだ。
横断歩道を走って渡った自分が、愚かしく思える。何もかも面倒になってくる。
〈了解で〜す〉
沈んでしまいそうな思いとは裏腹に、明るい調子で応じた。

このところ翔平は、無理に会いたいと言わなくなった。

素野子の体調を気づかって、というのが表向きの理由。だが、本当は別の原因があるのかもしれない。

来た道をUターンする。前を行く若いカップルの姿が涙でにじむ。

もう、どうだっていいや。考えるのは止めよう。

バッグの中にあるイヤホンを捜す。とにかく大音量で頭を満たしたかった。

結局、イヤホンは見つからず、アパートが見えて来てしまう。

そのときスマホの通知音が鳴った。翔平からのＬＩＮＥだった。

〈ごめん、またね〉

素野子は、再び泣きそうになる。

自分の思い過ごしだった。二人の間は、何も変わっていない。

〈こっちこそ、ごめんね〉

うれしかったのはほんの短い間で、次の瞬間には違和感が生まれる。

なぜ翔平があやまるのだろう？

遅刻して約束をダメにしてしまったのは自分の方なのに。

ふいに眠気が襲ってきた。

スマホをバッグにしまおうとしたとき、左手からするりと抜け落ちた。アスファルトにぶつかり、鋭く硬い音がする。

強化シールを張っていたのに、液晶画面には大きなヒビが入っていた。

第七章　日勤―深夜勤―日勤―準夜勤―深夜勤―準夜勤―休日―日勤

――二〇一八年七月一日

休みたい――。

いつも浅い眠りのまま起こされる。横になった体を無理やり縦にする。病院に着くまでは、夢を見ながら歩いている感覚が続く。

ナース服に着替えてナースステーションに到着すると、申し送りに数々のタスクが並べたてられ、酸欠になりそうだ。そこへ重い疲労感が加わり、暗い水の中に沈んでいくような気分だった。

溺れまいと気を張り詰め、かろうじて眠気は吹き飛ぶ。けれど、冷水でかじかんだ手足のように、体は動かず、頭も働かない……。

病棟のすべてにおいて、忙しさが倍になった。新体制で過ごした二週間がひどく長く感じられる。

いつまで続くのだろうか――。

苦しいのは自分だけではないはずだ。桃香も貴士も、目の下がどす黒い。何としても頑張らなくては。

朝のミーティングが終わって早々、素野子は草柳師長から呼び出された。

「堤さん、ちょっと来てくれる？」

前と同じ大会議室へ促される。

今回も、他のスタッフには聞かせられない話がある、ということだ。

座りましょ——と言って師長が椅子を引き寄せた。素野子は斜めに向き合う席に腰を下ろす。

「あなたが一方的に悪いとは思っていないから誤解しないで聞いてね。例によって、今朝、またクレームが届いたのよ。今度は文書。『堤という看護師はツンとすまして患者や家族を無視するし、攻撃的だ。あんな失礼な態度は改めさせろ』ってね」

手帳にはさんだメモ用紙を見ながら、師長が困ったような表情で話す。

猿川真紀子だ。

この間もそうだった。

真紀子は、おむつ交換をした際のやり取りを根に持ち、「下の世話は家族でしろと看護師に命令された」と苦言を呈した。だが草柳師長は、発言の真意が、「おむつ交換はご家族でもできますよ」という趣旨だったと知らされ、「そんなことだと思ったわ」と肩をすくめた。

師長も分かっているのだ。本当は真紀子が難癖をつけているということを。

「すみません。でも無視なんて、まさか。最初のクレーム以来、ちょっと怖くなってしまって。真紀子さんの前で不用意なことを言わないように、言葉を慎んでいたのがよくなかったのかもしれません」

今回も理解してくれると思った。しかし、今日は少し風向きが違った。

「……とにかく、あのご家族は、細心の注意が必要ね。以前に田口主任から、あなたに土下座して謝罪させたと聞いたときは申し訳ないと思ったけれど、それもあなたや病院を守るため。でもね、今回はあなたが攻撃的だというクレームのほかに、また困ったことを言ってきたのよ」

「どんなことでしょう？」

素野子は不安になった。指先が冷たくなる。水に浸かって、しびれ始めたような感覚だ。

「父親が誤嚥性肺炎になった原因は、口腔ケアを怠った看護師の責任だから、入院費を無料にしろと言ってきたのよ。さすがに病院もそこまでの対応はできないと却下する方針だけどね」

「そんなことを……ほかには？」

訴えると言われたことが、ずっと心に引っかかっていた。

「文句を言われているのは堤さんだけじゃなくてね」

師長は苦々しい表情でうなずいた。

「昨日は、ほかのナースが非難されたのよ。『夜中、怖い顔をしてのぞかないでほしい。父がおびえるので』と」

同僚の話になったということは、今のところ素野子だけに対して訴訟だ、業務上過失傷害だ、とまでは言い出していないようだ。

「私も怖い顔をしていない自信はありません」

暗がりの中で患者が苦しんでいないか？　ベッドから落ちていないか？　夜勤の看護師は、常に緊張しながら病室を見て回る。しかめっ面になるのは仕方がない。

それに患者は夜、眠りについている。看護師が「怖い顔」を目撃される機会はめったにない。

師長が鼻の奥で笑う。

「あなたの真面目さは貴重よ。夜中にニコニコなんてしてる場合じゃないのも分かってる。でもね、ナーバスな家族は常に一定数いるから、それなりに対応していかないとね」

師長に言われると、不思議にその通りだと納得させられる。

「はい、すみませんでした」

素野子は素直に頭を下げた。

一瞬の間があき、師長に正面から見つめられた。

「あのね、実は堤さんを田口さんの後任の主任にしようと考えてたの」

思いもよらぬ話だった。

そこに、小さなため息が割り込んでくる。

「……でも、こんなに苦情が来ると推薦しにくくなっちゃうから、気をつけてほしかった。これまであなたはよくやってくれていたし、私も頼りにしていたのに。悪いけど、今回は見送らせてもらいます」

師長はそう言うと、「話は以上よ」と手帳を閉じて立ち上がった。

師長が会議室を出た直後、素野子の口から普段、使ったことのない言葉が漏れ出てきた。

「バッカヤロー……」

と、同時に視界がぼやける。

主任手当は月に五万円だ。決して小さな金額ではない。母が働けなくなった分、是非とも欲しいお金だった。

ナースステーションに戻り、素野子は黙って仕事を開始した。

とにかく仕事に集中しよう。

そうやって体を動かしていないと、何かを叫んでしまいそうだった。

点滴作成を終え、朝のラウンドを開始しておむつ交換とトイレの介助に入る。

「堤さん、ありがとう」

四〇一号室では早苗に感謝の言葉をかけられた。だが、笑顔を返すことができない。

「あ、珍しい。いつもは看護師さんって呼ぶのに」

一緒に作業する貴士が、目を丸くして早苗と素野子を交互に見た。

気がつかなかった。初めて早苗に名前で呼ばれたことに。

以前ならうれしかったはずだ。けれど、なぜか素直に喜べない。それが何なのか、とさえ思ってしまう。

「どうかしたんですか？」

貴士が心配そうな顔を向けてくる。

「ん、ちょっと頭痛がして」

特に痛みがあるわけでもなかったが、そんな言い訳をしてしまう。

午後五時。日勤が終わり、すぐに帰り支度をした。今日はいったん帰ってから、八時間後には再び深夜勤務に就かなければならない。

「ちょっと体調が悪くて、すみませんがお先に失礼します」と謝りながらナースステーションを出た。

定時に帰るだけなのに、なぜこんなにも卑屈にならなければいけないのか。

暗い水の中に沈んでいってしまいそうな嫌な感覚はまだ残っている。

そういえば朝からずっと食事をしていない。なのに食欲はまったくなかった。


「ただいま」

午後六時。誰もいないアパートの部屋に向かって声を出す。その方が、仕事が終わったと実感できるから。

手を洗い、ベッドに倒れ込んだ。そのまま目を閉じる。

母には、立ち寄らずに帰る旨をＬＩＮＥで伝えておいた。

せっかく普通の時間に帰れたのだ。しっかり眠らなくては。

目をつぶっていても、眠気はなかなかやって来ない。眉間の奥に重いしこりを感じる。

突然、猿川真紀子の細く吊り上がった目がフラッシュバックした。

――あなたをクビにすることなんて簡単なのよ。

体がぞくりとする。単なる捨てぜりふではなかった。

少なくとも真紀子の言葉は、主任への昇進を止める力はあったのだ。

もし自分が今の病院をクビになれば――。

母は落胆するだろう。新しい病院で新人として再スタートすれば、給料は確実に下がるはずだ。患者やスタッフについても、物品の保管場所も暗黙のルールも、病院のありとあらゆる事柄を一から覚え直さなければならない。しかも、夜勤シフトは今よりもっと増えてしまうかもしれない。

ぐるぐると、そんなことが頭を巡った。

眠らなければ。このあとの深夜勤がつらくなる。早く眠らなければ。

エアコンをかけているのに、いつまでも汗が出てくる。気持ちが悪かった。

そういえば、今日は今年初めての猛暑日だと桃香が言っていたっけ。

気がつくと夜の十時になっていた。

記憶の抜け落ちた時間があるということは、少しは眠ることができたのか。

一時間後に家を出なければならなかった。素野子の決めた定時、午後十一時半に病院に着くために。

帰宅してからも何も口にしていない。シャワーも浴びていない。

体を起こそうとしたが、頭がひどく重かった。無理に起き上がれば吐いてしまいそうだ。

体が目覚めるまで、横になったまま過ごす。スマホを引き寄せ、ツイッターをチェックしてみた。

天使ダカラさんはどうしているだろう。

天使ダカラさんの最後のツイートは、二週間前の六月十七日だった。それ以来、ツイートは更新されていない。これまで数日くらい飛ぶ日はあったが、十日以上というのは珍しかった。

天使ダカラさんの叫びを聞きたかった。

どんな言葉でもいい。それを読めば、自分だけじゃないと思えるから。

がっかりし、ますます気分が下がった。

スマホ画面をオフにしようと思ったところで、着歴があるのに気付く。見覚えのない電話番号からの不在着信だった。

——あの、小山田です。

留守電には、それだけが入っていた。病院で何かあったのか。

「げ、やな予感」

思わず声に出る。素野子は一体何のトラブルかと思いを巡らせつつ折り返す。

「堤です。何か失敗した？」

「んな、いきなり……」

「なに。どうしたの。まさか深夜勤を休むとか？」

「違いますよ」

貴士の声はどこかのんびりしていた。

「今日の堤さん、すごくつらそうだったんで、大丈夫かなと思って」

意外だった。自分がそんなふうに見えていたとは思わなかった。

「なーんだ、びっくりしたよ。トラブルでも起こしたのかと思って」

「驚かせてすみません。大丈夫ならいいんです。本当に大丈夫なんですよね？」

貴士が何度も尋ねてくる。

「私、そんなに変だった？」

「なんか……いつも以上に、はかなげで」

聞き慣れない「はかなげ」という言葉に笑った。

「何言ってんの。大丈夫だよ、消えないから。じゃあね」

さらに「心配してくれてありがとう」と付け加える。

「素野子さん、とにかく元気出してください」

貴士はそう言って電話を切った。

思いがけない相手からの励ましだった。

そう言えば——。

あの貴士に、最後は名前で呼ばれたことに気づく。

「部下のくせに、なれなれしいなあ、もう」

口元から苦笑いが漏れる。

どこか軽やかな気持ちになって立ち上がり、玄関のドアを開けた。

空に月が浮かんでいた。思いがけないくらい大きな月だ。

以前、産科のナースに、満月の夜は出産が多いと聞いたことがあった。

だが素野子としては、むしろ「満月の夜は亡くなる患者が多い」というのが実感だ。

月明りに照らされた道を歩きながら、猿川菊一郎の名前が浮かんだ。

鼓動が激しくなってきた。

考えまいと、首を左右に振る。

猿川の娘の顔が頭にちらつき、いつまでも動悸は治まらなかった。


八時間の深夜勤務を終え、翌朝十時に帰宅する。

そのまま眠り、目が覚めた。

まだ明るい。今は何時だろう。

時計の針は五時をさしている。夕方なのか、それとも次の日の朝なのか。

時間の感覚がおかしくなっている。昼夜をさまよう母と同じだ。

スマホで日時を確認する。七月二日の午後五時。ということは、ちょうど七時間ほど眠った計算になる。しっかり睡眠を取れたのは久しぶりだ。そう思うと、少しうれしかった。

ひどい空腹を感じる。昼食をとらずに過ごしてしまったせいだ。これから何かを食べる時間はあるのだろうか。

ハッと我に返って手帳を開く。大急ぎで今日と明日の勤務シフトを確認した。

七月二日（月）　明け
七月三日（火）　日勤

大丈夫だ。今夜は、部屋にいられる。そして、出勤は明日の朝でいい。

昨日の勤務については、記憶があいまいだった。

朝から日勤をこなし、夕方帰宅して自室でほんの少し仮眠した後、夜中に再出勤して深夜勤に入り、朝、心身ともに疲れ果ててようやく家に帰ってきた。

とりわけ深夜の時間帯に起きた出来事は、遠い彼方にある。思い出そうとしても、まだら模様がさらにうすぼんやりとしているような状態だ。

月を眺めながら病院に着いたところまでは覚えている。けれど深夜一時から朝の九時まで、どんなふうに働いたのか。必要な作業に追われるがまま、ただただ忙しく動き続けたことくらいしか残っていない。

田口主任がシフトから外れて以来、以前のような「明け・休み」という実質二日に及ぶ休日がなくなった。師長からは、「緊急事態で特別だから、今だけ泣いてちょうだいね」と言われている。

「特別」はいつまで続くのか。

エアコンもつけていないのに、素野子は妙な寒気を覚えた。

頭が少し重い。体のだるさも残っている。

気分を変えれば具合もよくなるかもしれない。明日の朝まで、久しぶりに与えられた貴重な自由時間だ。有意義に使わなくてはもったいない。

素野子は気分転換のため、思い切って家の外に出てみた。

行く当てはなかった。けれど何の目的もなく歩くのが、とてもぜいたくに感じられる。

大森駅の西側、池上《いけがみ》通りに新しくできた素朴な雰囲気の喫茶店に心がひかれた。店先のメニューには、いちごのケーキが絶品と書かれている。日頃の自分へのごほうびに食べてもいいかと考えた次の瞬間、やっつけるべき用事があったのを思い出した。

大森駅前の携帯ショップに入る。アスファルトに落としてひびの入ったスマホの画面を見てもらうためだ。店員によると、液晶が壊れており、新しいスマホを買う方が安いということだった。余計な出費を思って憂うつになる。

「また来ます……」

席を立った。笑顔で迎えてくれた店員に対し、自分が不機嫌な客になってしまった事実に気づく。店を出るとき、それが無性に恥ずかしかった。

携帯ショップのそばにあるカット千円の店で髪を切る。その二つ先にある百円ショップで水切りネットや洗剤、風呂掃除のスポンジなどを買い求めた。

気になっていた用事が次々に片付くのは気持ちがよかったが、いつの間にか外は薄暗くなっていた。もうこんな時間かと、夕食に思いを巡らす。

母には今日、家へ行くと伝えてあった。

残念だけれどいちごケーキはあきらめよう。浮いた分でリッチな夕食にすればいい。

商店街の惣菜店でコロッケとひじきの煮物、チキンの唐揚げ、八百屋では旬と表示された高原キャベツを買った。いつものミニスーパーで水ようかんを安売りしていたので、それも買う。普段より華やかな夕食になりそうでウキウキした。切らしてしまいそうだった卵や牛乳、納豆も買いそろえる。

「堤さん」

突然、背後で声がした。

振り返ると、背の高い男性が立っている。

――貴士だ。眼鏡をかけていないから、一瞬、別人かと思った。

「あれ、小山田君！　なんでここに？」

貴士が困ったような表情になる。

「小山田君の家、この辺だっけ？」

「僕だって、好きな店で買い物くらいしますよ。堤さんがほら、この商店街のコロッケがおいしいって言ってたから」

「そんな話したっけ。私、買ったところよ」

素野子は大きく膨らんだバッグを軽くたたく。

「小山田君、眼鏡は？　コンタクトしてるの？」

「違います」

「じゃあ、何で……」

「ピントの合わない目で、ボーッと景色を見るの、好きなんです。気楽な気分になれて」

「何それ」

素野子は思わず笑った。

「でも堤さん、元気そうでよかった」

「どういうこと？」

分かっていたが、あえて気づかないふりをする。

「昨日の日勤、深夜勤と、堤さんホントに大変そうでした」

「そうかな。気のせいだよ」

精神的に追い詰められている現実を、後輩から指摘されるのは恥ずかしかった。

「いえ、素野子さん、何かこう、すごく煮詰まってるというか、真っ黒に焦げちゃいそうな感じで……」

黒じゃない。勤務中の記憶が白くなってしまうほどの、強いストレスがあったのは確かだ。

「だからって、偵察みたいなまねをするのはやめてよ。私は大丈夫だから」

「違います！」

貴士は再びきっぱりと同じ言葉を繰り返した。

「偵察は、敵の様子を探ることです。僕は、あなたの味方ですから」

貴士はくるりと身を返した。

「じゃあ、また！」

貴士はコロッケの店とは反対の方へ走り去った。黄色いポロシャツの背がいつまでも揺れていた。

実家に着いた時、母はまだ眠っているようだった。台所で食事の準備をする。惣菜を器に分け、千切りキャベツはサラダボウルに盛りつけた。

時刻は午後七時半。母はまだ食べに来そうにない。レンジで温められるようにラップして、冷蔵庫に入れた。

母はなかなか起きて来ない。一人で先に食事を済ませる。テレビをぼんやりと眺める。

午後九時、洗い物をしていると、母が台所に現れた。

「今日は、息がしやすいわ」

しばらくぶりに母の顔を見たような気がした。

「よかった。お母さん、ごはん食べるよね？」

母は弱々しい笑顔を見せる。顔全体がしわで覆われ、驚くほど年を取って見えた。

「ありがとうね、素野子」

しゃがれた声が痛々しい。

素野子は冷蔵庫からラップをかけた器を取り出し、電子レンジにかけた。

大ぶりのコロッケとチキンに、山盛りのキャベツを添える。煮物の小鉢も温めた。

「このキャベツ、おいしそう。素野子は本当に千切りが上手だね」

母はキャベツの千切りを残さず食べた。

「水ようかんも食べる？」

母はうなずいた。

食欲の落ちた母が、デザートまで食べてくれる。調子がいい証拠だろう。

夕食が終わると、母は朝刊を手元に引き寄せた。

もう夜だよ――という言葉を胸にしまう。これが母にとって日常の始まりなのだ。

母は、新聞の真ん中あたりのページを開けて熱心に読み始めた。人生相談の欄は、昔から母のお気に入りだ。

日勤、深夜勤、明け、日勤――不規則な勤務のため、母とのんびり食卓を囲むことができるのは何日かに一度に限られる。ましてや、手作りの料理を食べてもらう機会はほとんどない。

休みの日の献立を考えるのは、素野子にとっても楽しみだった。

「今度はギョーザを手作りしてみようかな」

「いいね、おいしそう」

熱いお茶をすすりながら、母がほほ笑む。そしてまた紙面に目を落とす。

その姿を見ているだけで、素野子は穏やかな時間が刻まれているのを感じ、安らいだ。

午後十時を回ったところで、アパートに戻る。

そろそろ部屋を片付けなければと思いつつ、ベッドを見ると反射的に寝転がってしまう。一度その体勢になると、あまりの心地よさに動けなくなった。掃除だけでなく、洗濯物も残っている。罪悪感を覚えるが、それでも動けない。

水槽の中で半ちゃんは、飽きずに行ったり来たりを繰り返していた。

素野子が近づいて手を振ると、ひどくおびえる。だが見えない方の目がこちらを向いているときは、何をしても驚かず、ゆうゆうとしていた。

見えなければ、見ないことになる。素野子は妙に納得する思いだった。

商店街で会った貴士が、眼鏡を外していたのを思い返す。

見えたところでどうしようもないことは、見ないでおけばいい。

気にし過ぎず、淡々と自分の仕事に集中しよう。

言うほど簡単なことではないけれども。

「敵ばかりじゃない。味方もいるのだから……」

素野子は、久しぶりに静かな気持ちで目を閉じた。


翌朝、素野子は午前七時四十分に病院の更衣室でナース服に着替えた。

家を出るギリギリまで眠れたので、今日はすっかり新しい時間が始まったのを感じる。

大きな鏡に自分を映した。以前の深夜勤務明けとは姿勢や顔つきが違う。自分はちゃんと干物から鮮魚に戻れたようだ。

午前十一時、八十二歳の女性患者が卵巣癌で亡くなった。

四一五号室にいた東療養病棟の有名人、博多出身の大友《おおとも》千夏《ちなつ》だ。

若いころは卓球の選手で、国体やオリンピックに出るほどの実力者だったという。優しい顔をしていたが、着替えや入浴を拒否するときは「嫌と言ったら嫌なんです」ときっぱりした言い方をした。芯の強さを感じさせる女性だった。

千夏は、看護師の間で一番の人気者だった。おむつ交換をするたびに「ありがとね、ありがとね」と感謝してくれた。

看護や介護の行き違いやミスがあっても、「よかよ」と柔和な笑顔で応じてくれた。とりわけ素野子には、「はよ、お嫁さんに行かなね」と声をかけてくれた。

千夏は認知症もあった。最近は焦点の定まらない表情をしていることが多かった。けれどラケットを持たせると顔つきが変わり、姿勢もしゃんとした。

千夏の元気がないときは、素野子がラケットを振るそぶりをして見せた。素野子のサーブに、彼女も「エアー卓球」で打ち返してくれた。そうやって遊んでいるうちに千夏の表情は生き生きとなったものだ。

素野子は、三歳のときに母方の祖母を亡くしている。

祖母の記憶はほとんどないが、高校時代に陸上の全国大会に出場した経験があると聞いていた。千夏の看護をしながら、ふいにそのことを思い出した。

もしも生きていれば、祖母は千夏のような人だったのではないか。素野子はそんなふうに親近感を覚えていた。

貴士とともに、千夏のご遺体の処置に入った。

上顎の奥に綿を薄く置く。こけていた頬に自然な膨らみが生まれた。入れ歯が合わなくなっていたので、歯列の代わりを綿で作ったのもよかったようだ。まぶたもきれいな形で閉じている。元スポーツ選手で体つきがしっかりしていたこともあり、白装束もうまく着つけることができた。

「堤さん、エンゼルケア完璧ですね」

生き生きとなった千夏の顔を見て、貴士が驚きの声を上げる。素野子もうれしかった。

「あっ……」

千夏の手を胸の前で組ませようとしたとき、爪が少し伸びているのに気づいた。

祖母のような千夏の手を、このままにしておくわけにはいかない。急いで爪切りで整えた。

「よし、今度こそ完璧だ」

ひそかな満足感とともに、素野子はそうつぶやいた。

千夏のご遺体をストレッチャーに移してシーツをかぶせた。貴士と二人、静かに手を合わせた後、職員通路を通って一階の霊安室へ向かう。

花と灯明《とうみょう》をしつらえた祭壇の前に安置すると、真っ白なクロスに包まれた亡き人の姿は神々しく見えた。

「大友さん、天国へ行く準備が整いましたよ」

顔に掛けた白い布をきれいに整える。

それから素野子は祭壇の前から下がり、千夏に向かって深々と一礼をした。

素野子は感謝の念に包まれる。千夏の看護を通じて、貴重な気づきやたくさんの優しさをもらった。そのうえ、お給料までいただけた。

東療養病棟へ戻り、静かな気持ちで他の患者のラウンドを再開する。

しばらくたったときだ。千夏の家族が血相を変えてナースステーションにやって来た。

「ちばでとぉ、ちばとめて！　ひどかことになっとー」

高齢の男性が何かを叫んでいるが、さっぱり要領を得ない。

男性とともに霊安室に続く階段を駆け下りた。

「きゃーっ」

霊安室の方から、女性の叫び声が聞こえてきた。

新たに到着した親戚の悲鳴のようだ。

慌てて霊安室に入る。千夏の体に掛けられた白い布が、赤く染まっていた。

素野子は頭が白くなった。千夏のご遺体に異常事態が起きているのは明白だ。

ご遺体の布をそっとめくる。

あろうことか、白装束の胸から腰にかけてまで血で染まっていた。

足がすくみ、ガクガクと震える。

目を凝らすと、千夏の手の指先から細い赤い線が流れていた。指先の出血が染み出したのだ。

しまった――。

亡くなった後に爪を切ったせいだ。泣きたくなるような大失態だった。

「ここは、なんちゅう病院だ！　責任者を呼べ！」

競技団体の幹部を名乗る背広姿の中年男性が、廊下に響き渡る声でわめき立てた。千夏の長男だ。

怒るのは当然だった。死亡した母親の体から血が流れ出しているのだから。

素野子は謝罪を繰り返した。

「本当に申し訳ありませんでした」

素野子が爪を切ったとき、ほんのわずか、指先の毛細血管を切ってしまったようだ。死後は、血液の凝固作用が失われる。そのため、ごく小さな傷からジワジワと出血が続き、こうした事態を招いてしまったに違いない。

出血の理由を説明しているうちに、素野子は情けなくて涙ぐんでしまった。疲れて手元が狂ったのか。いや、そもそも死後に爪を切らねばならないようなケアをしたのがいけなかった。いずれにしても、あってはならない失敗だった。

「よかよか」

高齢の男性の声がした。千夏の夫だった。

見舞いに来るときはいつも寡黙で、ほとんど声を聞いたことはなかったが、千夏が口にしていたのと同じ優しいイントネーションだった。

「あいつなら、そう言って笑ったはずです。そげん人やった」

父親の言葉に、怒鳴っていた息子もはっとした表情になる。

「放っとかれたんでなく、世話してもらった結果やけんな」

「ほんまよ。よかれと思ってやって、こうなったんやから。これまでも堤さんにはよくしてもらったし」

娘もそう言ってほほ笑む。

「堤さん、もういいのよ。お仕事、大変だけど頑張ってくださいね。母は堤さんのことを心から信頼していました」

娘は、頭を下げ続ける素野子を励ましてくれた。

「申し訳ございません。最後の最後に千夏さんをこんなふうにしてしまって。本当に残念です……」

「気にせんでよかよ。かあちゃん、日の丸の旗に包まれて、金メダリストんごと見える」

「ほんまや。堤さん、今までありがとうございました」

そこにいる全員が泣き笑いの中にいた。

その後、草柳師長から厳しい表情で呼び出された。

「堤さんらしくもない。一体どうしたの」

叱られるのは当然だ。疲れや多忙は言い訳にはならない。素野子は何度も謝罪と反省を口にした。

こんなことでは永久に主任になれないだろうと絶望的な気持ちになりながら。

毎月の生活はきつかった。自分の生活に加えて、実家のローンも負担するようになったためだ。

働けなくなった母に代わり、素野子の方から申し出た。

この生活を維持するためには、これ以上、何をすればいいのだろう。

母の唯一の楽しみである新聞を止めるのはかわいそうだ。食事のおかずを減らし、半ちゃんを川に放した方がいいのだろうか。それで一体、どれくらいの節約になるだろう。

昼休み、休憩室の個人ロッカーに入れておいた弁当を取りに行く。昨晩の夕食の残り物とごはん、それに梅干しを加えただけの簡単な昼食だった。

今日だけは、一人になりたい。

同僚たちとの会話に加わる心の余裕がなかった。

人けのない屋上へ向かう。向かいには学校や川が見渡せる。日差しは強いだろうが、一人になれる気楽さのある場所だ。

屋上へ続く鉄扉を押し開けると、すでに先客がいた。たった一脚しかない古びたベンチに男性が腰かけている。

施設管理の望月だった。食事中のようだ。

「おや、堤さん。こんにちは」

引き返そうと思った。ところが、即座に望月が腰を大きく動かし、ベンチの半分を譲ってくれた。

「よかったら、どうぞ」

「あ、すみません」

素野子は望月の隣に座る。

弁当箱のふたを開けた。梅干しに染まった白飯が、一瞬、千夏の白装束に見える。

膝に載せた弁当箱を閉じた。

いつの日か自分も母のようになりたいと、理想に燃えて看護師になった。でも現実は想像したようにはいかない。

「堤さん、気分でも悪いんですか？」

望月が心配そうな顔で首をかしげる。

「あの……ハウスものですけど、これ、良かったら」

そう言って望月はミカンを差し出してきた。

「おっさんが邪魔なら消えましょうか？」

「いえ、違うんです。私、このところ失敗続きで……」

沈んだ表情を取り繕えないまま、ミカンを受け取る。

一生懸命に生きているつもりだった。なのに、問題ばかりだ。

真面目に頑張っているのに、ミスしてしまう。

誠実に向き合っても、責められることが多い。

収入はあるのに、借金に追われている。

休みはあるのに、いつも睡眠不足だ。

何が間違っているのだろう。

「――みんな、何かしら抱えているもんですよ」

望月は遠くを見ながらつぶやいた。

「堤さん、嫌なら答えなくていいんですが、ご家族はいらっしゃるんですか？」

意外な質問だった。

「ええ、母がいます」

「よかった。心が折れそうなとき、そばにいてくれる人がいるのはいいことです。お母さんがいらして、本当によかった」

望月の「お母さん」という言葉の響きがとてもあたたかくて、心が震えた。

思わず両手で顔を覆う。

母はただでさえ病気で苦しんでいる。仕事がきつい、毎日が苦しいなどと言って、母を落胆させてはいけない。自分が母の支えにならなければ。もっともっと頑張らなくては——。

自分は母の存在を、プレッシャーに感じていた。けれど同時に、お母さんがいてくれてよかったという思いも自分が心の底から感じていたと気づかされる。

望月にもらったミカンを食べた。とても甘かった。

「……ありがとうございました。そろそろ病棟に戻ります」

素野子はそう言って立ち上がった。少し遅れて入った早昼の休憩時間は、間もなく終わろうとしている。師長からは、午後の勤務に就く前に「流血事件」の始末書を書くように言われていた。それにミーティングの準備もある。

仕事は山積みだ。こなしても、こなしても、いつになっても終わらない。

「いってらっしゃい」

望月は、弁当箱を包んでいたハンカチを手にし、旗のように振った。

素野子を笑わせようと、わざとひょうきんに振る舞ってくれている。

——ああ、ハンカチにはあんな優しい使い方もある。

素野子は手を振り返した。もう片方の手の中にはミカンの皮。

不思議に元気が出てきた。

「ごちそうさまです」

左手の指先から漂うシトラスの香りを楽しみながら、ゆっくりと階段を降りる。

望月も貴士も、優しい気遣いを見せてくれる。

自分は一人じゃない。

仕事のミスも、そのほかの問題も、何も解決したわけではなかったが、頑張ろうという気持ちが戻っていた。

しかも今夜は、翔平とのデートがある。翔平が都合をつけてくれたのは久しぶりだった。


新たな気持ちで病棟に立つ。

病室ではいつも以上に患者と家族の声に耳を傾け、ナースコールが鳴れば真っ先に駆けつけた。

「測定、測定、測定――観察、観察、観察」

ラウンドの際は、草柳師長に教わったナースのルール215を胸の中で唱え、患者のヴァイタル測定と体調変化のチェックに念を入れた。

素野子はこの日、準夜勤のチームから小さなことでヘルプを求められた。

毎度のことだ。快く手伝いに応じる。

慌ただしい雰囲気の中で作業を続けたが、残業はじきに区切りがついた。

休憩室でようやく帰り支度に入る。すると準夜勤の看護師が駆け寄ってきた。

「堤さん、今夜は予定があったんでしょ？　忙しいのに残ってくれてありがとう」

先週、消化器外科のドクターとの婚約を電撃発表して羨望のまなざしを一身に集めた同期の久保玲奈だ。ただし、ご自慢のリングは左薬指にない。勤務中は「アクセサリー禁止」だから。

「お互いさまよ。じゃあ、お先にね」

素野子がそう言っても、玲奈は仕事に戻ろうとしない。

「ホント助かった。じゃあ、今度お礼にごはんでも」

夫になるセンセイのこと、挙式のプラン、新居の候補地、二人の将来のことを、またの機会にじっくり聞いてほしい——。そんな甘いオーラが漂ってくる。

「うん、今度ね」

お守り代わりのフォブウォッチに目をやる。大切な約束の時刻が近づいていた。

私だって、と思う。

二子玉川駅への道を急ぎながら、銀の時計を強く握りしめる。

午後七時ギリギリに西新宿の高層ビルに着いた。

すでに翔平は、待ち合わせた上層階のイタリアン・レストランで席についていた。

「待った？　ごめんね」

翔平は、いつものように「全然」と首を振る。

「話があるんだ」

珍しく翔平の声が弾んでいた。

胸の奥が熱くなる。

「なに、なに？」

まさか、結婚の話だろうか。

ウエイターが来て、コルクの栓を抜いた赤ワインをうやうやしく注いだ。

「きれいなルビー色だね」

翔平がテイスティングする。それを素野子はもどかしい思いで眺める。

「乾杯」

ワイングラスを差し出す翔平の動きに応え、素野子は、唇の触れるリムの部分を軽く当てた。

「さて、実はね……」

翔平がやっと口を開いた。

「やっと留学が決まったんだ」

「へ？」

意外な言葉に、素野子は少し混乱する。

「留学……どこへ？　何か月くらい？」

「九月からドイツへ三年間。最新のオペを勉強させてもらえるんだ。日本では誰もやってないから、第一人者になれる」

翔平の声は、興奮で震えていた。

「三年……」

「日本でたった一人しかできない手術ができるようになるんだぜ。まず、ドイツ語を勉強しないと。英語でもコミュニケーションは取れるだろうけど、ある程度は現地語ができた方がいいし……」

翔平はイキイキとした目で語り続けた。

初めて聞かされる話だった。

その未来図には、素野子の、素の字も出てこない。

素野子は深い孤独を感じた。翔平がこんなにもうれしそうなのだから、自分も喜んであげなければいけない、とは思う。

けれど頭の中は不安で押しつぶされそうだった。

「私はどうなるの」と言いたいのをこらえて、翔平の唇が動き続けるのをぼんやりと見つめ続ける。

「うん？　素野ちゃんは手術なんかに興味ないか」

素野子は我に返った。

「そんなことないよ、すごいなあって感心してたんだよ。でもさ……」

翔平がきょとんとした顔になる。

「でも、何？」

分からないのだろうか。

素野子は、少し口をとがらせたまま下を向く。

「ちょっと、寂しくなるかなって」

そこまで言った後、素野子は顔を上げ、目いっぱい口角を引き上げる。

「そんな顔するなって。大丈夫だよ、ＬＩＮＥもあるし。遊びにくればいいじゃん」

「遊びにって、ドイツに？」

留学について事前に聞かされていたら、もっと違った反応ができたかもしれない。

「来年の夏休みにおいでよ。あちこち、案内するからさ」

仕事は簡単に休めない。それに、あれもこれも引かれて苦しい収入の、一体どこから旅費を捻出すればいいのか。しかも、来年とは――。

「うーん、行きたいけど無理かも……」

「そうだよな。素野ちゃんは責任感があるから簡単に仕事を放り出せないもんな」

翔平からは、「一緒に行こう」とか、「三年待っていてほしい」とか、そうした言葉は一向に出てこない。

翔平にとって、素野子はその程度の存在だったのか。

いろいろな言葉も、その場だけのものだったのか。

心の支えになってくれると思ったのに――。

素野子は、だまされ、はぐらかされたように感じた。婚約していたわけでもないから、自分が正しいかどうかは分からない。ただ、言葉にできないような怒りがわいた。

いや。素野子には、たった一つだけ翔平の不誠実を非難できる点があった。

「でもさ、たんぽぽ見に行くって。来年か再来年に北海道に見に行こうって言ったのはどうなるの？　約束したじゃん」

翔平の表情がすっと消えた。

「ごめん、素野ちゃん」

「ね、どうするの、たんぽぽ公園」

「…………」

素野子の剣幕に驚いたのだろうか。翔平は無言だった。

「そんなふうに言うなら、リセットしよう」

「え？」

リセットって何——。

「あのね翔ちゃん、来年の北海道は、もちろん行けなくてもいいよ、それはしょうがないよね。でも、でもさ、日本に一時帰国したときには行くよね。翔ちゃんが帰れるときってあるのかな？　メールはいつでもできるよね……」

素野子はベラベラとしゃべり続けた。翔平がそうだねと言ってくれるように。

けれど、翔平は少し迷惑そうな顔をした。

「リセットというのは……つまり、僕たちのこと」

翔平は哀れむような視線を向けてきた。

そのあと翔平が何を言ったのかは、よく覚えていない。

翔平は自分と結婚したいのだと思い込んでいた。だがそれは一人よがりだったのだ。

素野子はいたたまれなくなり、席を立つ。

「帰るの？」

翔平が、どこかうれしそうな声を出した。

「……ごちそうさま」

素野子はやっとそれだけを返す。

「じゃあね。僕はもうちょっとワインを飲んでから帰ろうかな」

翔平からは引き止める言葉も、帰る理由を尋ねる言葉もなかった。

アパートの部屋に着いてからは、何も考えられなかった。

アルファベットチョコレートをひたすら食べ続ける。

スマホを確認する。翔平からの連絡はない。

コンビニで買った赤ワインのスクリューキャップを開ける。ポテトチップスの大袋も持ってきた。

水の中で半ちゃんがじっと動かずにいた。いつもなら左から右、右から左へと泳いでいるのに。どこか、素野子を見つめているようでもあった。

「半ちゃーん、翔平が意地悪するんだよお」

水槽の前で手を振る。半ちゃんは、ひらりと身をかわすように反転し、再び元の場所に戻ってきた。

「まさか、本気で別れるつもりじゃないよねえ」

半ちゃんは動かない。

やっぱりそういうことかという思いと、そんなはずはないという思いが交錯する。

電子音が鳴った。

はっとしてスマホを手に取る。

ずっと前に友だち登録した美容室からのＬＩＮＥで、半額キャンペーンが始まるという知らせだった。

どれくらいたっただろう。

気づいたら、ワインは瓶にほとんど残っていなかった。

「なんだかなー」

深夜一時。天使ダカラさんのツイッターの更新もない。

電話の着歴をスクロールする。母と翔平以外は、保険会社や宅配便などの事務連絡ばかりだ。

高校時代の同級生、椎子の電話番号があった。けれど、今は話したくない。

無性に寂しくなってくる。

小山田貴士の電話番号で手が止まる。えい、とリダイヤル・ボタンを押した。

「もしもーし、つっつみでーす」

自分が妙なテンションになっているのがおかしくて、ゲラゲラと笑い出してしまう。

返事がない。

電話の向こうは妙に静かだった。

「あ、もしかして寝てた？」

怒ったのだろうか。

「ごめん、ごめん。切るねー。おやす……」

スマホを耳から離す直前、「ちょ、ちょっと待って」という声が返ってきた。

「あの、素野子さんですよね？」

「そーよ」

「酔ってます？」

貴士の声は、不審者に対応するかのようだった。

「酔ってません！」

大量に飲んだ。けれど、酔っているとは思わなかった。

アルファベットチョコレートのセロファン包みがそこらじゅうに散らかっている。

ゲップが出た。異常に甘ったるい臭いがする。

「あー、気持ち悪い」

「堤さん、どうしたんですか」

いつもの貴士の声がした。

「どうもこうもしてないよー」

「なんか、おかしいですよ」

「おかしい？　そっかなあ」

誰かと話をするのは、それだけで気持ちがいい。しゃべっている間は、嫌な気分が消えた。

「まさか失恋ですかあ？」

「え……」

一発で指摘されてしまい、急に頭が回らなくなる。

「ヤバ……。失恋って、冗談のつもりだったんすけど」

貴士がうろたえた声になった。

それでも言葉を返せない。

「もしもーし、起きてます？」

「……うん」

ほとんど声にならなかった。

「あの、すみません。何があったか知りませんが、元気出してくださーい」

無理したような明るい貴士の声がする。

「素野子さんは、すごくキレイじゃないすか。だから大丈夫ですよ」

何か返事をしなければ。そう思うのに、素野子は何も言えない。無言の時間が過ぎた。

突然、やわらかな歌声が聞こえた。貴士が歌い出したのだ。

♪明日、今日よりも好きになれる　溢《あふ》れる想いが止まらない
　今もこんなに好きでいるのに　言葉に出来ない

聞いたことがあるメロディーだった。いつの間にかギターの伴奏も小さく聞こえる。

♪うまくいかない日々だって　２人で居れば晴れだって！

強がりや寂しさも　忘れられるから
僕は君でなら　僕で居れるから！

翔平が教えてくれた曲とは一味違った。なぜか今の自分にしみてくる。そう思った瞬間、涙が止まらなくなった。

♪明日、今日より笑顔になれる　君がいるだけで　そう思えるから
何十年　何百年　何千年　時を超えよう　君を愛してる

嗚咽《おえつ》が聞こえてしまわないように、慌てて口を押さえる。

それでも漏れ出た声が送話口に拾われてしまいそうで、耳に当てたスマホを逆さまにした。

貴士は最後まで歌い終わると、もう一度、最初から始めた。

「小山田君、もういいよ。ご近所迷惑でしょ」

笑いながら言ったつもりだった。だが、声はかすれていた。自分の声に驚き、握りしめていたスマホから手を離す。通話をハンズフリーに切り替えて、ティッシュで目と鼻をぬぐった。

「こんな時間に弾くのは初めてですが、苦情……来ちゃいますかね」

二回目の歌が終わった。

「ありがとう、小山田君。もう大丈夫だから」

今度はちゃんと声になった。

「よかったです」

「小山田君って、ギターうまいんだね」

「これは何度も弾いたせいかな……」

貴士のフッと笑うような息づかいが聞こえた。

「前の仕事が苦しかったとき、毎朝これを弾いてから仕事に行ったんです」

サラリーマン時代の貴士の心情が伝わってくる。

「ありがとう。おかげで、私も仕事に行けそうだよ」

貴士は「もしよければ」と言ったあと、少し言いよどんだ。

「……いつでも歌いますよ、僕。じゃあ」

早口の声とともに、電話が切れた。

素野子はベッドに仰向けに寝転がる。さんざん泣いたはずなのに、また涙があふれてきた。


「……さんは朝から発熱し、主治医により抗生剤が開始になっています。遠藤《えんどう》さんは便秘が続いていますので、浣腸《かんちょう》を検討してください。転倒して骨折疑いだった溝口《みぞぐち》さん。レントゲン所見で異常は認められませんでしたが、念のためベッド上安静、ポータブルトイレのみ可でお願いします。木下《きのした》さんは……ですので……」

午後五時。これから勤務に入るというのに、ひどく眠かった。申し送りの声が、時々、ふっと聞こえなくなる。

深夜二時に貴士の電話が切れてから、ずっと自分の部屋にこもっていた。

十三時間以上、ベッドの上でテレビをぼーっと見ながら過ごしていた。母の世話さえする気になれず、ＬＩＮＥも送っていない。相変わらず半ちゃんは水槽内を忙しそうに動き続けていた。

「半ちゃんは偉いねえ。私はダラダラしてばっかり。ダメ人間だ……」

一人でお菓子を食べ、ペットボトルのお茶を飲み、うつらうつらするうちに時間が過ぎた。

休息は十分に取ったはずだった。でも準夜勤が始まる今、集中力を欠いているのを自覚する。

こんな日は、またつまらないミスをするものだ。「しっかりして」と心の中で自分を叱りつつ、右手で左手の甲をつねる。

「堤さーん、手が止まってますよ」

ナースステーションで素野子が点滴薬を作っていると、桃香がニヤニヤと笑いかけてきた。

「今日は彼氏さんの銀時計がないから――トカ？」

顔が引きつるのが分かった。どうしてそんなところにはすぐ気づくのだろう。翔平のことは一番触れられたくなかった。

「あらあ、心配してるんですよお」

桃香は何がおもしろいのか、からかうのをやめない。

「いい加減にして」

素野子は相手にしないで点滴バッグに薬液を注入する。

「堤さん、冷たーい。彼氏とうまくいかないからってカリカリしないでくださいよお」

「点滴作業中、おしゃべり禁止よ」

素野子がそう言ったとき、桃香が「あっ」と鋭く叫んだ。

「まずいっすよ、堤さん！　菅沼《すがぬま》さんの点滴、オカズが違ってる」

素野子が手にした点滴バッグは、液剤が黄色に染まっていた。

ビタミン剤の種類を入れ間違えたのだ。

無色透明であるビタミンB５のパントテン酸を入れなければならないのに、黄色い総合ビタミン剤を入れてしまった。

看護師として決してやってはならないミスだった。

「堤さん！　あなた何をやってるの！」

騒ぎを察知した草柳師長の叱責が飛んできた。

「堤さんらしくないわね。最近おかしいんじゃない？」

師長は目をしばたたき、素野子の表情をしげしげとうかがってくる。桃香が大きな声で「彼氏とうまくいかないからって」と言ったのが聞こえてしまったのかと恥ずかしくなる。

「すみません」

動転しているせいか、型通りの謝罪の言葉しか出てこない。

「今回はビタミン剤の間違いだったから命には関係しないけど、薬によっては大きな事故につながるのよ」

師長の言う通りだ。頭を下げながら、素野子はもう一度、左手を強くつねる。

「事故報告書を書いてほしいところだけど、投与前のミスだからヒヤリハットね。今日中に書いて提出して」

師長はもう一度、「らしくないわね」とつぶやいた。

仕事のミスは仕事の流れを止め、余計な仕事を増やす。これもまた、悪循環だった。

作業が一段落したとき、机の前でヒヤリハットの報告用紙を出す。

——原因は何なのか?

ぼんやりしていた、うっかりしていた。こんな答えが通用するのだろうかと思いながら、ほかの言葉が見つからず、迷った挙句、報告書にはそう書き入れる。

ダブルチェックの手順はあるものの、まずは自分がしっかり確認するべきだった。それができなかったのは、ひとえに集中力の欠如だ。

——今後のミス防止の対策方法は?

この質問には、薬剤の声出し確認や他の看護師とのダブルチェックの徹底、と書く。

声出し確認は、何となく気恥ずかしく、小さな声でつぶやくように言うだけになっていた。また、忙しい仕事の合間に、すれ違う同僚を捕まえてダブルチェックを頼むのは気が引けるものだ。足を止めさせ、処方箋をちらっと見てもらい、確認終了としていた。

いずれも大切な工程であるのは分かっていたのだが、時間に追われ過ぎていた。

ビタミン剤程度なら自分がしっかり確認すればいいという慢心もあった。そうして、声出し確認もダブルチェックも形骸化させたまま点滴を作ったのだ。

これまで問題が起きたことはなかった。なのに、今回はミスが起きてしまった。

いや、これまでもミスはあったのに、見逃していたのだろうか？

だんだんと自分の行動に自信を持てなくなってくる。

でも、それ以上に嫌気がさす。

今までの自分にはありえなかったような小さなミスが重なる。忙しい師長に無駄な時間を使わせてしまった。新人看護師が書くような反省文と報告書を書く。

自分はどこか壊れてしまったのだろうか。情けなくて、自分自身にうんざりした。

報告書を書き終え、窓の外を眺める。

東療養病棟は、夕暮れの美しい時間を迎えていた。

だが、素野子の気分は立ち上がってこない。病棟に向かいながら、何度もつまずいた。

患者の体を支えなくてはならない場面で踏ん張れず、一緒に倒れそうになった。

何をやっているんだ！　自分を叱咤《しった》する。

普段の仕事もまともにできなければ、看護主任どころではないではないか。

準夜勤の業務は、夕食配膳の準備から慌ただしくなる。

——よし、ここからは失敗しないように頑張ろう。そう思って素野子は両頬をたたく。

四人部屋の四〇六号室に入り、貴士とともに夕食の配膳を進める。貴士が奥の患者へ配膳するため、蜂須珠代の前を通過した。

「よこせー」

突然、珠代がベッドから手を伸ばした。入浴嫌いの珠代だが、食事への執着心は人一倍だった。珠代の手が貴士のブラウンの制服をつかんで引っ張り、運んでいたトレーがふわりと宙を舞った。

「ぎゃあー、熱《あ》っちち！」

トレーの上から食器が飛び出し、中身が隣のベッドの患者の松尾葉子《まつおようこ》へ降り注いだ。鶏と野菜のクリーム煮込みとブロッコリーのスープ、それに白飯やらデザートがベッドや床にもぶちまけられる。

「松尾さん！　大丈夫ですか！」

「蜂須さんは？」

煮込みやスープが顔にかかった葉子も、はずみで自分のトレーを引っくり返した。物音に驚いたのか、もう一人の患者も湯呑《ゆのみ》を落とす。

四〇六号室は騒然となった。床面は汚れでぬるぬるとした危険地帯となる。ベッドと床の清掃、患者の着替えとリネンの取り替え――またもや仕事が増えてしまった。

一方で、他の患者を待たせるわけにはいかない。

「小山田君、ここは私が片付けるから。四〇七、四〇八の配膳作業を続けて」

素野子は食事介助用の白いゴム手袋を外して丸め置き、急いで紙タオルを大量に持ってくる。

「堤さん、すみません。僕がもっと注意していれば……」

認知症の症状が重く、いつも入浴介助で暴れて苦労する珠代だったから、配膳中に手を出してくる可能性も考えておくべきだったか。いや、言うほどに簡単なことではない。認知症患者の行動を完全に予測するなど不可能だ。

「仕方ないわよ。お互い、次からは気をつけようね」

貴士に非はない。ここは自分がカバーしよう。点滴薬の作成でミスを犯した罪滅ぼしという気持ちもあった。

四人の患者を車椅子に乗せ、別の部屋に移す。施設管理の望月の助力を仰いで病室の清掃を進めた。

黙々とシーツ交換を進めながら、素野子は失敗の連続にため息が出た。

「堤さん、顔色が悪いようですけど、大丈夫ですか？」

望月がモップをかける手を止め、心配そうなまなざしを向けてくる。

こんな自分を気遣ってくれる人がいる。素野子は鼻の奥が熱くなった。

「だ、大丈夫です」

精一杯の笑顔を作ってみせる。

小さくうなずいた望月は、おかしなことを言い出した。

「今夜はウサギがよく見えますよ」

望月に促され、部屋の窓から外を見る。

「ほら」

目の前の月は少し痩せていた。だが、確かにウサギの姿がはっきりと見えた。

「本当ですね」

素野子は月を見ながら答える。

「ウサギも疲れてるでしょうね、きっと。ずっと餅をつきっぱなしですから」

望月は、そう言って笑った。

「それは疲れますね」

素野子も笑い返す。

望月が、またしても自分を励まそうとしてくれているのがうれしい。

「ありがとうございます、望月さん」

「いえいえ」

患者のいない病室はしんとしていた。こうして夜空を見上げていると、まるで別世界にいるような気がしてくる。

「今日もまた仕事、ミスしちゃって」

舌を出して肩をすくめた。

望月が静かに「そう」とうなずく。

「ご家族の信用を無くすような失敗はするし、何年看護師やってきたんだろうって心が折れそうで」

二子玉川グレース病院に入職したばかりのころを思い出す。

あのころの自分は、ピュアで純情で、先輩のサポートのおかげでミスもなく、患者や家族に恨み言を言われることもなかった。母は元気に働き、恋人はいなかったけれど気楽だった。

今の自分は、とにかく苦しい思いでいっぱいだ。

毎日、仕事に追われ、誰かに不満を言われ、上司に叱られる。母や恋人との関係も思い通りにはいかない。

どこで間違ったのか。

あのころにいた場所から、ずいぶん遠くへ来てしまったように感じる。

望月は、素野子のとりとめのない話を、ただ黙って聞いていてくれた。同情や励ましなどの言葉は何もない。むしろそれが素野子には心地よかった。

「うまくいかないのが普通ですよ」

しばらくして、ぽつりと望月が言った。

「病院というのは、大変な職場ですからね」

望月は静かに続ける。

「たくさんの生老病死があって、それらが常に動いています。すべてが理想通り、思った通りにいくはずがない」

素野子は望月の言葉に驚いた。そんなふうに物事を捉えたことはなかった。

「でもね、この職場だからこその楽しみもたくさんあるんですよ」

望月は、ちょっと眉を上げて笑った。

「病院の裏に、ブルーベリーをこっそり摘める場所があるんです。小さな池と鳥居もある。この病院は屋上も花壇もいい場所だけれど、たまには気分転換に裏庭へ行ってみるといいですよ。特に月影を映す夕闇の水面《みなも》は見ものです。手入れをしていて本当に楽しくなる」

素野子は「えっ」と声を出した。

「池があるんですか」

この病院に入職して随分たつのに、まったく知らなかった。

「おやおや、もったいない。池にはね、亀とカエル、それに金銀の鯉《こい》がいるんですよ。本当は黄色と灰色なんだけど、二匹が並ぶと金と銀に見えて、金色の方は片目」

「片目ですかっ！」

大きな声が出てしまった。望月は目を丸くする。

「ええ。片目の魚は神様なんですよ。だから、よく寺社の池でも飼われている」

ああ、自分の部屋には神様がいたのか——。

素野子は、半ちゃんを見て心が安らぐ理由が分かったような気がした。

「望月さん、私も片目の金魚を飼ってるんです！　つらいときは片目をつぶって生きるといいよ、って私に教えてくれた子なんです」

素野子と望月はほほ笑みを交わし合う。

望月がモップを片付け始めた。素野子も交換が済んだシーツをひとまとめにする。

夕食をぶちまけた部屋は、すっかりきれいになった。

「望月さん、ありがとうございました」

「どういたしまして」

清掃用のカートを押して望月が去っていく。

「今度、仕事の帰りに池を見に行ってみます」

望月は後ろ姿のまま、片手を上げた。

ナースステーションで手を洗いながら、窓の外を見た。

くっきりとした月に、ちゃんとウサギがいる。胸のつかえが軽くなるのを感じた。

四〇六号室の患者を部屋に戻すと、何事もなかったかのように一足遅い夕食が始まった。

ミスとアクシデントに始まった準夜勤は、次第に平穏な時間を取り戻していった。

午後九時十二分、静けさが突如として破られる。

先ほどの四〇六号室からナースコールがあった。食事介助の際に手を出してきた蜂須珠代だ。

素野子が駆けつけたとき、珠代は机の上に臥《ふ》せっていた。先に到着した貴士が、ぼう然と立ちすくんでいる。

「蜂須さん！　蜂須さん！」

珠代は顔色が悪く、唇も紫色になっていた。よく見ると、口の中いっぱいに何かが入っている。

「誤嚥だ。小山田君、蜂須さんの体を押さえて！　いい？」

素野子は珠代の口の中に手を入れた。

指先に異物の存在を確認する。口腔内を傷つけないように、しかし急いでかき出す。

ペラペラとしたものが喉の奥から出て来た。

それを取り出したとたん、珠代の顔色がさっとピンク色に戻る。

「蜂須さん、分かりますか！」

必死で声をかける。

「ふぁい？」

幸いなことに、珠代の意識はすぐに回復した。

珠代の口から出てきたものを広げて、「あっ」と声が出た。それは、白いゴム手袋だった。食事介助のときに用いる手袋が、珠代の気管を塞《ふさ》いでいたのだ。

「よこせー」

回復した珠代が、再びゴム手袋を口に入れようとした。

「だめ。これ、食べ物じゃないから。手を開いて……」

貴士が必死で珠代の手からゴム手袋を奪い返す。

散乱した夕食や汚染したシーツなどはすべて片付けたつもりだったが、ゴム手袋の取り残しがあったのだ。おそらくは、珠代のベッドサイドのテーブルの隅に。

「とんでもないことに……」

珠代の目には、テーブルの上に丸め置かれた白いゴム手袋が夕食の一品に映ったのか。いずれにしても珠代は、それを口の中に入れ、飲み下そうとして呼吸困難に陥ったのだ。

遅い会議を終えた師長がナースステーションに戻ってきた。

経緯を聞いた草柳師長は、深刻な表情になった。

「これは明らかに重大事故よ。堤さん、事態の深刻さを認識なさいね――」

認知症患者の誤飲・誤食は、看護師の注意義務違反だ。認知症の患者が生活する場の整理整頓が不十分で、危険な環境を作り出してしまった責任を問われる。

同様のケースは、全国各地で相次いでいる。誤って口にされた品々は、医薬品の包装シート、義歯、乾燥剤に使われるシリカゲル、洗剤や漂白剤……。ゴム手袋もここに並ぶ。

草柳師長によると、介助者用のゴム手袋を巡っては、神奈川県相模原《さがみはら》市の施設で男性入所者が夕食中に誤食して窒息死するなどの死亡事例も報告されているという。

「申し訳ありません。もっと注意してミスを起こさないように気をつけます」

師長の前で深く頭を下げる。

「気を引き締めて、ちゃんとやってね……。重大事故の報告書も忘れないで」

草柳師長は、そう言って硬い表情のまま退勤していった。

下げた頭がくらくらとした。精一杯やっているのに、なぜこんなことが次々に起きるのか。

落ち込んでいる暇はない。残っている仕事は、いずれも待ったなしだ。今は目の前の仕事に集中しなくては――。

その後はずっと、心の奥に鉛を抱えているようだった。

桃香とトイレですれ違ったときだ。

「堤さん、ヤバいっすよ。ファンデ剝げてるし、眉毛も半分取れてる。せめて、髪を何とかしとかないと……」

そう言われて桃香に、使い捨てのくしを渡された。哀れみの表情だった。

鏡を見ると、荒れた肌がけばだって見えた。

準夜勤の勤務を終え、大森のアパートにたどり着く。時間は午前二時半を過ぎていた。玄関のドアを開けたところで膝が崩れた。

限界に達していた。気力のかけらも残っていない。自分が壊れていくように感じる。

それでも休むことはできなかった。

次はまた深夜勤が待っている。今日の午後十一時には出勤だ。

それでも――と素野子は気持ちを奮い立たせた。

自宅で過ごせる時間はまだ二十二時間ある。とにかく、仕事のために眠ろう。

このところ、仕事の時間以外は眠ってばかりだった。何の楽しみもなく、満足感もない。自分は一体何のために生きているのだろう。


七月六日午前一時、またも深夜勤の時間が巡ってきた。

ただ、体そのものの疲れは癒え、心の余裕も取り戻しつつあった――ように思う。

ナース服に着替え、素野子はナースステーションに入った。

「大原さん、小山田君、今日もよろしくね」

すでに来ていた同僚二人に、努めて明るい声をかける。

「お願いします」

「ふえい……」

桃香も貴士も、言葉少なだった。

田口主任の退職話を機に、勤務の厳しさは容赦なく増している。まだ半月ほどしかたっていないが、スタッフの誰もが疲労の色を濃くしていた。

「……さんは、疼痛時の頓用薬を二回使用し、その後は痛みの訴えがありません。続いて四一八号室、猿川さんは朝から顔色不良で、足にはチアノーゼが見られました。主治医の指示を受けて、午後二時より心電図モニターが装着されています。発熱は……」

準夜勤スタッフからの申し送りが続く。ナースステーションに足を踏み入れたときから、新しく増えた心電図モニターの存在が素野子の心に重くのしかかっていた。

ついに猿川にも心電図モニターが――。

小型テレビくらいの大きさのモニターには患者の部屋番号と氏名が表示され、波形が規則正しく描き出されている。今のところ脈は安定していた。

だが、モニター装着は、命の監視を意味する。つまり猿川は、いつ亡くなってもおかしくない危険な状態と判断されたのだ。

申し送りを終え、手分けしてラウンドに散っていく。

「大原さんと小山田君は、四〇一号室からお願いしますね」

素野子は、迷うことなく四一八号室へ直行した。

たくさんの生老病死があって、それらが常に動いている。すべてが理想通り、思った通りにいくはずがない――。

望月が口にした言葉は、真理の一面を突いている。

だが、猿川の病状については、担当看護師として一定の責任を感じている。

素野子は祈るような気持ちで廊下を進んだ。

「失礼いたします」

いつものように声をかけ、四一八号室のドアを開けた。

灯りは消えている。真紀子はいなかった。

ほんの少しだけ安堵し、ベッドに眠る猿川菊一郎の顔に視線を落とす。もともと良くない顔色が、さらに白く見えた。

素野子は静かに息を整えた。猿川のヴァイタルを、正確に計測する。

体温は三六・一度。熱は下がっている。血圧は一一二の五四、脈は七八と問題ない。酸素も三リットルで酸素飽和度が九五パーセントあり、呼吸状態も何とか大丈夫な数値だった。

けれど、死の予兆が迫っていることが素野子にはすぐに感じられた。

体の動きが消え、どことなく弱々しい。酸素マスクを手で払いのけようとする動作は一切見られなくなり、息を吸い込んでも、以前ほど胸郭が上がっていない。いつ魂がふわっと抜け出てもおかしくない雰囲気だった。

猿川が亡くなれば、真紀子に何と言われるだろう。

ヴァイタルを記録した手帳を持つ手がわなわなと震え出した。

誤嚥性肺炎を起こしたときには、「看護師が誤嚥させたのだから、入院費は払わない」とクレームをつけられた。

おむつ交換が遅くなったときには、「あなたをクビにすることなんて簡単」と言われた。ことあるごとに叱責され、冷たい目で見られ、嫌味を口にされた。土下座を強いられた件、訴訟をちらつかされた件、一連のゴタゴタの過程で、看護主任に昇格するという話も立ち消えになった。

もしも猿川が今夜、亡くなったら……。

「お願い、まだ死なないで」

身勝手な思いで患者さんの生死を考えるなど、看護師としてあってはならないことだ。けれど、猿川を看取るのだけは避けたいと思ってしまった。不謹慎にも。

できるならば猿川と真紀子にはこれ以上関わりたくない——それが正直な気持ちだった。

おむつ交換を終え、祈るような気持ちで布団を掛け、病室を後にする。

他の患者のケアをしながらも、猿川の様子が気になって仕方がなかった。

素野子の祈りが通じたのか、猿川は安定した状態が続いた。

午前二時過ぎ、ナースステーションのガラス窓をたたく音がした。スーツ姿の女性が書類の束を抱えて立っている。

ギクリとした。娘の真紀子だった。顔つきが険しい。

「主治医の神崎《かんざき》先生を呼んでちょうだい。父が変じゃない！　すぐに病状を聞きたいから」

病状説明についてはもっともなリクエストだが、日勤の時間帯以外に、主治医をいきなり呼び出すというのは非常識だった。病院ではそのために当直医制度を取っている。

「神崎はすでに帰宅しており、病状説明については私か、今夜の当直医がいたします」

素野子はＰＨＳを鳴らした。

「今、手が離せないからあとで」

当直医の吉田はそう言って、すぐに電話を切ってしまった。

「……すみません、当直医は別の病棟で処置に当たっており、少しお待ちいただけますか」

素野子がそう言うと、真紀子は露骨に嫌な顔をした。

「じゃあ、あなたでいいわよ。どんな状態なの、父は？」

血圧や脈は今のところ安定しているものの、酸素が必要な状態が続いており、今後については分からないと伝える。あとから当直医を呼びましょうかと尋ねたが、真紀子は首を左右に振った。

「臨時の医者なんて、どうせいつもと同じ答え。高齢だから死ぬかもしれないって言うだけでしょ。そんな話、聞きたくないわよ」

真紀子はいつかのように大きなため息をついた。

「ウチの家系は長生きだから、父も百歳まで生きられるはず。ちゃんとケアしてもらっていれば、だけれどね」

そう言って真紀子はエレベーターホールへ消えた。

ちゃんとケアしてもらっていれば――。

決定的な言葉だった。猿川が亡くなれば、担当看護師がちゃんとケアしなかったせいだと責められるのは確実だ。

真紀子の声が今から聞こえてくる。「あなたがちゃんとケアしなかったから、父は死んだのよ」と。


そろそろ死んでしまうかも――。

午前三時。四一八号室で猿川のおむつ交換をしているとき、素野子は確実にそう感じた。

看護師の直観とでも言うのだろうか。

ベッドに横たわる足を開かせるときに感じる抵抗が弱い。表情も妙に静かな空気をまとっている。

言わば「この世」と「あの世」の中間にいるような面持ちだった。

こうした顔つきをする患者を、素野子は過去に何人も見てきた。そして全員が、時間を置かずに亡くなっていった。

この病院で十年にわたって高齢の患者を看護してきた。顔を見れば、大体あと何日で亡くなるか、あるいは、何時間もつかが分かる。

猿川も、あと一日、いや、短ければ半日程度で旅立とうとしている。

そしてそれは、真紀子の激しい攻撃を自分が受けかねないということを意味していた。

体の芯にまとわりつく疲労を押しのけるように、激しい感情が一気に膨れあがる。

「いやだ」

生理的な嫌悪感を覚え、思わず声に出てしまった。

いやだ、いやだ、いやだ、いやだ、いやだ、いやだ。

自分の声が残響となって耳にとどまり、ますます確信に変わる。

猿川が死ぬことで、地獄が始まる。

猿川はこの一週間、一日の大半を眠ったように過ごした。両目が開いても視線を合わせることすらほとんどない。筋肉が痩せ細り、寝返りも打てなかった。

それでも点滴から定期的に栄養剤が送り込まれ、生命活動は続いている。

体温、血圧、脈拍、呼吸、意識状態――。医師と看護師が常にヴァイタル・サインをチェックし、そのときどきに応じた医療と看護を施している。血管から入れた栄養剤は便や尿となって排除される。

そうやって生かされ続ける患者に対するとき、素野子は自分が精密な「機械」の見張りを命じられた番人であるかのような感覚にとらわれる。

けれど人の体は機械ではないから、最終的には壊れ、動きを止めてしまう。どれだけ家族が命の永遠を願い、自分たちが注意を払ったとしても。

いつからだろう。患者を看取った際に、「壊したのはお前だ」「止めたのはお前だ」と責められていると感じるようになったのは。

頭では分かっている。自分が壊したわけではない、止めたのではない。死は生き物の摂理なのだ、と。

でも家族の嘆く声や涙は、そう簡単に割り切らせてくれない。

自分のケアは適切だったか？

注意は十分に払われていたか？

手技に間違いはなかったか？

いつも心の奥底で問いかけ、日々の咎《とが》めから自由になることはできない。

今ここで弱々しく息をつないでいる猿川も、じきに生命活動を止めてしまうだろう。

猿川が自分の前で死ぬと思うだけで、真紀子の恐ろしい顔が浮かび、全身に寒気が走った。

素野子の震える肩がベッド脇の点滴スタンドに触れ、驚くほど大きな音を立てた。

最上部のフックに吊り下げられた点滴バッグは、中身をおよそ半分に減らし、暗い空間でゆらゆら揺れている。

爆発しそうな重圧を胸に、素野子はナースステーションに戻った。

「死なないで、死なないで」

猿川の心電図モニターの音を、心をざわつかせながら聞く。

その音がピピピッと少しでも不安定になるたびに、足がすくみ、息が苦しくなった。

午前六時。やっと夜が明ける。

猿川の血圧や脈拍はなんとか安定している。あと数時間はもちそうだった。

深夜勤が終了するのは三時間後。猿川の命は、今日のところは大丈夫だろう。だが、明日はどうなるか分からない。

明日の準夜勤では、また猿川の担当になる。いつ、誰に、その時が当たるのか――ロシアンルーレットそのものだ。

素野子は一人だった。

桃香も貴士もナースステーションに戻って来ない。

これからの時間、病棟の患者たちが一斉に目を覚ます。洗面とトイレの介助、朝食の配膳、食事介助……。やるべきことはさらに増えていく。

その前に、朝一番で行う点滴を用意しておかなければならない。

新たに調合した薬液は、自分たちの勤務を終えて日勤チームに申し送り、病院を離れた直後に患者へ投与される。とにかく、一刻も早く点滴の調合を開始しなくては。

薬剤のダブルチェックを頼みたい桃香は、患者の部屋に入ったきりだ。これ以上、待ってはいられなかった。

素野子は、点滴を一人で作り始めることにした。

点滴を使っている患者は計十二名。それぞれの処方箋を見ながら、トレーに載せられた複数の点滴薬を突き合わせ、次々と声出し確認する。

点滴の処方箋と薬剤の照合を進めながら、素野子はふと手を止めた。

透明な点滴バッグの中身は、水分にナトリウムやカリウムなどの電解質を加えた輸液製剤だ。バッグの口に当たる部分がゴム栓になっており、注射器を使って個々の患者に必要な各種の薬剤を注入できる。

ビタミン、止血剤、去痰剤、胃薬、インスリン……。医師の処方と指示に基づき、忠実に点滴の薬剤を調合するのは看護師の役目だ。

出来上がった輸液製剤は、一見しただけでは何が入っているのか判別できないものだ。だからこそ、点滴バッグの表面には患者の氏名と日付、そして注入した薬剤名を書き入れるのが絶対のルールになっている。

やろうと思えば、薬の調合を変えてしまうことも不可能ではない――。

恐ろしい考えに、素野子は一人動揺した。

口の中が乾き、経験したことのない浮遊感で足元がおぼつかない。

頭にのしかかってくる眠気と疲労が、一段と重みを増した。素野子は立っていられなくなり、その場にしゃがみ込んだ。

そんなときだ。四〇一号室のナースコールが鳴った。樋口早苗がベッドから起き出てセンサーが作動したのだろう。

「また早苗さん……」

放っておくと、いつかのように転倒事故を引き起こしかねない。一人でベッドから降りてしまう前に、すぐ駆けつけなければ。

作業を中断しようとした次の瞬間、貴士がナースステーションに戻ってきた。

「堤さん、点滴薬の確認中ですよね。僕が行ってきます!」

貴士は再び早足で出て行った。

素野子は心の中で手を合わせる。

いよいよ患者たちが目覚め、ナースコールの嵐がやってくる。ぼやぼやしていると、じきに朝食の準備を始める時刻になる。点滴の準備をさっさと進めなければ。焦りはさらに高まった。

そのときだ。桃香が大きく肩を回しながらナースステーションに駆け込んできた。

「すみませーん、途中で手間取っちゃってぇ」

「分かるけど、もう少しペース配分を考えてよ。こっちの仕事もあるんだから」

声が少しとがってしまう。

桃香は、肩をすくめた。

「点滴、早くダブルチェックしてくれる?」

「はいはーい」

桃香は、点滴作業台に並んだ何人もの処方箋と、メインの点滴薬や、そこに注入する薬剤のアンプル類をざっと見渡した。

「堤さん、全部オッケーでーす」

すぐに桃香は確認サインを処方箋に書き込む。

これがいけないのだと思いつつも、素野子はダブルチェックが終わったことになった点滴の調合に入る。お互いに、時間をかけられないのは分かっていた。

ある患者の点滴バッグにインスリンを混入したところで、ふと違和感を覚えた。

——あれ?

突然の睡魔が体を包み込もうとしている。作業を完了するころには、素野子の頭の中は、もやがかかったようになっていた。

午前八時三十分になる。いつもの朝のミーティングでは、立っているのがやっとだった。体に残る最後の力を振り絞って報告した。猿川菊一郎の病状が進行し、数日内に亡くなると思われる状況である——と。

深夜勤がようやく終わり、明け—準夜勤と、二日間にわたって昼の時間を自由に使える。まるで連休を得たように。久しぶりに母と夕食を共にできる。

素野子は病院を出て、二子玉川駅への道を歩き始めた。

真夏日を予感させる強い日差しが、疲れた体に重くのしかかる。

なのに心の半分は、空洞になったように軽かった。

ただ、五分ほど歩いたところで素野子は重要なことを思い出した。

調合した点滴だ。

多くの患者の点滴と一緒に、猿川菊一郎の点滴も作った。

そうだ、あのとき——。

次の患者、次の患者、次の患者、次の患者と気が焦っていた。

違和感を覚えたのは、四一八号室、猿川菊一郎のときだった。

猿川はインスリンを使っていなかった。

しかし、なぜだろう。そこへ別の患者のインスリンを入れてしまったような気がする。

いや、そんなことはないだろう。いつもの思い過ごしだ。

玄関のカギをかけたかどうかが気になり、家まで引き返したことが何度もある。でも、無施錠だったためしがない。

この間もそうだ。ナースステーションのテーブルに手帳を置き忘れた気がして、病院へ引き返した。手帳は病棟のロッカーにきちんとしまわれ、何の問題もなかった。

「なあに、堤さん？　忘れ物？」

そんなやり取りのために、せっかく手に入れた自由時間を一秒でも無駄にしたくない。

何しろ点滴の薬液調合は、ダブルチェックの対象だ。

さっきだって、桃香から最終的な確認を得たではないか。

しかし、形骸化したダブルチェックに、チェック能力はない。

夏の日差しが強い道を歩きながら、だんだんと足元がおぼつかなくなってきた。まるで空中を歩いているようだ。

同僚を信用すればいいではないか。

「全部オッケーでーす」

偏差値六一の桃香がそう言ったではないか。

インスリンは血糖値を下げる薬だ。ただ、糖尿病でない患者が摂取すると、低血糖で脳がエネルギー不足に陥り、場合によっては死に至る。

万が一、猿川の点滴にインスリンを間違えて混入していれば、猿川は死ぬだろう。

それも、自分がいないときに。

もしかすると自分はあのとき、わざとインスリンを混入したのではないのか。猿川が低血糖になれば、自分の勤務時間外に亡くなると考えて。

それなら真紀子からの説明を求められずに済むと思って。

夏だというのに、指先がひどく冷たかった。なのに、バッグを持つ手が汗でびっしょりと濡れている。

目の前を、白いセーラー服姿の女子高生が通り過ぎた。

初めて看護の現場に踏み出した戴帽《たいぼう》式の日を思い出す。

憧れの白衣に身を包み、一本のロウソクを手にした。自分もこの小さな炎のように、病める人の光になろうと決意した。

誰かに感謝されたくて、看護師の仕事を選んだ。「ありがとう」と言われるのがうれしかった。そして、感謝される瞬間が生きがいとなった。

あのころは、今の自分の気持ちなど想像もできなかった。患者の家族におびえ、追い詰められたような思いで患者の点滴を作る看護師になろうとは——。

二子玉川駅前は、夏の明るさにあふれていた。

一日中、明るい若い空気に満ちた街。流行の店を集めたショッピングセンターは大勢の若いカップルを引き寄せ、向かいのタワーマンションの前は、小ぎれいな服装をした親子連れが笑顔で歩く。

幸せな表情の人たちであふれる広場を抜け、速足で駅の構内に入った素野子は、しかし改札口の前で立ち止まった。

「今こそ、リカバーするときじゃん」

真紀子から何度も聞かされた言葉が口を突いて出た。

このままでは、あの時の桃香と同じになってしまう。

人の命がかかっているのだ。不確実な行為をした自分を許していいはずがない。

違和感を覚えたとき、すぐに作り直しをするべきだったのだ。どんなに時間がなくても、こんなふうにあいまいな気持ちで点滴を作ったことなどなかったのに――。

素野子はUターンをする。病院に戻って、猿川菊一郎の点滴を作り直すために。

ナースステーションに駆け込んだ。

日勤チームによる午前中の業務が本格的に始動している。

入職同期の玲奈が、素野子の作った点滴を持って病室へ向かおうとしていた。

「ちょ、ちょっとごめん！　それ、悪いけど作り直しさせて」

「は？　何言ってるの。冗談やめてよ」

誰もが自分の仕事を一刻も早く進めたい。ドクターとの結婚準備に余念がない玲奈は、朝の作業を遅らせてしまうことに抵抗した。

「オカズを入れ間違えたような気がして」

「心配しすぎなんじゃないの？」

けげんな顔をする玲奈から、猿川の点滴バッグを載せたトレーをもぎ取るように奪う。

その点滴バッグにハサミを入れ、中身をすべて流しに捨てた。もう一度、処方箋に従って新しい薬剤を棚から取り出し、トレーに載せる。

「堤さん、相当お疲れね」

玲奈の哀れむような視線を感じた。

素野子は彼女とダブルチェックをして、約一分で点滴の調合を済ませる。

玲奈がそれを手に猿川の部屋へ向かった。玲奈の背中を見送りながら、素野子は安堵感に包まれる。

——よかった。リカバーできて本当によかった。

病院を出る。外の明るい日差しを浴びながら、素野子は何度もそうつぶやいた。


三日後の七月九日は、日勤だった。

病院に着くと、素野子はすぐにカルテラックをのぞいた。

猿川菊一郎のカルテがない。

亡くなったのだ。

猿川のカルテは事務職員《クラーク》のデスクに移動されていた。

事務系の始業時刻までは、まだ間がある。素野子は主のいない机上から猿川の看護記録を取り出した。

——七月八日二十一時より呼吸状態不良にて当直医と家族へ連絡、二十二時に家族（長女）到着、二十三時三十分、家族が見守る中、当直医によって死亡が確認される。出棺は翌日の一時。

記載内容に特に変わった点はなく、普通の流れだった。

朝のミーティングで、いつものように草柳師長が死亡退院者の名前をアナウンスする。

「昨夜、猿川菊一郎様が亡くなりました。皆さん、大変だったと思いますが、よくやってくれました。お疲れさま」

草柳師長がスタッフの苦労をねぎらう。これも、いつもと変わりがなかった。

ミーティングのあと、素野子は師長に駆け寄った。

「あの……猿川さんのお嬢様は私に何か言っていませんでしたでしょうか？」

師長は首を左右に振った。

「大丈夫。最後はていねいにお礼を言ってくださったから、心配ないと思う」

――よかった。

素野子は再びそう思った。心の底にあった大きなしこりが、みるみる小さくなっていくのを感じる。もしもあのとき点滴を作り直さなければ、自分が猿川を殺したと悩んだに違いない。

この日の看護は、びっくりするほど順調だった。冷たく清らかな水が川面をよどみなく流れていくかのようだった。

早昼の休憩に、定時の正午から入れたのは何日ぶりだろう。

休憩室で弁当を食べている時だった。

テレビで正午のニュースが流れていた。

「――神奈川県大和市の総合病院・袴田病院で、入院患者の不審死が相次いでいる問題を巡り、神奈川県警は昨夜、この病院に勤務する看護師・栗宮小夜子容疑者（二十六歳）を殺人容疑で逮捕しました。警察の調べによりますと、栗宮容疑者は昨年五月、この病院に入院していた横須賀市の無職・北島正悟さん（当時七十二歳）の点滴薬に、消毒剤ベンザルコニウム塩化物液を混入させて死亡させた疑いが持たれています」

数人の看護師が詰めていた室内が、一瞬で静かになる。

「――取材に対して県警の捜査幹部は、栗宮容疑者が『入院中の患者さん約二十五人にやりました』と話しており、不審死への関与を認めているとしています。さらに、犯行の動機について栗宮容疑者は、『勤務時間中に患者さんに死なれると、ご家族への説明が大変でした』『点滴への消毒液混入は、勤務の交代直前に行っていました』といった趣旨の供述をしているということです。神奈川県警は、慎重に裏付け捜査を進める方針です」

テレビを観ていた同僚がすぐに反応した。

「気持ち、分かる」

「いやいや、あれはダメでしょ」

「私はやんないよ。でもさ、ひっどい患者なら犯人を許すかも」

「オー怖い怖い」

さまざまな声が乱れ聞こえる。

そのとき、容疑者の顔が大写しになった。

見覚えがある。

どこかで会った記憶があった。

一つにまとめられた洗いざらしのような髪の毛。化粧をほとんどしていない白い顔。そして、まったくの無表情――。

六月のあの日、横浜・みなとみらいの看護セミナー会場の最後列で、セミナーのプログラムを破り捨てた女性がいた。

――よく似ている。

誰かがテレビのチャンネルを変えた。民放の昼のワイドショーが、同じ事件を扱っている。

お笑い出身の男性司会者が、いつになく深刻そうな声で「次は、番組の独自ネタです」と称して追加情報を紹介していた。

「……関係者によりますと、SNS上には事件との関連も疑われる投稿が残されていたということです」

画面に映しだされた文章に、素野子は衝撃を受けた。

〈ヤブ医者め！　バカヤロウって言う方がバカヤロウなんだよ！〉

〈食事がまずいからって、人に投げつけていいの？〉

〈あんたのシモの世話をしているのは、風俗嬢じゃありません。胸や尻を触らないでください。ここはセクキャバじゃないいんだよっ！〉

ナレーションが女性の声に切り替わって読み上げられる。悪意に満ちたトーンで、激しく抑揚をつけて。それらは素野子も読んだ覚えのある、あのツイートだった。

「ひどいですねぇ〜。投稿の中身もひどすぎる〜。『勤務時間中に患者に死なれると、家族への説明が面倒だった』とはホント、あきれた言い訳ですよ。この看護師、死刑にしなきゃあ、ダメ！」

毒舌で売る番組のコメンテーターは一刀両断のもと、事件の容疑者を「死刑」と切って捨てた。

点滴を作り直さなければ、自分も彼女と紙一重だった——そう思った瞬間、素野子は視界が狭くなるのを感じた。テレビの音と同僚の声が交錯する中、目の前が真っ暗になる。

——気づいたときは、病棟の処置室にいた。

ベッドに寝かされ、腕には点滴のラインがつながっている。

「大丈夫ですか？　ゆっくり休んでいいって師長が言ってましたよ」

貴士が心配そうな顔でのぞき込んできた。

起き上がろうとしたが、体が重くて持ち上がらない。

「ごめん、迷惑かけて」

そう答えるのが精一杯だった。

一時間弱で点滴が終わり、素野子はそっと立ち上がってみる。足元が少しふらつくものの、今度は問題がなかった。

ナースステーションにたどり着く。草柳師長が眉を寄せて素野子の顔を見た。

「まだ体調が悪そうね。無理をして明日休まれても困るから、もう帰りなさい」

師長は勤務表を見ながら何度もため息をついた。田口主任が抜けただけでなく、別の若い看護師も今日は発熱で休んでいるという。

看護師が一人抜けるとどれだけ大変か、素野子も十二分に分かっていた。

「あなたたち、しっかりしてよ！　自分の心と体の管理も看護師の仕事のうちなのよ」

草柳師長の声がナースステーションに響く。

「申し訳ありませんでした。私はもう大丈夫です」

素野子は心を奮い立たせて持ち場に向かう。

「堤さん、待ちなさい」

師長が追いかけてきた。

「――誠実であることは最も価値のあることである。決して妥協することなかれ」

「え？」

「ナースのルール１３９よ。そして同時に、あなた自身のヴァイタルも守りなさいね」

思いがけない言葉だった。

素野子は大きく一礼し、ナースステーションを出る。

東療養病棟のホールにあるテレビの大画面に、事件の舞台となった大和市の病院が映し出されていた。午後のワイドショーの報道はさらにヒートアップしている。

体がゾクリとした。

「殺人事件」「殺人犯」「容疑者の看護師」という言葉が、一つ一つ地続きで迫ってくる。

あの点滴を作り直さなければ、カメラに追い回されていたのは自分だったかもしれない。

自分も彼女の、まさに延長線上にいる人間なのだ。

終章

――二〇二〇年四月三日

午前十一時、二子玉川グレース病院の大会議室で、素野子は多摩川看護高等専修学校二年の実習生たちのために、エンゼルケアの演習を指導していた。

素野子が担当している看護実習生たちは十二人。全員が、素野子に熱心な目を向けている。

「前回の講義では、ヴァイタル・サインを通して、患者さんの状態を正確に把握する重要性について説明しました。今回は、逆転の発想です。すなわち、亡くなられた人の体も、実は多くを語るものなのです。その意味で、患者さんのご遺体は看護ケアの通信簿であると言えます」

患者が清潔か、不精ひげや伸びた爪、垢、臭い、拘縮の有無、褥瘡《じょくそう》、そういったものがないか、ご遺体を見れば、どんなケアをされてきたかが一目で分かる。

そこまで説明して素野子は、患者の死後に爪を切って流血させてしまった失敗談を明かした。実習生は皆、興味深そうに聞き入っている。

「では、次の動画をご覧ください」

あの出来事から、もうはや二年近くがたとうとしていた。

「ご遺体をきれいにすることは、亡くなった方の尊厳のためだけじゃありません。ご家族が見て、大切な人が心地よく旅立った、と感じられるように整えましょう。この病院に託したことを後悔しないように」

排泄物の処理や白装束の着せ方、死化粧の方法などについても細かく説明する。

「この動画ではちょっと見にくいかもしれませんが、手の組み合わせは、実際に組ませてみると、なんとなく分かります。しっくり来る方で組ませてあげてください」

顎は拘縮で最初に固まるから、亡くなったら一番に口を閉じてあげて。タオルを顎にはさんで閉じておくと、固まってくれる。無理に合わない入れ歯を入れるより、綿で歯を作るといい。含み綿はやり過ぎると不自然になるのでほんの少し。唇やまぶたが閉じないときは、少しだけ綿を間に置くとストッパーになってくれて閉じる……。

そんな小さなコツを次々に伝授する。

「ファンデーションは少なめに。ベッタリ塗ると、ひび割れてきちゃいます。ここ、もう一度注意ね」

動画を少し戻して再生し直す。

「死化粧を見ると、その看護師の化粧が分かります。普段自分にベッタリ塗る人は、死化粧も厚塗りになりがち」

看護実習生たちの小さな笑いが漏れた。「場内から」ではなく、素野子が目の前に広げたノートパソコンのスピーカーを通じてだ。

というのも、病院の大会議室に実習生はいない。ビデオ会議システムのＺｏｏｍを使ってのオンライン演習だった。

「雑な口紅の塗り方も目立ちますので注意して。唇からはみ出ないように。少し控え目なくらいが上品です。生前の写真と見比べて、ご遺体のお顔に昔の面影が出ていたら成功ね」

最初はオンラインの指導に不安があった。けれど、きめ細かなフォローを重ねることで、対面指導に劣らない教育効果を上げてきている。

「私たち看護師の仕事は、患者さんのためだけのものではありません。生きてるときはもちろんだけど、患者さんが亡くなったら、悲しむ人が何人もいると思ってケアをしてください」

患者の持ち物や身の回りの品にも配慮が必要だ。血のついた服をゴミのように返されたと怒った家族の例を紹介する。亡くなった患者の場合は、古びた靴や洋服であっても、きれいな箱に入れてていねいに返したい。最後に故人が身に着けていたものだから。

「……エンゼルケアに関する私からの説明は、ひとまず以上です。皆さんから質問はありますか？

ミュート機能をオフにして発言してね」

二〇一九年十二月に始まった新型コロナウィルスの世界的な感染拡大で、医療現場の環境は一変した。そして、それは看護学生の実習にも影響を与えた。

院内感染の発生を危惧して、多くの病院や介護施設が実習生の受け入れ中止を表明した。例年、複数の学校から実習生を受け入れてきた二子玉川グレース病院は、院内で検討を重ねた末、オンライン演習の形で看護学生の教育に貢献する道を選んだ。

その陰には、ひょんな巡り合わせがあった。

一昨年の秋口。認定看護師の資格取得をとっくに諦めていた素野子だったが、草柳師長が思いがけず別の方向から背中を押してくれたのだ。

「看護協会や看護大学なんかには、インターネットやら何やらで受けられる研修や講座がいくつもあるそうよ。ね、堤さん、あなたやってみたら？」

母の体調は海の底を這《は》うような状態で、休日も実家に終日留まる生活を続けていた。素野子にとってそれは、気晴らしでワンクリックしたようなものだった。

いつでも思った時間に自由に学べるオンデマンド研修に、リアルタイムのオンライン講座や各種のセミナー……。おそるおそる視聴してみたが、日本語字幕付きで学べる外国の大学のオンデマンド講座も数多くある。看護の専門分野に特化したトピックスから、人体の科学や感染症対策、社会のありように広く目を向けさせてくれる講座の数々が、パソコン画面の向こう側に用意されていた。

素野子は実に多くを学んだ。はまった、とも言える。授業内容そのものばかりでなく、オンライン講座の技術的なノウハウや、講座運営のあり方も興味深かった。

その結果、二子玉川グレース病院がオンライン形式で看護実習を展開するに際し、素野子は知恵袋的な役割を果たすようになった。

午前中の実習の最後には、質疑応答の時間を十分に取る。今日も熱心な質問が相次ぎ、そろそろ予定した時刻が迫りつつあった。

「……はい皆さん、お疲れさま。昼休みを挟んで午後に再開する最初の講話は、草柳美千代看護師長の『高齢者医療におけるナースのルール』です。時間までに各自入室してください」

実習生たちが一人、また一人とＺｏｏｍから退室する。最後に残った学生が、敬礼した。

「堤先生、ありがとうございました！」

小山田貴士だった。昨年の四月、一念発起して准看護師免許を取得するため、看護高等専修学校に入学したのだ。

「来週のテスト、大丈夫？」

「バッチリですよ！」

そう言って貴士は、大判のシステム手帳をカメラの前に掲げた。貴士がいつも持ち歩いていた例の手帳だ。あの中につづられたメモの一部は、素野子にとっても汗と涙の看護記録だと言える。

大会議室を離れ、ナースステーションに戻る。素野子の顔を見て、草柳師長が歩み寄ってきた。

「堤さん、新型コロナの感染防止対策について、区の高齢者施設の介護職員にコーチングと現場チェックに入ってほしいの。主任業務もあってお忙しいとは思うけど、あなたにお願いできるかしら？」

二子玉川グレース病院は感染症指定医療機関ではなく、コロナ患者の受け入れを行っていない。

ただ、そうした病院でも、外来の受診者や入院患者、あるいは職員を「起点」にウィルス感染の大量感染《アウトブレイク》を起こし、感染集団《クラスター》となってしまった施設が増えている。

「病院をウィルスから守る」を旗印に、二子玉川グレース病院は徹底的な感染防止策を打ち立て、これまでのところ患者や職員から一人も感染者を出していない。

療養病棟は高齢者が多く、感染による重症化のリスクが特に高い。素野子たち看護スタッフによる感染対策への取り組みは、地域でも注目されていた。以前からノロウィルス対策やインフルエンザ対策の名の下に、スタッフが実践を積んできたことが功を奏した格好だ。そこに、この二年近く素野子がオンラインで熱を入れて学んだウィルス感染防御の知見も加わり、取り組みは厚みを増している。

「……マスクの着用、こまめな手洗いと消毒、検温や体調チェックの徹底、病棟・病室の換気。定石とルールの徹底に勝るものなし！」

それは、コロナ禍の約一年前から、申し送りの際の草柳師長の口癖となっていた。

新型コロナの余波は、思わぬ形でコミュニケーションのあり方も変えた。

感染防止の一環で、二子玉川グレース病院の療養病棟でも入院患者と家族の面会を禁止する措置を取った。医師や看護師は、文書やメール、先ほどのようなビデオ会議システムを通じて患者の家族と情報を共有する新しい日常をスタートさせた。

するとどうだろう。「情」が優先されがちだった患者の家族とのやり取りに、「理」が通るようになった。

たとえば、患者が嫌がる口腔ケアをどのように家族にも納得してもらうか？

ベッドサイドで口腔ケアの必要性を説明しても、家族はほとんど理解してくれない。

「もうこの年だから、虫歯にならないいんじゃないですか。本人は嫌がっているみたいだし、歯磨きはしてくれなくていいですよ」

そうではない。

口腔ケアは、誤嚥性肺炎のリスクを少しでも減らすのが目的であること。人は口に何かが触れると歯を反射的にくいしばってしまうため、顔面や口腔のマッサージをしてから開始していること。ただし、口腔ケアだけで誤嚥を完全に予防するのは不可能であること——などを順序立てて説明する。

まだある。褥瘡ができないように、体位変換をするときにどう対応しているか？むせない食事介助の工夫を、看護師はどのように行っているか？歩行やトイレの介助は、どのようにしているのか？

患者とは離れた場で、家族にそうした説明を目で読んでもらい、あるいは耳で聞いてもらう。ある程度の「距離感」が冷静な判断を促す方向に働き、看護師サイドと家族サイドの行き違い、思い違いが減少しつつある。素野子には、そんなふうに感じられた。

離れた位置から説明しているうちに、ベッドサイドでは理不尽なことを言っていた家族も看護師を徐々に信用してくれるようになってくる。

家族からは、病院の取り組みを評価する声が聞こえるようにもなった。

「親を病院に捨てているような後ろめたさのせいか、介護や看護に注文をつけるのが家族の役目と考えていたが、ケアの説明を読むうちに、一緒に親を見守りたいという気持ちになった」

そんな感想をメールで送ってくれた家族もいた。

看護師と患者の家族の絆《きずな》が生まれつつあった。

猿川菊一郎の点滴の件を忘れたことは、一度もない。

あのときの違和感——あるいは、不確かな犯意とも言うべきものは、何かに取り憑《つ》かれていたとしか形容できない。

今も、あのときの自分の行動に胸が痛む。ただ、患者や家族から前向きな言葉をもらうたびに、一歩一歩、自分を改善する道を歩めているようで、素野子はうれしくもあった。

病院改革も進んでいた。

労働環境の見直しが図られ、多くの新人が入職した。「残業時間ゼロ運動」の名の下、勤務時間が見直された。

特に、勤務時間帯によって看護師が違う色のバッジをつけることで、互いの勤務を意識し、時間内にしっかりと仕事を終える意識が芽生えた。最近では残業ゼロをほぼ達成しつつある。

二〇一八年四月のWi-Fi導入の数か月後、業務用の無線ネットワークが確立されたのは画期的だった。ナースコールを看護師が個々のスマホで受けられるようになったのだ。画面には、患者名や病室番号だけでなく、処方薬やヴァイタル、これまでの対応状況も表示される。

体動センサーや点滴センサーなどIT機器の導入も大きい。

マットレスの下に敷いた薄いフィルム状の体動センサーのおかげで、看護師はナースステーションに居ながらにして、患者の心拍と呼吸、体動、眠りの深さをリアルタイムに確認できるようになった。無線LANを搭載した輸液ポンプも採り入れ、今ではそれぞれの患者の点滴の状態や速度、終了予定時刻を共用のスマホで遠隔監視している。

開発企業からのオファーを受け、来月からは、患者の転倒や転落を警報通知してくれるタグシステムのモデル配備が始まる。

日常業務に余裕が生まれた分、患者対応に時間が十分に取れるようになり、職場のミスも減った。仕事を取り巻く環境は、確実に改善しつつあった。

今日の午後には、看護実習生とのオンライン対話が予定されている。

「医療者は自分のことを二の次にしやすいもの。そういう人材が求められている一方で、疲弊して燃え尽きてしまいやすい面もあるから、つらいときは、必ず誰かに相談すること」

後輩の看護師たちに向けて、素野子はいつもこの言葉を伝えるようにしていた。

二年前のあのときの自分のように、一人で苦しませてはならないと思う。

新型コロナウィルスは今後、第二波、第三波と数次にわたって感染が拡大する局面があるだろう。しかし、必ずワクチンの開発は成し遂げられる。治療薬の開発も進むに違いない。だから苦境の中で一人苦しまず、身近な誰かにヘルプを求めて――。素野子が身をもって学び、今も周囲に伝えている思いは、その一点に集約されていた。

昼どき、素野子は異常な姿をしている桃香と遭遇した。

四階病棟の中ほどにある機械浴専用浴室の前だった。桃香はTシャツと下着姿でうずくまっている。いつもの派手なメイクが取れ、ボロボロの顔になっていた。

「大原さん、どうしたの？」

「あたし疲れました。続きませんて、この仕事」

そこへ入浴補助係の細内勇子がやってきた。

最近入院したばかりの四一〇号室、小泉泰蔵《こいずみたいぞう》の入浴介助中に事件があったという。小泉はシャワーヘッドをもぎ取って殴りつけたうえ、桃香の顔に向けて湯をかけたという。

「小泉さんって、奥さんのクレームもひどくて……あたし、もう無理」

主に小泉を担当してきたのは桃香だった。このところ毎日のように「辞める」と言うのはそのためだ。

「お昼、一緒に行こう」

素野子は桃香の手を引いた。売店でサンドイッチと野菜ジュースを二つずつ買う。

休憩室でも院内食堂でもない場所へ向かった。

「どこ行くんですか？」

桃香が不思議そうな顔で尋ねた。

「楽しい場所があるんだよ」

階段を上り、いつかのように、屋上へと続く重い鉄扉を押し開ける。春とはいえ、外気は肌寒かった。

風に吹かれ、桃香は少し戸惑った表情をしていた。

「大原さん、ここは初めて？」

「初めてっすよ。上れるなんて知らなかった」

青空の下、南側に新しいベンチが一つ増えていた。フェンスを通して景色を見るのにちょうどいい場所にある。

オレンジ色のおしゃれな長椅子は、施設管理をしていた望月の置き土産だった。望月は先月末、五年間の嘱託期間の満了をもって病院を退職した。三人掛けの中央には、望月の字で「ソウシャル・デスタンス」と書かれたビニールテープが貼られている。

素野子はベンチの脇に桃香と並んで立った。

視線を上げると、霊峰が目の前に迫って見える。

「富士山、意外と近いのよね」

「ほんと……」

「あの山の左手で、田口主任は働いてる」

「あの、田口主任ですか？」

桃香が目を大きく見開く。

「田口さんはお父さんが脳梗塞で倒れて、介護のために辞めたのよ」

「そんなことが……知りませんでした。私、ひどい辞め方をするなあって思ってました」

桃香は申し訳なさそうに肩をすくめた。

「みんなに心配かける形で辞めたくないから、理由は言いたくないって」

「変な強がりですね。でも、田口主任らしいかな」

「ホントよね。今は山梨の実家で在宅介護を続けながら、特別養護老人ホームで常勤看護師してるらしい」

「そうなんですか。田口主任、懐かしいなあ」

素野子は腰に手を当て、胸を反らした。

「大原さん、あんた弱気になったら、だめよ。仕事に誠実に向き合いなさい！」

田口主任の口まねをする。桃香がケタケタと笑った。

「ウケる！　富士のホームでも、若いスタッフに言ってそう」

「昨日の夜のニュースだと、田口主任のホーム、コロナの感染者が六人も出てしまったみたい。今ごろは大混乱だと思うよ」

「そか、大変だね……」

強い風が吹いて、素野子と桃香の髪をなで上げる。

桃香は何事か考えている顔つきだった。

「で、今度はあっちの方角に注目！」

素野子はしがみついていたフェンスを離れ、北側の住宅地を見下ろす一角へ桃香を案内する。

付近一帯の様子が、いつもと大きく異なっていた。

桃香も気がついたようだ。目を大きく見開いている。

〈病院のみなさん　ありがとう！〉

病院の後方に建つ小学校に、そう書かれた横断幕が掲げられていた。

〈命を支えてくれる皆さん　ありがとうございます〉
〈医療関係の皆様へ　心から感謝します〉
〈ドクター、ナースの皆さん　がんばって！〉
〈コロナに負けないで　がんばってください　私たちもがんばります〉
〈いつも　いつも　ほんとうに　ありがとう〉

校章の光る体育館の向こう側に建つ中学校と都立高校にも、駅の方面にある多摩川看護高等専修学校の校舎にも。


学校だけではない。郵便局、教会、幼稚園など、それぞれの建物の屋上や窓辺に並ぶ文字が、次々に目に飛び込んできた。そんなものは、以前の街なかには一つもなかった。

「堤さん、あれって、あの感謝のメッセージって、あたしたちに向けたもの？」

桃香が、それらの光景から目を離さずに尋ねた。

「そう、みたい」

素野子も初めて見たときは信じられなかった。

まさか、こんなふうに名も知らぬ人たちから、ねぎらいと感謝の言葉をもらえるとは思ってもみなかった。

今なら、大和市の病院のあの看護師は、事件を起こさなかったかもしれない。

ここで初めてこの風景を見たとき、頭の中でそんな思いが渦巻き、いつまでも眼下の風景にくぎづけとなった。

気がつくと、桃香がベンチに座り込み、顔を両手で覆っていた。

「あ、ありがとうございます。堤さんに、あたし、また今度も助けられた……」

素野子は、桃香の隣に腰を落とした。

「大丈夫だよ、もうちょっと、もうちょっとだけ休んでいこう」

素野子は桃香にサンドイッチと野菜ジュースを渡す。

「はい、これ食べて。患者さんに笑顔でいてほしいから、まずは私たちが笑顔でいなきゃね」

——桃香が、「また今度も」と言ったのには理由がある。二年前のぬれハンカチの一件は、素野子と桃香だけの秘密になっていた。

ズズーッと野菜ジュースを飲み干す音がした。

「ごちそうさまでした、堤さん」

桃香がしおらしく言う。

それからしばらくは無言だった。

多摩川がゆったりと流れている。

川辺に視線を向け、桃香が歌の一節を口ずさんだ。

♪知らず知らず　歩いて来た
　細く長いこの道

「――大原さんが、美空ひばりを！　シブいねえ」

そう言って、素野子も一緒に『川の流れのように』を歌う。

♪でこぼこ道や　曲がりくねった道
　地図さえない　それもまた人生
　ああ　川の流れのように
　ゆるやかに
　いくつも時代は過ぎて

あのときの桃香の行為について、素野子は誰にも何も言えなかった。誰よりも自分が自分を責めるものだ。誰かに言って解決する問題ではない。それを、素野子はその後の経験から身をもって知った。

歌い終えてからも、二人はぼんやりと多摩川の雄大な流れを眺め続ける。

「大原さん、私ね、自分の仕事って何だろうなって最近考えるのよね。人の命は限りがあるから、一生懸命に看護をしたからといって、必ず病気がよくなるとは限らない。治せないし感謝もされないっていう中で、患者さんやご家族に寄り添い続けるのはすごく苦しい。でも、それをやるのがナースなんだろうな、と思うようになってきた」

「ホント、そうっすね」

桃香がしみじみとした顔でうなずいた。

「そうだ大原さん、こんなのがあったよ」

ベンチの端に置いたスマホを取り上げ、サイトを検索する。

「財務省で女性初の局長に就任する、猿川真紀子さん　五十七歳」

素野子はニュースサイトに掲載された見出しを読み上げた。

「覚えてる、この人？」

「え？　あの猿川さんの娘？」

桃香が画面中央の写真に見入る。続いて素野子はインタビュー動画の再生ボタンをタップした。

「……私が何より注力したいのは、省内の働き方改革です。官僚が国会答弁を担当すると、家に帰る時間もありません。女性職員も同じ。未明に役所から議員会館に走ることもしばしばです。徹夜も日常茶飯事。この現状を何とかしなければなりません」

——働き方改革関連法では、法律の成立にも寄与した。その苦労は？

「省庁横断プロジェクトチームの一員だったので、二〇一八年六月の法律成立前後は、昼も夜もない忙しさでした。当時入院中だった父の病室に寝泊まりし、そこから役所に通うという毎日でした」

　――仕事のモットーは？

「笑顔を絶やさず、誰にも寛容の心で接する……。ただし、これは私の信条というより、父を看取った際に痛感した反省点です。何人もの医療関係者の方と接し、自分の傲岸《ごうがん》さ、尊大さ、狭量さを思い知らされました。私は、まだまだ修業中の身です」

　――ご尊父は、元駐米大使の猿川菊一郎氏ですね。エピソードがあれば。

「思い出は尽きません。あれは小学生のときでした。私の実家は港区白金台《しろかねだい》の……」

　桃香が眉を上げる。

「言ってること、本当かなあ。人ってそんなに簡単に変わるのかな……」

　桃香の言わんとするところは分かる。ただ、少なくとも「あのときは、この患者さんの、あのご家族も大変だったのだ」と知ることは素野子にとっても大きな救いだった。

「いたいた。お勤めご苦労さまです！」

　いきなり背後で声がした。桃香がギョッとしたように振り返る。

　そこにいたのは、マスク姿の貴士だった。

　二人の後方から回り込み、素野子と桃香の間に座る。

「この席、ディスタンスって書いてあるでしょ！　てか、オンライン実習中の学生さんが、なんでわざわざ来る？」

　桃香の言葉に貴士は少し口をとがらせる。

「院内には立ち入りませんって。屋上でちょっと歌でも歌おうかなって思ったんですよ」

貴士は立ち上がり、遠くに目を向けた。

「あれ？」

貴士が川のある方向に手を伸ばす。

「あそこ、何ですかね？」

素野子と桃香も腰を上げる。

多摩川の手前には妙に明るい緑地帯があり、黄金色に光っていた。

素野子は目を凝らす。

「たんぽぽ！」

三人は同時に声を上げた。

「すごい、すごい！　一面、たんぽぽ」

桃香の声が高くなる。

こんな近くにたんぽぽがあったのに、気づかなかった。

急に笑いがこみ上げてきた。

——何も北海道にこだわることはなかったのだ。

「何がおかしいの？」

貴士が尋ねる。

「ううん、何でもない」

翔平と別れたころを思い出す。あれから間もなく、母は自ら介護付きの施設に入所してしまい、素野子はアパートを引き払って実家に戻った。

思い返すと、さまざまなことが起きた日々だった。

「鼻、かむ？」

貴士がティッシュを渡してくれた。

桃香が不思議そうな表情をする。

「え？　まさか二人、付き合ってるの？　マジ？」

素野子と貴士を交互に見た桃香は、絶叫に近い声を上げた。

「いやだあ！　教えといてくださいよお！」

素野子は背中を強くたたかれる。

「ごめん、ごめん。あえて言うことじゃあないかと……」

「あえて言ってくださいよお」

桃香の顔が、くしゃくしゃだった。

「小山田君も、やるじゃん。おめでとうだね！」

ひとしきりにぎやかな声が続いたあと、桃香が、急に真面目な面持ちになった。

「……堤さん。私、辞めないで頑張ってみます」

「うん。よかった、よかった」

素野子はうなずく。田口主任の言った桃香のド根性とは、これだったのか。

眼下で誰かが手を振っていた。見覚えのある患者さんだ。例の金銀の鯉がいる池のほとりのベンチに腰かけている。

「お散歩ですかー？」

素野子も大きく両手を振り返した。

「はーい」

笑顔が返ってくる。

たったそれだけのこと。なのに、心がとてもあたたかくなる。

隣で貴士がハミングし始めた。いつもの曲を――。

こんな日が来るなんて、本当にキセキかもしれない。

なんだか泣いてしまいそうだった。

北西の空の薄雲が切れ間を見せる。日差しが輝きを増してきた。

参考文献

『ナースのルール３４７』Rosalie Hammerschmidt, R.N., Clifton K. Meador, M.D.著、井部俊子訳、１９９７年　南江堂

'Listen, Nurse', Ruth Johnston, American Journal of Nursing.1971.2

本書は書き下ろしです。

本作品はフィクションであり、実在する人物・団体等とは一切関係ありません。

JASRAC　出2105733－101

南 杏子（みなみ・きょうこ）

1961年徳島県生まれ。日本女子大学卒。出版社勤務を経て、東海大学医学部に学士編入し、卒業後、慶応大学病院老年内科などで勤務する。2016年『サイレント・ブレス』でデビュー。他の著書に『ディア・ペイシェント』（NHK連続ドラマ化）、『いのちの停車場』（21年映画化）、『ブラックウェルに憧れて』などがある。

編集 室越美央
幾野克哉

ヴァイタル・サイン

二〇二一年八月二十三日　初版第一刷発行
二〇二一年十月二十六日　第四刷発行

著者　南 杏子
発行者　飯田昌宏
発行所　株式会社小学館
〒一〇一－八〇〇一　東京都千代田区一ツ橋二－三－一
編集 〇三－三二三〇－五一三三　販売 〇三－五二八一－三五五五
DTP　株式会社昭和ブライト
印刷所　萩原印刷株式会社
製本所　株式会社若林製本工場

造本には十分注意しておりますが、印刷、製本など製造上の不備がございましたら「制作局コールセンター」（フリーダイヤル〇一二〇－三三六－三四〇）にご連絡ください。（電話受付は、土・日・祝休日を除く九時三十分～十七時三十分）

ISBN 978-4-09-386620-0